LES MAÎTRES
DU PENTACLE

MARIO FECTEAU

LES MAÎTRES
DU PENTACLE

SUD

ÉDITIONS
MICHEL
QUINTIN

Catalogage avant publication de Bibliothèque et Archives
nationales du Québec et Bibliothèque et Archives Canada

Fecteau, Mario

   Les maîtres du pentacle

   Sommaire: 1. Nord -- 2. Ouest -- 3. Sud.
   Pour les jeunes de 12 ans et plus.

   ISBN 978-2-89435-420-9 (v. 1)
   ISBN 978-2-89435-439-1 (v. 2)
   ISBN 978-2-89435-466-7 (v. 3)

   I. Titre. II. Titre: Nord. III. Titre: Ouest. IV. Titre: Sud.

PS8611.E395M34 2009   C843'.6   C2009-941492-9
PS9611.E395M34 2009

Infographie : Marie-Ève Boisvert, Éd. Michel Quintin
Illustration de la couverture : Boris Stoilov
Illustration de la carte : Mathieu Girard

Le Conseil des Arts du Canada
The Canada Council for the Arts
SODEC
Québec
Patrimoine canadien
Canadian Heritage

La publication de cet ouvrage a été réalisée grâce au soutien
financier du Conseil des Arts du Canada et de la SODEC.

De plus, les Éditions Michel Quintin bénéficient de l'aide
financière du gouvernement du Canada par l'entremise du
Programme d'aide au développement de l'industrie de
l'édition (PADIÉ) pour leurs activités d'édition.

Gouvernement du Québec – Programme de crédit d'impôt
pour l'édition de livres – Gestion SODEC

ISBN 978-2-89435-466-7

Dépôt légal - Bibliothèque et Archives nationales du Québec, 2010
Dépôt légal - Bibliothèque et Archives Canada, 2010

© Copyright 2010

Éditions Michel Quintin
C.P. 340, Waterloo (Québec)
Canada J0E 2N0
Tél. : 450 539-3774
Téléc. : 450 539-4905
editionsmichelquintin.ca

10 - G A - 1
Imprimé au Canada

Cinq régions, cinq morceaux, cinq compagnons
Un pentacle, une force, une mission

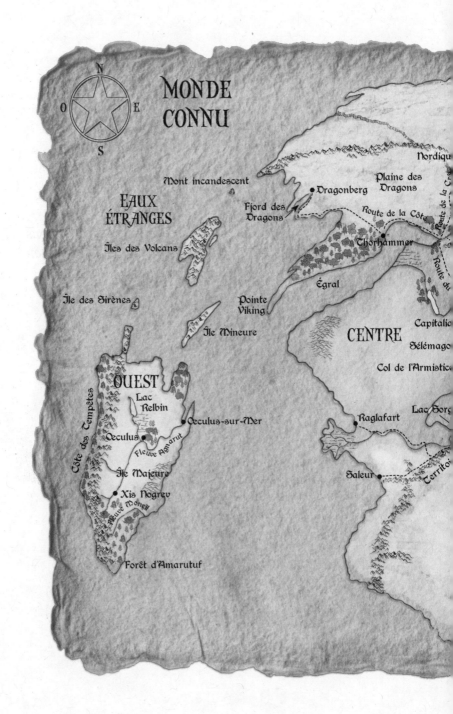

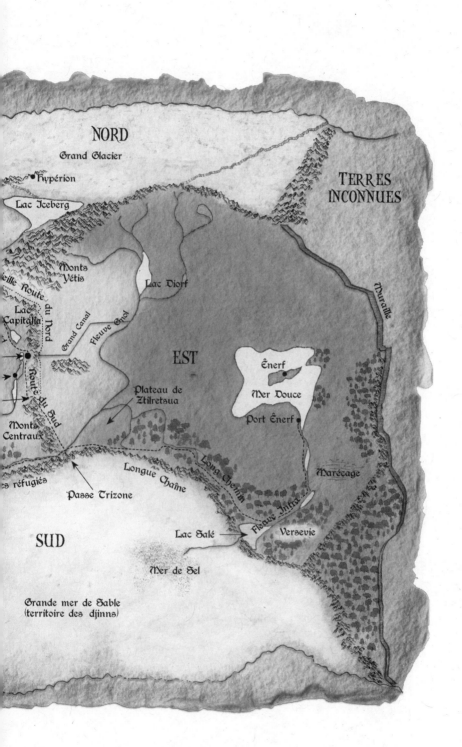

PROLOGUE

Autrefois, cinq peuples vivaient dans le Monde connu : les centaures, les cyclopes, les géants, les humains et les versevs. Parce qu'ils se faisaient continuellement la guerre, cinq magiciens formèrent le Conseil des sages pour guider cette multitude. Ils créèrent le Pentacle, un objet chargé de magie qui les empêcherait de vieillir et leur permettrait de rester éternellement au pouvoir. Mais la magicienne humaine trahit ses confrères et brisa le Pentacle. Trois magiciens moururent et le quatrième, un centaure, devint impotent.

La magicienne humaine, Lama-Thiva – la déesse-reine – régnait donc sur le Monde connu. Au fil des siècles, elle constata qu'il était impossible de maintenir la paix sans la présence de ses armées. Lama conclut que l'existence de plusieurs espèces et même la séparation de chacune en deux sexes engendraient toutes les tensions. Aussi créa-t-elle les hermaphroïdes, à la fois mâles et femelles, destinés à repeupler le monde d'êtres tous identiques.

Le magicien centaure Pakir-Skal était convaincu, lui, que, si l'existence de différentes espèces entraînait des tensions, leurs particularités étaient aussi une richesse qui assurait progrès et évolution. Il ne voyait pas, comme Lama-Thiva, uniquement le côté sombre des êtres conscients. Dans le monde que souhaitait la déesse, les peuples cesseraient d'apprendre et d'évoluer. Il ne pouvait laisser faire cela.

Il fallait arrêter Lama.

Ayant découvert que la recomposition du Pentacle brisé sans l'usage d'une formule magique éliminerait la déesse, Pakir-Skal confia une double mission à son compatriote et ancien élève Nolate. Il lui demanda de parcourir le Monde connu pour récupérer les morceaux que Pakir avait fait disperser huit siècles plus tôt, en voulant à l'époque empêcher Lama de les réassembler et d'accaparer tous les pouvoirs du Pentacle magique. Nolate devrait aussi convaincre les peuples des cinq régions de former une alliance pour se soulever contre leur reine despotique.

Nolate s'entoura d'une équipe composée d'un humain, le Viking Sénid, de la cyclope Aleel et de l'hermaphroïde Twilop, première création de Lama. Twilop se savait condamnée au même titre que les autres espèces, car elle n'était qu'un prototype que sa créatrice rejetterait sans hésitation. Un versev, Elbare, se joignit à leur quête. La déesse avait toujours méprisé les siens.

Les compagnons partirent d'abord vers le Nord pour y trouver un premier morceau, caché dans la ville aban-donnée d'Hypérion. Leur route traversait les monts Yétis, un obstacle qui faillit leur coûter la vie. Ils furent en effet surpris par une avalanche, suivie d'une violente tempête de neige. Les Yétis leur vinrent heureusement en aide pour leur faire franchir le redoutable obstacle. Mais, après avoir récupéré la première pièce, les cinq amis découvrirent que Lama avait envoyé des troupes à leur recherche.

Ils choisirent de se rendre à Dragonberg, même si le détour les forçait à traverser la plaine des dragons. Ils arrivaient en vue de la ville nichée au fond d'un fjord lorsqu'ils tombèrent sur une patrouille de soldats du Pentacle. L'attaque de trois dragons leur aurait été fatale s'ils n'avaient pu compter sur des renforts venus de Dragonberg. Les soldats survivants furent arrêtés et les cinq compagnons purent compléter la première partie de leur mission.

Le Nord accepta de se joindre à la rébellion. Son appui se concrétisa par la mise sur pied d'une expédition destinée à aider les conjurés dans la suite de leur voyage.

Trois drakkars prirent la mer en direction de l'île Majeure, le pays des cyclopes. Le voyage qui devait se dérouler sans ennui fut retardé par une attaque de corsaires, puis par l'intervention d'un galion de la marine de Lama dont le capitaine voulut arrêter les cinq membres de la mission, convaincu de s'assurer ainsi gloire et promotion. Les Vikings étaient cependant de fiers combattants et deux drakkars réussirent à s'échapper avec leurs protégés, au prix de nombreuses pertes.

Pour éviter les galions, l'expédition fit un détour par les Eaux étranges, où ni les cyclopes ni les Vikings n'osaient habituellement s'aventurer. Elle y affronta des bêtes marines redoutables, les lanços, qui tuèrent plusieurs marins du Nord avant d'être repoussés. Une halte devint nécessaire sur une île inconnue, mais cet arrêt s'avéra également funeste. Des sirènes capturèrent certains guerriers grâce à leur pouvoir hypnotique. Les femmes étant seules immunisées contre leurs sortilèges, elles firent équipe et libérèrent leurs compagnons. Certains avaient malheureusement péri, dévorés par ces êtres maléfiques.

Toujours poursuivis par les galions de la marine du Pentacle, les drakkars durent se résoudre à naviguer vers l'île Majeure en passant par la côte des Tempêtes, où ils eurent à affronter l'œil du vent, une perturbation atmosphérique d'une violence inouïe qui ne laissa qu'un unique vaisseau en état de poursuivre la mission. Les Vikings accostèrent dans un fleuve au sud de l'île. Une cruelle déception les y attendait. Aleel choisit en effet de les quitter pour signaler leur présence aux troupes d'un cantonnement voisin. Amenés devant le roi des cyclopes, ils découvrirent qu'Aleel n'était en fait nulle autre que la fille du roi, qui cependant leur assura aussi-tôt son soutien.

Forts de cette nouvelle alliance, les cinq compagnons se consacrèrent dès lors à préparer leur voyage vers le Sud, le pays des centaures...

CHAPITRE UN

Un séjour en prison n'a jamais rien d'agréable. Même si les geôles du palais des Agnarut offraient des conditions de détention décentes, Elbare en ressentait les effets. En tant qu'être végétal, il avait besoin des rayons du soleil pour rester en forme. Certes, quatre jours de détention ne mettraient pas sa santé en jeu, mais le moral, en revanche, en souffrait. Heureusement, son calvaire achevait.

Les gardes de l'armée des cyclopes vinrent ouvrir les cachots. Les guerriers du *Piwanga*, prisonniers depuis deux jours, sortirent en bon ordre et se disposèrent en rang. Elbare se retrouva derrière la file des prisonniers, comme prévu. Il suivit ses compagnons de détention hors des sous-sols du château. Les Vikings et le centaure Nolate durent trouver pénible la transition entre la pénombre des cellules et la lumière du jour, car ils cillèrent des yeux. Le versev, au contraire, accueillit avec joie les rayons du soleil. Il se sentit aussitôt ravigoté par leur effet.

Il aurait été tentant de se laisser bercer par cette chaude lumière. Il devait toutefois rester pleinement concentré sur les minutes à venir. Pendant que ses compagnons et lui défilaient entre deux rangs de cyclopes armés d'arbalètes, le capitaine Somsoc, de la marine du Pentacle, les observait aussi. Il attendait près du quai avec quelques-uns de ses hommes.

Il pointa Sénid, Nolate et Elbare, qui fermaient la marche.

— Surveillez particulièrement ces trois-là, fit-il. Lorsque votre justice en aura fini avec ces gamineries, je les emmènerai à Capitalia, qu'ils répondent des crimes commis à l'encontre de l'autorité de la déesse.

Le commandant Redneb ne releva pas la remarque méprisante pour les institutions de son pays.

— Rassurez-vous, se contenta-t-il de répondre. Mes soldats connaissent leur métier.

Somsoc n'ajouta rien, mais il fixa dédaigneusement le cyclope, qui ne se laissa aucunement intimider et soutint ce regard avec calme, si bien que le capitaine détourna les yeux le premier. Somsoc avait l'habitude d'intimider des gens du commun. Redneb, commandant de la garde personnelle du roi Sirrom VII, savait apparemment comment traiter des êtres aussi minables.

Le capitaine porta son regard hautain sur le versev. Elbare se sentit aussitôt mal à l'aise ; mais il réalisa qu'en fait Somsoc fixait Nolate, qui marchait juste devant lui. Elbare se rappelait comment le centaure lui avait tenu tête lors de leur rencontre en mer. Il avait cru capturer facilement ceux que Lama-Thiva faisait rechercher dans l'ensemble du Monde connu et s'était retrouvé engagé dans un combat qu'il avait finalement perdu. Habitué à combattre des pirates, Somsoc n'avait sans doute jamais connu la défaite auparavant.

Une barge était amarrée au quai. Elbare se souvenait de leur voyage précédent sur une telle embarcation. La plate-forme rectangulaire n'offrait au chapitre de la navigation aucun autre avantage que sa grande contenance.

Les barges servaient habituellement au transport de marchandises. Elles étaient si instables que les cyclopes les avaient munies de rambardes faisant deux mètres de haut pour éviter les accidents malencontreux. Pour l'occasion, celle-ci servirait de transporteur de prisonniers.

C'était du moins ce que devait prévoir Somsoc.

Un à un, les Vikings marchèrent sur la passerelle et s'avancèrent sur la barge. Les premiers prisonniers se rendirent à l'arrière pour laisser de la place à leurs compatriotes. Sur le quai, deux cyclopes faisaient signe aux pilotes d'une seconde barge de s'amarrer un peu plus loin, de l'autre côté de celle des prisonniers. Somsoc réagit à cet étrange manège.

— Qu'est-ce que cela signifie? s'étonna-t-il.

— Il s'agit d'une barge de transport de matériel, expliqua Redneb. Elle doit laisser une partie de sa charge au château.

— Pourquoi n'attend-elle pas le départ des prisonniers avant d'accoster?

— Pour chambouler l'horaire de toute la journée? gronda Redneb. Ces étrangers ont abordé illégalement dans notre pays; ils n'ont pas conspiré pour attenter à la vie du roi!

Encore une fois, le versev apprécia le traitement que Redneb servait à l'arrogant capitaine. Somsoc chercha à reprendre contenance en fixant son attention sur les prisonniers qui fermaient la marche. Le dernier, Elbare, traversa la passerelle et se retrouva aussi à bord. En raison de la hauteur du garde-corps, il ne verrait plus rien de ce qui se passait sur la rive.

Il était pourtant parfaitement au courant du scénario prévu.

L'autre barge venait d'amarrer à son tour le long du quai. Étant donné la position qu'occupaient Somsoc et ses hommes sur la rive, celle des prisonniers cachait entièrement la seconde embarcation. Elbare vit l'ouverture pratiquée dans la rambarde, qui permettait aux prisonniers de se déplacer sur l'autre plate-forme. Les Vikings traversèrent d'un pas rapide en s'efforçant de faire le moins de bruit possible. Il ne fallut que quelques minutes pour achever le transfert. Lorsque le versev fut passé à son tour, des cyclopes remirent le bastingage en place.

Elbare entra dans une des caisses arrimées sur le pont. Les membres de l'équipage en refermèrent le panneau latéral, plongeant les occupants dans une obscurité atténuée seulement par la lumière qui passait entre quelques planches. Le versev ne se sentait pas rassuré pour autant. La ruse pouvait encore échouer.

— Hé! Que se passe-t-il?

Malgré le confinement, Elbare entendit nettement le cri et reconnut la voix du capitaine Somsoc. Il devinait que la barge des prisonniers avait rompu ses amarres et qu'elle venait de partir à la dérive. L'incident se produisait au pire moment, alors que ni l'équipage ni les gardes ne se trouvaient à bord. Somsoc croirait-il à un accident ou conclurait-il à une tentative d'évasion? Dans un cas comme dans l'autre, il ne pouvait prendre qu'une seule décision.

— Rattrapez cette barge! cria-t-il.

Il venait de donner l'ordre à ses hommes et Elbare les imaginait en train de chercher des embarcations pour se lancer à la poursuite de la plate-forme qui dérivait vers l'Agnarut. Le versev se rappelait comment les cyclopes avaient dû manœuvrer pour amarrer l'embarcation lors de leur arrivée. Le courant qui s'opposait à l'accostage poussait à présent la barge loin du château.

Pendant que Somsoc et ses hommes se lanceraient aux trousses de la mauvaise plate-forme avec l'aide de Redneb qui affirmerait ensuite n'avoir rien soupçonné, celle des évadés remonterait le fleuve vers Xis Nogrev. L'équipage du *Piwanga* resterait caché autant que possible et ne sortirait des caisses qu'occasionnelle-ment, toujours à la faveur de la nuit, pour éviter tout risque qu'une patrouille du Pentacle les aperçoive. La réussite de l'évasion exigeait cette précaution supplé-mentaire.

Elbare ne regrettait qu'une chose: il ne pouvait qu'imaginer la tête de Somsoc quand il découvrirait que ses proies lui avaient encore échappé.

✪ ✪ ✪

Alors que la grande salle d'audience servait aux réceptions officielles, le souverain des cyclopes utilisait une salle secondaire pour régler les affaires courantes. En ce moment, le roi Sirrom VII y recevait le capitaine Somsoc, commandant du *Félicité*, galion de la marine du Pentacle. Normalement, le roi s'assurait que son héritier assiste à ce genre de réunion. Il était important qu'il se familiarise avec les activités qui seraient les siennes une fois qu'il lui aurait succédé sur le trône. Cette fois, il n'en était rien. Aleel épiait l'échange depuis une petite pièce attenante.

Il eût été catastrophique que Somsoc l'aperçoive. Le capitaine l'aurait reconnue sur-le-champ et aurait su que l'héritière de la couronne des cyclopes était l'une des fugitives qu'il recherchait. Il aurait aussitôt conclu, avec raison en fait, que Sirrom VII protégeait les cinq compa-gnons. Il n'aurait dès lors eu aucune raison de croire aux informations qu'allait lui communiquer le roi des cyclopes.

Le capitaine était déjà assez furieux comme ça.

— Je déplore l'incident tout autant que vous, expli-qua Sirrom. Il est très rare qu'une barge rompe ainsi ses amarres. Soyez assuré qu'une enquête sera menée à ce propos.

— En attendant, coupa Somsoc, les prisonniers se sont évadés. Pire, l'albinos a également disparu. J'ignore ce qu'ils lui ont fait, s'ils ont usé d'hypnose ou de magie, mais elle semble tombée sous leur emprise. Je soupçonne même la complicité de certaines personnes de votre peuple.

— Vous soupçonnez les miens! s'indigna le père d'Aleel. Il s'agit là d'une accusation très grave. Gardez-vous bien de poursuivre dans cette voie!

La colère du roi calma aussitôt Somsoc.

— Je songeais en fait à la cyclope qui accompagne cette bande, expliqua-t-il d'un ton plus servile. Comme elle est toujours en liberté, elle a pu recruter de nouveaux complices pour organiser l'évasion de ses amis… Quoi qu'il en soit, je compte sur votre dévouement indéfectible à la déesse pour retrouver les prisonniers.

— Cela va sans dire, fit Sirrom. J'ai précisément des nouvelles à vous communiquer.

— Vraiment, Majesté?

— Des rapports indiquent qu'ils seraient partis vers l'ouest. Puisqu'ils étaient arrivés de cette direction, nous supposons qu'ils vont tenter de regagner leur drakkar.

— En montagne?

— Nous pensons qu'ils ont abordé sur la côte des Tempêtes pour traverser les montagnes et venir ici, précisa le roi. Il s'agit d'un voyage périlleux qu'aucun des nôtres n'oserait entreprendre. Je soupçonne les Vikings de penser différemment. Vous, les humains, avez toujours manifesté un esprit d'entreprise qui nous fait défaut.

La flatterie calma la colère du capitaine.

— Peu importe la direction qu'ils ont prise, fit Somsoc, nous nous lancerons à leurs trousses. À présent qu'ils ont échappé à votre autorité, les traités nous permettent de les traquer nous-mêmes.

— Bien entendu. Ces bandits ont abusé de notre confiance et je ferai tout ce qui est en mon pouvoir pour vous aider. Je vous fournirai un guide qui vous accompagnera dans cette région difficile.

Le capitaine se renfrogna. Il ne semblait pas enchanté à l'idée de se voir assigner un chaperon. Soupçonnait-il que Sirrom VII l'envoyait sur une fausse piste? Aleel ne voyait pas comment Somsoc eût pu se douter de quoi que ce soit, même s'il souffrait de la méfiance maladive commune à tous les soldats du Pentacle. Mais le marin pouvait difficilement refuser l'aide du souverain. Étant donné les échecs antérieurs qu'il avait essuyés en rapport avec la capture des fugitifs, il était essentiel pour lui de calmer la fureur de la déesse. Il ne s'agissait plus pour l'arrogant capitaine d'obtenir une promotion, mais de sauver sa peau.

— Qu'il se dépêche de rejoindre notre campement, répondit-il enfin. Mes soldats n'attendent que mon signal pour se lancer à la poursuite de ces criminels.

Il salua le roi et quitta la pièce d'un pas rapide. Aleel attendit quelques minutes avant de sortir de sa cachette. Elle ne le fit qu'une fois sûre que le capitaine ne reviendrait pas pour formuler de nouvelles exigences. Elle observa son père, qui arborait un air soucieux. Le souverain des cyclopes sourit à sa fille.

— La sécurité de tes amis est assurée, à présent. Ils pourront se rendre à Xis Nogrev en toute quiétude pendant que Somsoc les cherchera à l'ouest.

— Merci, père!

Les Vikings pourraient donc rejoindre leur drakkar, le *Piwanga*, et prendre la mer vers Saleur, la capitale du Sud. Aleel n'avait aucun effort à faire pour deviner la joie que devait ressentir Nolate, puisque cette traversée le ramènerait dans son pays. Comme tous ses semblables, le centaure détestait la navigation. Nolate avait d'ailleurs souffert du mal de mer pendant plusieurs jours après leur départ de Dragonberg. La traversée entre l'île Majeure et le continent constituerait vraisemblablement sa dernière expérience de l'onde. Aleel lui souhaita une mer calme et des vents favorables.

Elbare et Twilop devaient aussi attendre ce voyage avec impatience. Le versev songeait inévitablement que, une fois récupéré le morceau de Pentacle qui se trouvait à Saleur et qui serait facile à obtenir vu qu'il appartenait à la famille de Nolate, la mission conduirait l'équipe vers l'Est et la Versevie. Quant à l'hermaphroïde, les épreuves traversées depuis le départ de Capitalia n'avaient pu entamer ni son enthousiasme ni sa soif de découverte.

Sénid, pour sa part, saurait tenir son rôle avec efficacité. Aleel avait pu apprécier la compétence du Viking au cours de l'expédition. C'était un homme loyal et honnête, aussi bien qu'un combattant accompli. Il lui avait sauvé la vie à trois reprises au moins et elle regrettait que l'occasion de lui rendre la pareille ne lui soit pas offerte.

La récupération des morceaux du Pentacle se poursuivrait sans elle.

— Tu sais, ma fille, à quel point je t'aime ?

Malgré sa tristesse, elle sourit.

— Bien sûr, père.

— Tu me succéderas un jour et tes fonctions de monarque t'amèneront souvent à voyager de par le monde. Tu représenteras ton peuple et ses aspirations. Ce qui te laissera sans réels amis.

Aleel savait tout cela et se demandait pourquoi il se sentait obligé de le lui rappeler. Ses tuteurs l'avaient instruite à satiété des subtilités du protocole et son séjour chez Pakir-Skal, à Capitalia, lui avait permis d'en apprendre encore plus. La vie de souveraine n'aurait rien d'une sinécure. Ce n'était pas pour rien qu'elle avait quitté Œculus pour vivre quelque temps loin de ses obligations, aussi anonyme que la plus modeste des roturières.

— Si tout se passe comme prévu, continua le roi, les Vikings rejoindront leur drakkar dans huit jours. Il leur en faudra deux de plus pour gréer leur navire avant de reprendre la mer.

Sirrom se mordit une lèvre, comme s'il lui en coûtait de poursuivre.

— Tu as donc le temps de les rejoindre, lança-t-il enfin.

Aleel fut estomaquée. Elle ne doutait pas de l'amour de son père et n'était pas sans savoir qu'il craignait pour sa sécurité. Depuis son retour, jamais Sirrom ne lui avait reproché de s'être éloignée de ses devoirs. La rébellion de sa fille l'avait sûrement plongé dans des moments d'inquiétude qu'il savait à présent justifiés. Mais il l'aimait et devinait ce que représentait cette mission. Pas seulement pour le Monde connu, pour elle, surtout.

Elle oublia le protocole et se blottit dans ses bras.

— Oh papa! s'exclama-t-elle en versant quelques larmes.

★★★

Le *Piwanga* n'avait pas eu le temps de souffrir de son séjour hors de l'eau. Avant d'emmener son équipage à Œculus, les cyclopes du camp d'entraînement avaient aidé les Vikings à tirer le navire sur la grève. Personne n'aurait voulu qu'il parte à la dérive, ce qui n'aurait pas manqué de se produire en cas de crue du Moneil. Les cyclopes du camp s'étaient assurés que le navire resterait en bon état.

Les équipes réunies avaient remis le drakkar à l'eau en début de matinée et le préparaient à présent pour sa prochaine traversée océanique. En premier lieu, il fallait réparer les dégâts subis lors des tempêtes. Twilop observa les Vikings qui remplaçaient les rafistolages faits en situation d'urgence pendant le voyage par des réparations permanentes. Les quelques planches endommagées et les poutres fracturées disparurent au profit de pièces neuves taillées dans les arbres des environs. Bien que de couleur différente, les nouvelles pièces étaient aussi solides que les matériaux d'origine.

D'autres équipes se chargeaient du ravitaillement. Un groupe remplissait les barriques, une tâche que leur présence en eau douce facilitait grandement. On n'avait qu'à plonger les tonneaux dans le fleuve pour les remplir. Nolate utilisait sa force de centaure et remontait facilement les barriques. Sénid et Twilop s'assuraient de bien les arrimer.

Une fois cela fait, il ne resterait qu'à attendre Redneb et Elbare, partis en forêt cueillir des fruits. Le cyclope connaissait à fond la région et le versev venait d'une forêt semblable, ce qui leur permettrait de distinguer les plantes comestibles de celles qui étaient nocives. Tout ce qu'ils ramèneraient serait bienvenu. Le voyage vers le pays des centaures ne devait durer en principe qu'une dizaine de jours, mais les Vikings avaient affirmé la même chose au départ de Dragonberg et ils étaient restés en mer plus de deux mois… Il fallait compter avec les imprévus.

La dernière barrique d'eau fut enfin arrimée au centre du drakkar.

L'hermaphroïde alla s'asseoir contre la rambarde. Pendant tout le temps qu'avait duré l'embarquement des tonneaux, elle s'était activée avec zèle, plus pour éviter de penser que pour s'assurer de faire correctement le travail. À présent qu'elle n'avait plus rien à faire, les événements des derniers jours venaient la hanter.

Quand elle avait suivi Aleel en forêt, Twilop ignorait que la cyclope les quittait pour dévoiler la présence des Vikings sur l'île Majeure. Elle avait vraiment cru qu'Aleel les trahissait. En apprenant qu'elle était en fait Première Aleel Agnarut, princesse héritière du royaume cyclopéen, elle avait été estomaquée. Comment avait-elle pu leur cacher une chose aussi importante pendant tout le voyage ? Twilop avait eu le temps de réfléchir, sur la route d'Œculus. Elle avait compris les motivations de son amie et approuvé ses décisions. Elle lui avait pardonné, aussi...

Twilop sortit les morceaux du Pentacle, qu'elle portait accrochés au cou, tel un pendentif. Les deux bouts de métal s'entrechoquèrent un instant, le temps qu'elle les prenne en main. Songeuse, elle soupesa les deux pointes d'une dizaine de centimètres de longueur dont dépendait le sort de tous les habitants du Monde connu. S'ils réussissaient à les réunir et à vaincre Lama, chaque peuple pourrait reprendre son destin en main.

Twilop revoyait encore le moment où, au château des Agnarut, Aleel lui avait remis elle-même la pièce confiée à ses ancêtres huit siècles plus tôt. Elle avait tout expliqué à son père, qui avait écouté son récit en silence. Sirrom VII avait jeté un long regard pénétrant sur Twilop, qui s'en était d'abord sentie intimidée, mais qui avait vu au fond de l'œil du souverain une sagesse qui lui avait rappelé Pakir. Elle y avait lu l'affection d'un souverain pour ses sujets et un souci sincère de leur bien-être. De plus, le récit venait de sa fille.

— Sois la bienvenue, Twilop ! Si ma fille vous a accordé sa confiance, à toi et à tes amis, je ne saurais faire moins. Redneb arrivera sous peu avec les autres et l'équipage de votre drakkar. Je trouverai le moyen de les protéger des soldats du Pentacle et veillerai à assurer la poursuite de votre voyage.

Sirrom VII avait tenu parole. Il avait fait en sorte de protéger les prisonniers des intentions du cruel Somsoc en les retenant en pays cyclope. Il avait aussi insisté pour que Twilop reste afin de témoigner au procès de ses « ravisseurs ». Par la suite, les prisonniers s'étaient évadés au moment même où l'hermaphroïde attendait au tribunal. Dans la confusion, elle s'était éclipsée et avait rejoint les Vikings dans la seconde barge.

Ils pouvaient donc reprendre leur voyage, d'abord vers le Sud pour y récupérer le troisième morceau, puis viendrait l'Est, territoire des géants, chez qui les versevs avaient caché le morceau que Pakir leur avait confié. Lama avait le cinquième en sa possession, mais il suffirait de détourner son attention pour le subtiliser et recomposer le Pentacle. Rien de tout cela ne se ferait sans mal. Heureusement, leur équipe avait montré sa capacité à surmonter toutes les épreuves. En serait-il encore ainsi, à présent ?

Ils partiraient à cinq pour traverser le reste du Monde connu. Pourtant, rien ne serait comme avant. Twilop regardait les fragments en repensant à ce qu'Aleel lui avait annoncé, à Œculus. Sa joie de tenir en main un deuxième morceau s'était complètement éteinte lorsqu'elle avait appris que la princesse ne repartirait sans doute pas avec eux. Pour la remplacer, Redneb s'était porté volontaire.

Twilop ne savait trop que penser de lui. Il était sympathique et ses compétences ne faisaient aucun doute. Il s'efforçait également de s'intégrer au groupe. Elbare, Nolate et Sénid semblaient accepter la situation, ou du moins ils ne montraient pas trop leur déception. Pour Twilop, il en allait autrement. Au cours du voyage, Aleel était devenue une très grande amie.

Avant d'accepter d'accompagner Nolate, Twilop n'avait connu de la vie que l'indifférence de Lama-Thiva et ses rebuffades lorsqu'elle échouait les tests que lui imposait sa maîtresse. Jamais de félicitations ni d'encouragements pour les efforts accomplis. Pakir était d'une grande gentillesse, mais il restait son mentor. Au cours du voyage, elle avait découvert l'amitié, en particulier celle de la cyclope. Ce sentiment, elle n'aurait jamais pu le vivre à Capitalia. Ni le perdre par la suite. Mais, ce côté-là des choses, elle s'en serait passée volontiers.

Elle ignorait qu'on pouvait se sentir aussi mal.

✪ ✪ ✪

— Nous partirons demain à l'aube, décida le capitaine Rogor. Je ne compte pas naviguer sur ce fleuve durant la nuit.

Sénid ne pouvait qu'approuver la prudence du capitaine. Deux semaines plus tôt, lorsqu'ils avaient remonté ce fleuve, il leur avait fallu près d'une demi-journée pour rejoindre l'endroit où le cours du Moneil bifurquait vers le sud-est. Il faudrait un peu moins de temps pour regagner l'océan, puisque le *Piwanga* descendrait cette fois le courant. Cependant, personne ne connaissait les obstacles naturels qui encombraient le lit du cours d'eau. Mieux valait un retard d'un jour plutôt que le risque d'un accident et d'une perte de temps bien plus importante.

De toute manière, il fallait attendre Elbare et Redneb.

— Ils en mettent, du temps, commenta Borgar, l'ancien soldat du Pentacle converti à leur cause.

Sénid ne releva pas la remarque. Il était toutefois surpris lui aussi du retard que prenaient le cyclope et le versev à remplir un filet de fruits. Avaient-ils dû se rendre plus loin que prévu pour en trouver? Le commandant Redneb connaissait assez bien la région et avait prévenu les Vikings de la durée estimée de leur absence. Sénid ne croyait pas qu'il ait pu se tromper à ce point.

Il s'efforçait de ne pas s'inquiéter. Pas encore. Mais il ne pouvait s'empêcher de songer à sa propre expérience de cueilleur, pendant le difficile voyage de Dragonberg à Œculus. Ici, il n'y avait pas de sirènes pour capturer les gens et aspirer leur vie comme une sangsue aspire le sang de sa victime. Mais des bêtes dangereuses arpentaient sûrement la région.

— Ah! Enfin, les voilà!

Sénid vit en effet Elbare et Redneb sortir d'entre les arbres. Il fut surpris de constater qu'ils revenaient sans leur filet. L'étonnement de Sénid redoubla lorsqu'il vit une douzaine de soldats du camp des recrues surgir derrière le duo. C'était eux qui transportaient le filet, débordant de fruits. Cette abondance rendrait l'ordinaire à bord bien plus agréable. Sénid ne porta attention aux jeunes soldats qu'un instant. Il venait d'apercevoir la silhouette qui accompagnait la petite délégation. Son cœur se mit aussitôt à battre plus rapidement.

Il ne croyait pas revoir Aleel un jour.

Les Vikings aperçurent à leur tour la cyclope dans le détachement. Aussitôt, les conversations cessèrent sur le *Piwanga*. Assise contre la rambarde, Twilop fut la dernière à réagir au changement d'ambiance. Elle regarda les soldats. En un éclair, son air renfrogné disparut et elle se leva pour se précipiter à la course. Sénid devina qu'elle allait se jeter dans les bras de leur amie.

Il l'arrêta dans son élan.

— Ne t'emballe pas, commenta-t-il. Elle vient seulement nous dire adieu avant notre départ.

— Elle n'arbore aucun des attributs de son titre! objecta l'hermaphroïde.

Sénid aussi avait noté qu'Aleel ne portait ni couronne ni vêtement marquant son rang. Évidemment, il n'aurait pas été commode de porter une robe en pleine forêt, mais elle aurait pu arborer un autre type de tenue officielle. D'après ce qu'il avait vu de la royauté cyclopéenne, les membres de la famille régnante gardaient une certaine simplicité dans leur comportement. Ils se faisaient respecter par leurs sujets en les traitant avec justice et dignité.

Aleel avait cependant revêtu des vêtements similaires à ceux qu'elle portait depuis le départ de Capitalia. Sénid se demanda s'il pouvait espérer, mais il était plus probable que l'athlétique jeune cyclope avait choisi ce pantalon et cette chemise pour des raisons pratiques. Une marche en robe d'apparat dans cette jungle eût été beaucoup trop pénible. Le cœur battant, il attendit qu'elle prenne la parole. Il ne voulait pas se créer de faux espoirs.

La cyclope fit un pas en avant.

— Capitaine Rogor, je sollicite le privilège de reprendre ma place à bord du *Piwanga*.

— Permission accordée! répondit l'interpellé, un large sourire aux lèvres.

Aleel gravit la passerelle. Elle s'immobilisa devant les regards de l'équipage qui trahissaient des sentiments variés. Tous se souvenaient trop qu'elle les avait dénoncés, si bien qu'ils avaient été faits prisonniers. Ils avaient compris depuis qu'elle avait agi de la sorte pour les soustraire aux patrouilles du Pentacle qui arpentaient l'île Majeure. Mais, à voir le regard de certains, Sénid réalisa que tous ne lui avaient pas encore pardonné.

Hormis ses compagnons de mission, Borgar et le capitaine Rogor, ainsi que le capitaine Redneb, bien sûr, personne sur le *Piwanga* n'était au courant qu'ils avaient voyagé en compagnie de l'héritière du royaume cyclopéen. Personne n'aurait donc pu la moucharder sous la torture, en cas de capture. Et cela restait vrai. Son arrivée dénuée de faste officiel lui conservait son relatif anonymat. Mais cela ne permettrait pas de lever la méfiance des Vikings à son égard.

Sans un mot, Aleel se rendit au centre du drakkar et posa son sac à la place qu'elle occupait depuis le départ de Dragonberg. Twilop fut la première à la rejoindre. Nolate suivit, puis Sénid qui ne savait trop comment réagir. Il se réjouissait du retour d'Aleel dans leur équipe, mais leur relation ne pourrait plus être tout à fait la même. À présent qu'il connaissait son identité et son rang, une certaine réserve accompagnerait leurs contacts.

Redneb affichait une mine boudeuse.

— Ce n'est pas raisonnable, Première ! marmonna-t-il. Vraiment, vous n'auriez pas dû revenir.

— Nous en avons déjà discuté, rétorqua Aleel. Mon père approuve mon choix. Et évitez d'employer mon titre, je vous prie ! Pour notre sécurité, mon identité doit continuer à rester secrète.

Redneb hocha la tête. Sénid imaginait combien il serait difficile pour le commandant d'appeler Aleel par son prénom, plutôt que par son titre. Chez les cyclopes, tous appelaient le souverain Majesté et son héritier direct recevait le titre de Premier, qui précédait son prénom. Redneb devrait oublier l'habitude d'une vie entière passée au service de la famille royale. Sénid n'avait pas ce problème et continuerait aisément à appeler la cyclope par son prénom. Mais, pas plus que le commandant cyclope, il ne pourrait oublier son rang et son titre.

CHAPITRE DEUX

Depuis trois jours, Lama s'était retirée dans ses appartements privés. Elle avait annulé tous ses rendez-vous et interdisait à ses serviteurs l'accès à ses quartiers. La déesse ne tolérait que la compagnie de son hermaphroïde Nossanac. Aux dires de sa fidèle servante, le personnel du Palais s'inquiétait pour la souveraine. Il redoutait qu'elle souffre d'une maladie et certains pensaient même qu'elle était en train de mourir.

Les imbéciles! Ils savaient pourtant que leur déesse était immortelle, qu'elle ne pouvait pas mourir, que les pouvoirs du Pentacle la maintenaient toujours en parfaite santé. Malgré tout, ils envisageaient le pire. Une rumeur affirmait que le prisonnier viking qu'elle avait interrogé avait réussi à l'ensorceler.

En fait, d'une certaine façon, c'était le cas. Évidemment, ce Waram n'avait usé d'aucune magie contre elle. Lama avait fait interdire l'apprentissage des arts occultes dès qu'elle avait complété sa prise de pouvoir après avoir brisé le Pentacle. Certains individus avaient sans doute pu glaner quelques informations çà et là, mais de là à devenir assez redoutables pour lui causer le moindre ennui, il y avait de la marge. Beaucoup de marge.

Si cette rencontre avec le Viking avait pu la perturber autant, c'était en raison des révélations qu'elle lui avait extirpées. Lama détenait à présent la raison pour laquelle le centaure Nolate avait amené Twilop, dans le Nord d'abord, et maintenant à l'Ouest. Elle connaissait la mission que Pakir-Skal avait confiée à son compatriote. Elle réalisait maintenant jusqu'où le vieux centaure était prêt à aller pour l'empêcher de repeupler le Monde connu selon ses désirs : il irait jusqu'à lui ôter la vie, même au péril de la sienne propre.

Les cinq complices qui voyageaient à travers le Monde cherchaient à récupérer les quatre pièces disparues du Pentacle pour le recomposer, ce qui effacerait toute la magie qu'il renfermait. En cas de réussite, Lama vieillirait en quelques instants et reprendrait les siècles qu'elle avait vécus sans subir les outrages du temps. Pakir aussi, selon les connaissances dont elle disposait. Sauf si l'information que détenait le Viking était exacte. Étant donné qu'elle avait obtenu ce renseignement en lisant directement dans son esprit, il ne pouvait lui avoir menti. Les comploteurs avaient cependant pu induire le prisonnier en erreur, ce qui laissait la question en suspens : Pakir connaissait-il vraiment une formule capable de le soustraire aux effets du Pentacle ?

Cela n'avait qu'une importance toute relative, car Lama possédait l'un des morceaux. Pour que le plan insensé de ces déments fonctionne, ils devraient s'introduire dans le palais et le lui voler, pour l'unir aux quatre autres pièces... qu'ils devaient d'abord récupérer. S'ils avaient eu les morceaux à portée de main, ils auraient agi sans attendre que la déesse découvre leur plan, c'est certain.

Au contraire, ils parcouraient le Monde connu. Certes, ils comptaient ainsi soulever les différents peuples contre elle et lancer une révolution généralisée. Pourtant, il eût été beaucoup plus simple de la tuer d'abord. Lama en avait tiré la seule conclusion possible : ils récupéraient les morceaux en cours de route, ce qui signifiait que Pakir était informé de l'endroit où se trouvaient les fragments. Il était donc à l'origine de leur dispersion.

Lama se rappelait encore sa stupeur et sa rage quand elle n'avait trouvé qu'un seul morceau dans le coffret où elle les avait fait entreposer. Le voleur avait profité de ce qu'elle travaillait sur l'un dans son laboratoire pour voler les autres. Il fallait évidemment qu'il connaisse ses habitudes et, par conséquent, qu'il soit du personnel du palais. Plusieurs serviteurs avaient péri sous la torture en refusant de répondre à une question bien précise. Elle comprenait à présent qu'ils ne le pouvaient tout simplement pas. Lama n'avait jamais pu découvrir qui lui avait volé les morceaux. Ce vieux fou avait trouvé des complices pour voler les pièces et les cacher.

Sa frayeur avait disparu quelques instants après sa terrible découverte. Depuis, Lama réfléchissait. Elle avait déjà envoyé un nouveau pigeon messager au capitaine Somsoc, le sommant d'arrêter les cinq membres de la mission pour haute trahison. Il pourrait ainsi les ramener sans attendre leur extradition, comme le voulaient les traités. C'était le seul chef d'accusation qui permettait à un officier du Pentacle d'agir hors du Centre. Sirrom protesterait et réclamerait des explications, mais les prisonniers seraient en route pour Capitalia.

Malheureusement, entre-temps, ils étaient parvenus à s'évader. Furieuse, Lama avait envisagé d'ordonner à Somsoc de détrôner le roi des cyclopes. Seulement, elle n'avait aucune preuve de sa complicité et le capitaine du *Félicité* ne disposait pas des effectifs nécessaires pour exercer de pareilles représailles. Peu importait, le pays des cyclopes ne perdait rien pour attendre.

Il y avait plus urgent. Lama comprenait à présent que Pakir avait confié un morceau à un membre de chaque espèce, sauf les géants qu'il savait partisans de la déesse. Cela expliquait le voyage au Nord, chez les Vikings, puis celui à l'Ouest, au royaume des cyclopes. Il devait en rester un chez les centaures et un autre en Versevie. La destination logique de l'expédition ne pouvait être que le pays des centaures. Un navire venant de l'île Majeure accosterait donc bientôt, soit à Raglafart, soit à Saleur.

Lama se rappela alors que le maître d'armes Nolate venait de Saleur. Il était même issu d'une des familles importantes de la capitale centaurine. Il devait y avoir de nombreux contacts susceptibles de l'aider dans ses recherches. Les probabilités étaient grandes qu'il choisisse cette ville pour destination. Cela ne faisait même pratiquement aucun doute. Si Lama voulait arrêter la menace, elle avait sa meilleure chance à Saleur.

Pourtant, elle hésitait encore. Elle songeait à tout ce qu'elle pourrait accomplir en ayant l'usage de l'objet de l'ultime pouvoir. Si les traîtres récupéraient les quatre autres morceaux, elle pourrait sûrement les leur reprendre à l'aide de son armée et refaire le Pentacle en utilisant des formules magiques adéquates. Un moment, elle envisagea même de laisser Nolate et son équipe poursuivre leur quête. Mais elle renonça aussitôt ; c'était courir un trop grand risque.

Compte tenu du soulèvement que le centaure tentait de fomenter, elle devait envisager la possibilité qu'ils parviennent à provoquer la confusion qui leur permettrait de s'introduire dans le palais. Lama pourrait enfermer le morceau, mais Twilop possédait le don de sentir la proximité du Pentacle. Elle saurait donc le retrouver. Et, si le pire se produisait, peut-être serait-elle trop occupée ailleurs pour contrer leur projet. Il ne leur faudrait que quelques secondes pour l'anéantir. Mieux valait arrêter cette folie avant qu'il ne soit trop tard.

Elle sortit en trombe de ses appartements privés. Les serviteurs la regardèrent passer devant eux, bouche bée. Étaient-ils heureux de la savoir en vie et bien portante ? Qu'importe, elle n'avait pas le temps de s'intéresser à leurs états d'âme. Il fallait qu'elle envoie toutes les troupes disponibles vers Saleur. Dispersées à travers le monde, elles n'auraient sans doute pas toutes le temps de s'y rendre. Ce qui ne l'empêchait pas d'afficher un sourire mauvais, car elle savait où obtenir des renforts. Après tout, elle avait des alliés.

★★★

Durant ces neuf jours de navigation, le temps s'était maintenu au beau fixe. Nolate appréciait ; grâce à la médication du médecin de bord, il ne souffrait plus du mal de mer depuis des mois. Vers le milieu de la matinée, le cyclope Redneb avait grimpé sur la vergue pour scruter l'horizon. Aux dires du capitaine Rogor, le voyage s'était si bien déroulé, avec des vents toujours favorables, qu'ils devaient approcher du continent. Avec trois jours d'avance.

— Terre en vue !

Le cri de Redneb fit presque sursauter le centaure. Il tourna aussitôt le regard vers l'horizon, sans apercevoir autre chose que l'infini bleuté de l'océan. Évidemment, il n'était pas posté en hauteur comme le compatriote d'Aleel et il ne possédait pas le don des cyclopes de pouvoir concentrer leur vision afin de voir le lointain comme s'il se trouvait plus près. Pourtant, il avait l'impression de respirer l'air de son pays, un sentiment relevant sans doute surtout de l'autosuggestion.

Nolate distingua enfin une ligne plus sombre à l'horizon. En quelques minutes, cette marque devint une côte lointaine, mais bien distincte. Le continent se profilait devant eux. Le centaure n'apercevait pas Saleur, la capitale du Sud. Heureusement. Il avait hâte de revoir la ville de son enfance et pourtant ils ne devaient pas approcher de son port.

Quand ils avaient réfléchi au trajet qu'il convenait de suivre, l'équipe de commandement avait écarté sans hésiter la route directe. Il était apparu comme évident que les troupes de la déesse arpentaient la ville et fouillaient tout navire accostant au port de la capitale centaurine. Ils ne pouvaient non plus prendre pied sur le continent au nord de la ville, puisque de nombreux villages s'y trouvaient, entre Saleur et le Gnol. Au sud, en revanche, commençait le désert, qui offrait toutes les chances de passer inaperçu, à condition de débarquer de nuit.

Restait à découvrir quelle partie de la côte ils apercevaient.

Nolate rejoignit le capitaine au pied du mât. Rogor attendait des précisions de Redneb, qui continuait à scruter la côte. Le *Piwanga* naviguait dans des eaux peu fréquentées et des courants marins l'avaient sans doute amené à dévier légèrement de sa trajectoire. Le centaure ignorait toutefois s'ils avaient dérivé vers le sud ou vers le nord.

— Je vois la ville, s'écria Redneb depuis son poste sur la vergue. Droit devant.

L'ironie de la chose frappa Nolate : les Vikings avaient réussi l'exploit de traverser une mer peu connue, au risque de voir des courants marins les faire dévier de leur route, et ils arrivaient exactement face à leur destination. Peu de navigateurs pouvaient accomplir une pareille prouesse. Ils devaient pourtant vite se dérouter avant que des guetteurs ne les aperçoivent depuis le port.

Au moins, les courants ne les avaient pas entraînés vers le nord, ce qui aurait constitué la pire des possibilités. Ils auraient pu arriver dans la région du delta du Gnol ou, pire, près de Raglafart, le port d'attache de la marine du Pentacle. Si tous les capitaines des navires de la déesse partageaient l'ambition de Somsoc, ils pourchasseraient le *Piwanga* avec un acharnement qui ne laisserait aucune chance à son équipe de gagner le continent.

Nolate aperçut à son tour sa ville natale. Il était sans doute le premier centaure à découvrir la capitale depuis la mer. Il songeait à ces huttes entre lesquelles il avait passé sa jeunesse. Elles se trouvaient là, à quelques heures de navigation. Il était frustrant de devoir s'en écarter pour différer le moment du débarquement.

Le capitaine n'attendit pas que Redneb fournisse d'autres détails.

— À tribord ! cria-t-il. Ramenez la voile !

Les Vikings s'empressèrent de carguer la voile. Sans le large pan de tissu, le *Piwanga* ne pourrait avancer qu'à la force des bras. Les rameurs avaient rapidement gagné leur place aux bancs de nage. Le reste du parcours se ferait sans la voile, qui constituait la partie la plus visible du drakkar. Sans elle, les navires vikings devenaient pratiquement impossibles à repérer à grande distance en raison de leur profil bas sur l'eau.

Pourtant, le capitaine paraissait soucieux.

— Pensez-vous qu'on a pu nous voir ? s'inquiéta Nolate.

— J'en serais fort étonné. Nous avons agi rapidement et, à moins qu'ils aient embauché des cyclopes pour monter la garde en permanence, il est exclu qu'ils nous aient vus. D'autant plus qu'avec la journée qui s'avance de tels observateurs auraient le soleil dans l'œil.

— Tout va bien, alors ?

Le capitaine ne répondit pas tout de suite.

— Croyez-vous? commenta-t-il enfin. Nous mettons le cap au sud. Après quelques heures, nous tournerons vers l'est. Or, nous naviguons dans des eaux inconnues.

— Ça ne devrait causer aucun problème, rétorqua Nolate. D'après la carte, le rivage est dénué d'irrégularités.

— Cette côte est restée pratiquement inexplorée, même dans les temps anciens. Qui sait si nous ne nous dirigeons pas vers des hauts-fonds? Si nous devions nous faire piéger, nous ne pourrions espérer le moindre secours. Même pas d'un ennemi.

Nolate comprenait mieux l'inquiétude du capitaine Rogor. Le centaure se rappelait encore l'humiliation qu'ils avaient infligée à l'un des navires corsaires en le prenant en chasse. Ils avaient entraîné le pirate vers un banc de sable et le deux-mâts de l'ennemi avait fini sa course bloqué en plein océan. Les Vikings avaient pu piéger le pirate grâce à leur connaissance de la région. Si des hauts-fonds leur barraient la route, ils devaient se donner le temps de manœuvrer pour les éviter, surtout qu'il pourrait s'agir de rochers et non de sable.

Nolate regardait l'horizon. Hormis la côte toujours aussi lointaine de son pays, il ne voyait que la mer à perte de vue. Le drakkar avançait à présent plein sud, à une vitesse bien moindre qu'avec la voile. Le centaure déplora le retard qu'il leur fallait accepter de prendre. À ce rythme, il leur faudrait plus de temps pour gagner la terre ferme. En dépit de cela, la raison du centaure lui rappelait le grand avantage de cette navigation à basse vitesse : la sécurité.

Les Vikings auraient plus de temps pour manœuvrer et éviter les éventuels obstacles.

La coque racla à peine le sable et le *Piwanga* s'immobilisa. Aussitôt, deux Vikings qui se tenaient à la proue attrapèrent la passerelle et la mirent en place. Même si tout indiquait que personne ne les avait vus arriver, une petite équipe de guerriers descendit sur la plage pour s'en assurer. Sénid et Nolate se joignirent au groupe, arme à la main, prêts à repousser toute attaque. Comme il faudrait scruter les environs, la puissance de l'œil cyclopéen devenait un atout important ; Redneb accompagna donc l'équipe exploratoire. Aleel, elle, devait attendre à bord ; elle en concevait un certain dépit.

Après plusieurs heures de navigation vers le sud, le drakkar avait tourné vers l'est. Les rameurs avaient fait progresser le navire doucement vers la côte, une simple succession de dunes, pendant que Redneb, sur la vergue, cherchait des traces de civilisation. La région s'avérait aussi déserte que l'avait prédit Nolate. Rassuré, le capitaine avait autorisé l'accostage.

Les éclaireurs se mirent en quête d'une dune assez élevée pour permettre une observation approfondie des alentours. Avec un brin d'envie, Aleel les regarda gravir la pente de sable durci. Elle aurait bien aimé les accompagner. Elle avait hâte de se dégourdir les jambes, comme le reste de l'équipage sans aucun doute. Pourtant, il eût été absurde de descendre en masse sur la plage avant une ultime vérification. Redneb avait insisté pour se charger de cette inspection à sa place. Il estimait qu'il devait la protéger d'un éventuel danger.

Il avait invoqué la même raison pour la remplacer à la surveillance sur la vergue.

Le commandant cyclopéen n'appréciait pas le retour d'Aleel sur le *Piwanga*. Il ne lui avait pas caché son sentiment : selon lui, elle aurait dû rester à Œculus, en sécurité, pendant qu'il la remplaçait auprès de ses compagnons et qu'il poursuivait avec eux la recherche des derniers morceaux du Pentacle. Pour Redneb, la protection de l'héritière du trône dépassait la simple notion de devoir.

La cyclope comprenait son désir de lui éviter les dangers d'une pareille mission. En devenant soldat de l'armée de Sirrom VII, il avait juré de protéger les membres de la famille régnante aussi longtemps qu'elle gouvernerait avec sagesse et bienveillance. Le commandant avait frôlé l'apoplexie la première fois qu'Aleel avait voulu grimper au mât. Ils avaient eu une longue discussion à ce propos et la cyclope avait cédé, surtout pour calmer les appréhensions de Redneb. Aucun doute, il argumenterait encore lorsqu'elle voudrait poursuivre vers l'Est avec ses amis pour gagner la Versevie.

Seulement, cette attitude protectrice alimentait la suspicion de certains Vikings à son égard. Depuis son retour, Aleel avait surpris bien des regards chargés de méfiance. Personne n'avait osé la confronter directement, en partie en raison du comportement de Redneb, mais aussi parce que le capitaine Rogor leur avait ordonné de se tenir cois. Comme ils ignoraient l'identité d'Aleel, ils comprenaient mal la sympathie de leur chef pour elle. Ils obéissaient, sans plus.

Aleel devait admettre que leurs reproches étaient légitimes. C'était elle qui avait signalé leur présence au commandant Redneb, et de plus elle avait recommandé l'usage d'un bois dégageant une fumée soporifique pour leur feu de camp. Même l'évasion arrangée n'avait pas permis d'effacer toutes les vexations de ces fiers guerriers du Nord.

— Enfin! fit Twilop. Le signal!

Aleel vit aussi que les membres de l'avant-garde, au sommet de la dune, agitaient les bras pour indiquer à l'équipage de débarquer. L'hermaphroïde se trouvait la plus près de la passerelle et se hâta de descendre, vite imitée par Elbare. Les Vikings montrèrent moins d'empressement, récupérant leurs effets avant de s'aligner sur le pont pour gagner la terre ferme en bon ordre. Une fois à terre, ils devraient préparer un campement pour la nuit.

La cyclope suivit Elbare et Twilop jusqu'au sommet de la dune, pendant que les Vikings s'affairaient sur la plage. Un groupe s'occupa d'attacher le drakkar afin d'éviter qu'il ne parte avec la marée. Ils enfoncèrent des pieux profondément dans le sol et y attachèrent le *Piwanga*. Plus haut sur la plage, une autre équipe débarquait le matériel nécessaire à l'établissement du campement.

Du sommet de la dune, Aleel découvrit un paysage comme elle n'en avait jamais vu. Si, à l'ouest, l'océan déployait ses vagues à l'infini jusqu'à l'horizon, vers l'est, c'était une mer de sable qui s'étendait à perte de vue. Il n'y avait aucune trace de verdure ni la plus petite étendue d'eau, seulement le doré des dunes entrecoupé de zones sombres, un effet du soleil couchant qui n'éclairait plus que le sommet de ces vagues immobiles. Il n'y avait aucun vent et, par conséquent, aucun bruit ne troublait le lourd silence des lieux.

— Quel paysage de cauchemar! murmura Elbare comme s'il craignait de troubler ce silence.

— C'est donc ça, un désert! s'étonna Twilop.

— La grande mer de Sable! confirma Nolate. Une vaste zone désertique qui couvre la majeure partie du sud. Ici, il ne pleut jamais; la chaleur devient insupportable le jour et il gèle presque toutes les nuits.

— Je comprends que rien ni personne ne vive ici, commenta l'hermaphroïde.

— Il n'y a pas d'habitants, fit le centaure. En revanche, on trouve d'étranges créatures, dans ce désert. Les explorateurs d'autrefois font mention dans leurs relations d'insectes fouisseurs et de renards dotés d'oreilles démesurées. Et, évidemment, il y avait les djinns.

Aleel intervint pour la première fois.

— Les djinns? Comme ceux qui ont construit les pyramides coniques de Capitalia?

— Ceux-là mêmes. Autrefois ils entretenaient quelques contacts avec les autres peuples du Monde connu, surtout nous, les centaures. Ils restaient cependant méfiants envers toutes les autres espèces.

La cyclope avait aussi entendu parler de ces créatures étranges. Elle avait trouvé quelques références aux djinns dans les textes anciens des archives d'Œculus, et plus encore dans les documents de Pakir. Les djinns restaient l'espèce pensante la plus mystérieuse du Monde connu. Même les textes se contredisaient sur leur apparence.

— Pourquoi n'entend-on plus parler d'eux? demanda Elbare.

— Ils ont renoncé à tout contact avec l'extérieur, répondit Nolate. Lorsque les magiciens ont révélé l'existence du Pentacle, ils ont déclaré que cet objet représentait le mal ultime et ils sont partis se retrancher dans leur désert. Ils y vivent reclus, si toutefois ils existent encore.

Twilop resta un instant sans rien dire.

— Ils devaient posséder un immense savoir, pour vivre dans un endroit aussi hostile, commenta-t-elle enfin sur un ton admiratif. Je serais curieuse d'en apprendre plus à leur sujet.

— Sans doute! Pour ma part, je prie Equus que nous n'ayons jamais à entrer dans ce désert.

L'idée même de cette éventualité hérissait le crin sur le dos du centaure. Aleel ignorait jusqu'à quel point un désert pouvait être redoutable, mais elle espérait elle aussi qu'ils n'auraient pas à le découvrir. Cette mission leur avait apporté un lot plus que suffisant d'épreuves et de dangers et rien ne permettait de penser qu'il en irait autrement durant le reste du voyage. Ils devaient encore récupérer deux morceaux avant de s'introduire dans le palais du Pentacle pour voler celui de la déesse. Le danger serait leur compagnon de tous les jours.

Tant mieux s'ils pouvaient éviter celui-là.

✮✮✮

Après une première nuit dans le campement viking, au pied des dunes, les cinq compagnons de mission, Redneb, Borgar et une dizaine de guerriers s'étaient mis en route. Ils avaient marché une bonne partie de l'avant-midi avant de faire une pause, rendue nécessaire par la chaleur. Ils étaient repartis au crépuscule et avaient marché quelques heures dans la fraîcheur nocturne. Le même manège avait repris le lendemain et, à présent, alors qu'une nouvelle nuit s'annonçait, ils attendaient au sommet d'une colline. La ville de Saleur s'étalait devant eux.

La capitale du Sud semblait bizarre aux yeux d'Elbare, mais il était vrai que pour lui toutes les villes paraissaient étranges. Ceux de son espèce vivaient en forêt, près de l'Intra, le fleuve qui irriguait la Versevie. Ils aimaient à s'enraciner dans l'humus natal qui les avait fait pousser, le long des ruisseaux qui serpentaient entre les coteaux arrondis. Quand il le fallait, ils se réunissaient dans une clairière. Il n'y avait rien en Versevie qui ressemblât à une ville, ou même à un village.

Nolate avait parlé d'une cité agréable aux huttes en paille espacées les unes des autres, alignées le long de rues droites et larges qui conféraient à l'ensemble un aspect aéré. Les centaures détestaient l'impression de confinement que déterminaient les maisons entassées les unes sur les autres. De ce point de vue, Saleur méritait son surnom de Belle du Sud.

La partie de la ville située en bord de mer gâchait malheureusement la vue d'ensemble. La zone portuaire paraissait strictement utilitaire ; elle se composait d'une série de bâtiments d'allure avant tout fonctionnelle. Il s'agissait d'entrepôts et des maisons des débardeurs, presque tous des cyclopes et des humains. Un mur en pierres surmonté de pieux cachait cette partie de la ville aux yeux des centaures. Il dépassait même la hauteur de l'édifice centaure le plus grand, une belle construction rectangulaire située au centre d'un large espace dégagé ; aux dires de Nolate, il s'agissait là du temple d'Equus, centre religieux et culturel du peuple des centaures.

Ailleurs, le mur d'enceinte séparait les habitations de la campagne environnante. Plusieurs portes permettaient l'accès à la capitale centaurine. Des miliciens assuraient une surveillance légère le jour et fermaient les battants la nuit, sans les verrouiller. Nolate expliqua que le mur servait à empêcher l'entrée de bêtes indésirables dans la ville.

Si le soleil éclairait toujours le sommet de la colline, il était si bas sur l'horizon que la ville, construite dans une légère dépression, était plongée dans la pénombre. Malgré cela, Elbare distinguait des silhouettes qui lui paraissaient trop familières et qui arpentaient les rues. Non loin de lui, Redneb et Aleel examinaient la ville et ses environs du regard. Il n'eut pas besoin d'attendre leur confirmation pour savoir qu'il s'agissait de patrouilles du Pentacle.

— Il y en a dans pratiquement toutes les rues, expliqua Redneb. Il nous sera difficile de passer inaperçus.

— Il y a pire, ajouta Aleel, qui observait encore Saleur. Je vois des soldats se poster à chaque entrée de la ville. Les portes sont donc aussi gardées de nuit.

Un sentiment de découragement s'abattit sur le groupe. Nolate surtout semblait affecté à la vue de ces étrangers en train d'imposer leur domination à la capitale. Les centaures n'avaient commis aucun délit envers la déesse et l'armée de la souveraine du Monde connu s'octroyait le droit de les surveiller. En y songeant, ils occupaient certainement Saleur pour tenter de les retrouver. Cela devait tracasser le centaure plus que le reste. D'une certaine façon, ils étaient responsables de cette occupation.

— Peut-être vont-ils oublier une issue! espéra Nolate.

Il n'y avait cependant aucune conviction dans sa voix. En tant que maître d'armes à l'Académie militaire, il savait mieux que quiconque que les soldats du Pentacle recevaient un entraînement complet et se montraient méticuleux en toutes circonstances. Ils n'avaient en fait pas le choix, sachant à quel point la déesse leur ferait payer cher la négligence la plus bénigne. Elbare regarda encore une fois le mur d'enceinte, qui ne paraissait pas si imposant vu du sommet de la colline. Ça n'en demeurait pas moins un obstacle infranchissable.

— Si seulement il y avait une issue sous le mur! commenta Elbare. Nous pourrions entrer dans la ville loin de la vue des gardes.

— Évidemment, commenta Sénid. Ce serait même moins risqué que notre plan originel. Sauf qu'une ouverture de ce genre laisserait un passage pour une bête sauvage.

— À moins qu'elle ne soit munie d'une grille, intervint le centaure.

Tous les regards convergèrent vers le quadrupède.

— Mais c'est vrai! Il y a un passage sous le mur d'enceinte, révéla Nolate. Il s'agit d'un égout qui récupère les déchets de la ville. Une grille en bloque l'accès, mais elle est amovible et permet aux travailleurs d'y entrer pour l'entretien. Bravo, Elbare! Je n'y aurais jamais songé sans ta remarque!

— Personne ne surveillera cette issue ? demanda Borgar.

— Pourquoi le feraient-ils ? Ils ne connaissent pas cet égout et, compte tenu du comportement hautain des soldats du Pentacle envers les autres peuples, mes compatriotes ne vont pas s'empresser de leur révéler son existence. Non, il n'y a aucun doute, notre ami végétal a trouvé la solution à notre problème.

— Nous poursuivons donc comme prévu ? demanda Twilop.

— Nous poursuivons comme prévu, confirma le centaure.

À partir de cet instant, le groupe se scinda en deux. Les Vikings de l'escorte resteraient sur place pour surveiller la ville. S'ils découvraient que quelque chose se passait mal, ils repartiraient donner l'alerte au *Piwanga*. Elbare espérait qu'une expédition de secours s'avérerait inutile. Il y avait beaucoup de soldats du Pentacle dans la capitale centaurine.

Les cinq compagnons entreprirent quant à eux de dévaler discrètement la colline. Nolate ouvrait la marche, guidant ses compagnons de mission auxquels s'étaient joints Redneb et Borgar. Elbare appréciait la présence de l'ancien soldat du Pentacle, un combattant expérimenté qui avait fait ses preuves. Il ne doutait pas non plus des aptitudes de Redneb, convaincu que le cyclope n'avait pas atteint le grade de commandant dans la garde royale de Sirrom VII sans de solides compétences de combattant.

Le cyclope aurait refusé de rester en arrière, de toute façon. Il se sentait investi de la mission de protéger Aleel ; il aurait même préféré qu'elle retourne au *Piwanga*. Elle avait refusé net. Depuis le début du voyage, Redneb la couvait comme si elle avait été faite en chocolat. Elle avait supporté cette attitude pendant le voyage afin de préserver le secret de son identité. Une fois entre initiés, elle l'avait vertement tancé, lui expliquant qu'elle savait se battre et qu'elle comptait aller au bout de la mission. De plus, sa présence donnerait plus de poids à leurs arguments devant les centaures.

Ils arrivèrent au bas de la colline et se mirent à la recherche du ruisseau qui devait recevoir les eaux usées. L'obscurité grandissante ne facilitait pas leur progression. Elbare venait d'une région tropicale, comme le pays des centaures. Le soleil se couchait rapidement, dans ces régions, il en avait une longue expérience.

Finalement, ce fut Twilop qui signala la proximité de l'égout.

— Pouah! s'exclama-t-elle. Quelle puanteur!

— C'est un égout, rappela Nolate à voix basse. Tu ne pouvais pas t'attendre à un parfum de jasmin.

Le groupe arriva enfin au ruisseau souillé des immondices de la capitale centaurine. Face à eux, le mur de la ville formait une arche par laquelle passait l'égout. Ils marchèrent jusqu'à la grille et Nolate ouvrit le battant métallique. Une fois à l'intérieur de la conduite, Borgar alluma une torche pour leur procurer un peu de lumière. Ils pouvaient enfin entrer dans la ville, d'une façon qu'aucun d'entre eux n'avait imaginée. Elbare regarda ses compagnons d'aventures qui plissaient le nez, sûrement en raison de l'odeur. Il remercia les éléments d'être une créature végétale.

Les versevs ne respiraient pas comme les créatures animales.

CHAPITRE TROIS

Je crois que nous y sommes, lança Nolate.
— Il indiquait un escalier en pierres qui donnait accès à la surface. Sénid ne voyait pas en quoi cette volée de marches se distinguait des trois précédentes, qu'ils avaient pourtant ignorées. Il aurait bien aimé que le centaure leur indique le premier escalier pour quitter l'égout le plus vite possible. Il se croyait capable d'affronter de nombreuses épreuves, mais l'odeur infecte de ce cloaque puant aurait fait vaciller l'âme la plus résolue. Au moins, grâce au trottoir qui longeait la paroi, ils n'avaient pas à patauger dans les immondices.

La présence d'escaliers pour descendre dans un égout qui n'exigeait qu'un entretien occasionnel l'avait d'abord étonné. Une échelle aurait nécessité moins de travaux lors de la construction. Sénid avait ensuite réalisé qu'un équipement du genre était nécessaire pour accommoder des quadrupèdes. Les centaures ne pouvaient évidemment pas utiliser une échelle.

Suivant l'injonction de son mentor, Sénid grimpa l'escalier jusqu'à la grille qui bloquait l'accès à l'égout. Avant même d'atteindre le battant grillagé, il sentit un courant d'air frais sur son visage. Il prit une profonde inspiration, savourant sa première bouffée d'air pur depuis un bon moment. Il espérait qu'il s'agît d'un bon endroit pour sortir. L'idée de devoir retourner dans l'air fétide du souterrain le faisait frémir.

Il n'entendait aucun bruit et, conformément à ce que Nolate avait prévu, la grille se trouvait à l'ombre d'un bâtiment, une hutte qui faisait partie du complexe du temple d'Equus. Il y avait donc moins de risque qu'un observateur le voie en train de l'ouvrir. Il poussa la grille, moins lourde qu'il ne l'aurait cru, et se retrouva rapidement dans une rue déserte. Non loin de lui, à sa droite, un édifice plus vaste que les autres trônait au centre d'une place. Il correspondait à la description que Nolate avait faite des lieux qu'ils comptaient rejoindre : le temple d'Equus. Le bâtiment se trouvait au bon endroit, à son vif soulagement. Ils n'auraient pas à retourner dans l'égout.

Tout en examinant avec attention les environs, Sénid fit signe à ses compagnons de sortir un à un. Lorsqu'ils furent tous derrière lui, à l'ombre de la hutte, il remit le grillage en place. Il laissa Elbare marcher un moment autour de l'ouverture. Ses orteils racines effacèrent leurs traces aussi efficacement que s'il avait utilisé un balai.

Satisfait, Sénid remercia le versev et ils rejoignirent le reste du groupe.

— Tout est réglé, commenta le Viking. Que devons-nous faire, à présent ?

— Nous allons nous rendre chez la grande prêtresse d'Equus, expliqua Nolate. Elle nous cachera des patrouilles du Pentacle et organisera une rencontre secrète avec le Conseil centaurin.

Il renifla et reprit :

— Après un bon bain, cela va de soi.

— Une personnalité aussi importante qu'une prêtresse de votre culte accepterait de recevoir des inconnus en pleine nuit ? s'étonna Borgar. Des étrangers, qui plus est ?

— Vous êtes en ma compagnie, rappela le centaure. Moi, elle me recevra, et donc vous aussi.

— Je ne doute pas de votre importance au sein de votre peuple, mais il vaudrait mieux se trouver une cachette et la contacter au matin, suggéra Redneb.

— Il y aura des patrouilles du Pentacle, à ce moment-là, objecta Nolate.

— Je ne peux qu'appuyer le commandant Redneb, maître, intervint Sénid. J'imagine qu'une personnalité aussi haut placée dans votre gouvernement dispose de serviteurs. Ils refuseront de réveiller la prêtresse. Ils pourraient même nous livrer aux troupes de la déesse.

Plutôt que de répondre, le centaure se tourna vers Aleel.

— Je comprends mieux encore le dilemme qui t'a amenée à dissimuler ton identité, à présent.

— Que voulez-vous dire ? s'étonna la cyclope. Je vous ai expliqué mes craintes. Je ne voulais pas que vous me traitiez différemment en raison de mon rang.

— Tu as également agi de la sorte pour qu'aucun d'entre nous ne révèle ton identité en cas de capture, n'est-ce pas ?

— Évidemment. Si Lama-Thiva apprenait que l'héritière du royaume cyclopéen fait partie d'une conspiration contre elle, les représailles envers les miens seraient terribles. C'est d'ailleurs pour cela que nous avons limité le nombre de personnes qui partagent ce secret. Je ne vois cependant pas le lien avec notre situation.

— Il se trouve que la prêtresse est ma mère.

La révélation du centaure provoqua une petite commotion au sein du groupe. Sénid se rappelait la confiance de son mentor quant à leurs chances d'obtenir le morceau de Pentacle qui se trouvait au Sud. Il avait expliqué qu'il appartenait au patrimoine de sa famille, sans donner plus de précisions. Occupés par les dangers de la mission, ses compagnons n'avaient pas cherché à en savoir plus.

Cela expliquait aussi qu'il ait accepté si facilement les justifications d'Aleel.

Nolate indiqua une rue secondaire parallèle à la large allée faisant face au temple d'Equus. Ils se glissèrent dans cette rue, à l'ombre des huttes, ce qui les amena devant trois cases alignées dans un parterre. Des corridors couverts reliaient les petites huttes à la grande. Nolate avança jusqu'à la case du centre, la plus grande, et frappa à la porte. Pendant un moment, il ne se passa rien. Sénid pensait que personne n'avait entendu et suggéra à son mentor de frapper de nouveau. Ce ne fut pas nécessaire.

— Qui va là ? demanda une voix de l'autre côté du battant.

La porte resta néanmoins fermée.

— Je suis Nolate, fils d'Erbez. Je demande asile pour la nuit en mon nom et en celui de mes compagnons.

Aucune réponse ne leur parvint de l'intérieur de la hutte. Sénid crut un instant que le serviteur allait refuser de leur ouvrir. Il croisa le regard d'Aleel et y lut la même inquiétude. Puis il réalisa qu'il distinguait plus clairement les traits de la cyclope. Un regard vers l'est lui confirma l'imminence de l'aube. Si le serviteur tardait à leur ouvrir, ils se retrouveraient piégés dans la capitale centaurine. Le Viking cherchait déjà une cachette pour y passer la journée. Il ne voyait pas d'autre option qu'un retour dans l'égout.

La porte s'ouvrit enfin, mettant fin à ses craintes. Cette fois, une centauresse plus âgée les accueillait. Ses traits encore tirés révélaient qu'on venait de la réveiller. Sénid devina qu'il s'agissait de la grande prêtresse en personne.

Il lui trouvait même un air de famille avec son mentor. Un serviteur referma rapidement la porte derrière eux.

— Enfin, te voilà ! s'écria la prêtresse. J'étais sûre qu'un jour ou l'autre tu frapperais à ma porte.

Elle s'interrompit un instant et plissa le nez.

— Par Equus ! Quelle est donc cette odeur épouvantable ?

★★★

Twilop trouvait à la scène un air de déjà-vu. Tout comme les Vikings à Dragonberg et les cyclopes à Œculus, les centaures du Conseil centaurin avaient écouté les explications de Nolate avec, sur le visage, un air de plus en plus stupéfait. Les cinq conseillers avaient du mal à croire en une menace si grande qu'elle concernât tous les habitants du Monde connu. Pourtant, le fait qu'elle soit là prouvait la véracité d'une partie de l'histoire. La présence d'Erbez dans le Conseil devrait aider à les convaincre tous.

Mais voilà qu'un événement différent de ce qu'elle avait vécu lors des expériences précédentes se produisait. Alors que ni les Vikings ni les cyclopes n'avaient demandé son avis à Twilop, se contentant de l'examiner comme si elle avait été une bête étrange, la sage-conseillère, chef du Conseil centaurin, souhaitait l'écouter. Elle se sentit intimidée, même si les regards des centaures se voulaient bienveillants.

Que pouvait-elle dire, en fait ? Au départ de Capitalia, son rôle paraissait simple. Elle accompagnait Nolate, qui la présentait aux peuples du Monde connu afin qu'ils constatent la réalité de la menace. Sa tâche consistait à dépister les morceaux du Pentacle, dont elle sentait la proximité. Elle n'aurait jamais cru qu'on s'intéresserait à elle, qu'on la traiterait comme une personne, qu'on se préoccuperait de son avis. C'était pourtant ce qu'avaient fait ses compagnons de mission et ce que faisait à présent le Conseil centaurin.

Le regard bienveillant d'Erbez, la mère de Nolate, la décida à parler.

— Je vous remercie, seigneurs et dames, même si je ne sais trop ce que je pourrais ajouter aux révélations de votre compatriote ou à celles de mes autres camarades. Je ne peux que confirmer la véracité de l'ensemble du récit. J'ai vécu toute ma vie auprès de Lama-Thiva et je vous assure qu'elle est déterminée à aller au bout de son projet.

La sage-conseillère, au centre, gardait un air serein qui rappelait Pakir quand il lui faisait la leçon. Les autres conseillers ne montraient aucun signe d'impatience. Twilop sut que le Conseil attendait autre chose qu'un rappel des faits, ce qui l'inspira.

— Je suis née d'une expérience de Lama-Thiva; ainsi, je suis sa création. Cependant, elle ne m'a pas conçue pour ressentir la joie de susciter une vie nouvelle, mais pour servir ses ambitions personnelles. Je ne suis, à ses yeux, rien de plus qu'un moyen d'atteindre un objectif. Elle a multiplié les expériences sur moi, sans jamais montrer le moindre intérêt pour ce que je suis. Elle n'a jamais applaudi mes réussites, seulement blâmé mes échecs.

Elle se tourna vers ses compagnons de mission.

— Ceux-là m'ont accepté telle que je suis, sans me reprocher mes imperfections. Le projet de Lama-Thiva me vaudrait la compagnie de nombreuses consœurs. Aucune d'elle n'aurait l'expérience de Nolate, les compétences de Sénid, la force de caractère d'Aleel ni la patience d'Elbare. En leur compagnie, je serais en fait plus isolée encore que dans un monde où je serais l'unique représentante de mon espèce. Acceptez, je vous en prie, de joindre nos rangs.

Elle se tut et attendit nerveusement, devant les regards bienveillants des membres du Conseil.

— Merci à toi, Twilop de Capitalia, lança finalement la sage-conseillère. Tes propos sont pour nous source de réjouissances.

— De réjouissances?

L'hermaphroïde était plutôt surprise. Elle ne regrettait pas d'avoir ouvert son âme devant le Conseil, car elle avait exprimé ce qu'elle ressentait au fond de son cœur. Pourtant, elle n'avait fait que confirmer la gravité de la situation. En quoi sa confirmation d'une menace qui, si elle se concrétisait, ferait disparaître les peuples de toute personne présente dans cette pièce, pouvait-elle constituer une source de réjouissances?

La centauresse Erbez dut deviner son étonnement, car elle intervint:

— Pour nous, centaures, l'adhésion à une cause repose autant sur sa nécessité que sur les motivations des gens qui demandent notre assistance. Dans le cas présent, la nécessité d'agir ne fait aucun doute. Ta sincérité nous montre que vous méritez notre aide.

— Nous aurions adhéré à la cause de nos amis cyclopes et de nos amis vikings malgré tout, commenta le conseiller de la Sécurité. Il fallait toutefois nous assurer que vous ne cherchiez pas qu'à renverser la déesse pour satisfaire vos ambitions personnelles.

— À présent que nous sommes rassurés, reprit la sage-conseillère, il nous faut régler les détails de notre alliance.

La discussion se centra immédiatement sur les questions logistiques, comme la préparation des armées et le choix des stratégies qu'il faudrait déployer. Chaque armée serait tenue de se regrouper dans le plus grand secret, car la déesse ne devait rien apprendre de ce qui se tramait. Ces détails, Twilop les laissait volontiers à ses amis; Nolate et Sénid avaient fait partie de l'armée du Pentacle et Redneb commandait des troupes cyclopes. Elle avait une préoccupation bien différente, qui concernait la raison même de sa présence dans la mission.

— Qu'en est-il du morceau de Pentacle? demanda-t-elle à la cantonade.

Erbez lui sourit avec indulgence.

— Évidemment, fit-elle, puisque la réussite de notre libération dépend de la fin de la déesse, il te sera remis en temps et lieu. Demain, j'organiserai une cérémonie pour te transmettre le morceau.

— Une cérémonie?

— La garde de cet objet fait partie de nos obligations religieuses, expliqua la centauresse. En te le remettant, je mettrai fin à une veille de huit siècles.

La prêtresse semblait triste et Twilop croyait en comprendre la raison. Lorsque Pakir avait remis un morceau au porteur centaure, pour le soustraire à Lama il avait certainement choisi un compatriote qui ne le trahirait pas. Ses successeurs avaient religieusement assuré la garde du morceau; ils en avaient fait un rite que le temps avait profondément ancré dans leur culture. Et voilà qu'Erbez allait rompre avec cette tradition huit fois séculaire. Sans doute avait-elle l'impression de commettre une trahison envers son dieu. Son courage n'en devenait que plus admirable.

Et le mépris de Twilop pour Lama n'en prenait que plus de force.

★ ❋ ✪

Le temple dédié à Equus devait pouvoir accueillir plusieurs centaines de fidèles. Aleel n'avait pas vraiment pu en admirer l'extérieur, puisqu'ils s'y étaient rendus en secret quelques heures plus tôt, alors qu'il faisait encore nuit. Les centaures qui les guidaient, des serviteurs de la prêtresse, avaient même attendu qu'un nuage passe devant la lune avant de traverser l'espace dégagé derrière le temple. Évidemment, ils avaient emprunté l'entrée privée, celle des officiants et des dignitaires. Il aurait été trop risqué d'utiliser la porte principale, qui donnait sur une grande place.

Dans l'obscurité, la cyclope n'avait distingué tout au plus qu'une forme massive sombre sur le fond bleu nuit du ciel. Ils avaient rejoint les quartiers de repos des prêtres pour y dormir jusqu'au matin. On leur avait fourni des couvertures et de minces matelas, ce qui leur avait permis de s'étendre à même le sol, comme sur le *Piwanga*. Les centaures n'utilisaient pas de lits et n'en avaient pas à mettre à la disposition des visiteurs.

Vu de l'intérieur, le temple devenait une œuvre superbe. Le plus vaste édifice de Saleur pouvait difficilement porter le nom de hutte ou de case. Aleel appréciait sa forme rectangulaire aux extrémités arrondies. Les murs semblaient composés de briques de boue séchée ; ils étaient surmontés d'un toit en paille, soutenu par une vingtaine de longues poutres en bois. Les ouvertures dans les murs se trouvaient en hauteur, de sorte que la lumière extérieure éclairait la paille jaunie plutôt que les briques grisâtres. Cet éclairage produisait une impression de chaleur dont l'effet était assez reposant.

La grande prêtresse Erbez tournait le dos au groupe, mains tendues vers la statue.

— Loué sois-Tu, Equus, Toi qui nous as sortis de la boue originelle pour nous libérer de la condition animale. Loué sois-Tu, Equus, pour nous avoir trouvé cette terre bénie dans le monde afin de nous permettre de prospérer.

Les prêtres subalternes répétèrent les remerciements à leur dieu. À la suite de la prêtresse, ils entamèrent une marche autour de la statue, installée dans l'extrémité de forme arrondie du temple, du côté opposé aux portes d'entrée. Un chemin dallé permettait d'en faire le tour. Aleel admirait la statue, une sculpture en bois représentant un centaure barbu deux fois plus grand que nature. Il se dégageait de la personnification comme une aura de sagesse. Étrangement, Equus avait un air familier. La cyclope dut réfléchir un moment avant de réaliser que la statue lui faisait penser à Pakir-Skal.

Les sabots des centaures résonnaient sur le dallage, sans toutefois provoquer d'écho, comme Aleel l'avait déjà observé dans les grandes pièces. Elle aurait cru qu'une salle aussi volumineuse aurait engendré une forte réverbération et supposa que le toit en paille absorbait une partie des sons ambiants.

Il s'agissait d'une cérémonie privée à laquelle aucun public n'assistait. Aleel ne pouvait qu'imaginer une commémoration avec une foule de fidèles debout dans une grande pièce dépourvue d'ameublement. La salle lui avait paru inachevée quand elle l'avait vue pour la première fois, jusqu'à ce qu'elle se rappelle que l'espace était destiné à accueillir des centaures, des créatures qui n'utilisaient pas de bancs ni de chaises.

De toute façon, elle n'aurait pas commis l'affront de s'asseoir pendant la cérémonie.

La mère de Nolate compléta le tour de la statue, suivie par les officiants. Elle fit signe aux non-centaures de s'avancer. Se rappelant les instructions que la prêtresse leur avait fournies avant le début de la cérémonie, Aleel fit quelques pas et s'immobilisa au pied de la statue. En signe de respect, elle inclina la tête.

— Equus, dieu adoré, clama la prêtresse, nous Te présentons les voyageurs venus nous libérer de nos obligations. Depuis huit siècles, un lourd fardeau pèse sur nos épaules. Votre serviteur magicien, victime d'une trahison, nous a confié la mission de préserver une pièce du Pentacle brisé.

— Nous le saluons pour sa sagesse et sa clairvoyance, psalmodia un prêtre secondaire.

— Equus, dieu adoré, ces voyageurs nous ont été envoyés par Ton serviteur magicien. Tu l'as gardé en vie pour que s'accomplisse Ta volonté. Tu as gardé le magicien de notre espèce en vie pour qu'il trouve les sages capables de nous libérer de notre fardeau. Merci à Toi, Equus.

— Merci à Toi, Equus.

— Parce que ce sont des gens épris de droiture et de justice, nous les nommons aujourd'hui compagnons d'âme des centaures. Guide-les sur le chemin de la réussite, comme Tu nous as toujours guidés vers l'épanouissement.

Aleel pouvait se faire une idée assez précise de l'importance que les centaures accordaient à ce titre honorifique qui leur était accordé. L'hommage lui paraissait d'autant plus important que les centaures ignoraient sa véritable identité et qu'elle n'avait pas eu à l'utiliser pour peser sur la décision. En tant qu'héritière de la couronne cyclopéenne, elle aurait certainement eu droit à ce genre de cérémonie et d'honneur, indépendamment de tout autre motif.

Comme le silence semblait se prolonger, Aleel releva la tête. Elle vit que les prêtres subalternes quittaient la pièce. La grande prêtresse s'était détournée de la statue et parlait avec Nolate. La mère et le fils discutaient avec Twilop. L'hermaphroïde se tourna vers Aleel, arborant un air enjoué. L'humidité que la cyclope percevait dans les yeux de son amie lui révélait qu'elle avait aussi été émue de l'honneur que leurs hôtes leur faisaient.

— Tu viens ? demanda Twilop. Nous allons recevoir le morceau.

Aleel se joignit à ses compagnons de mission qui suivirent Erbez jusqu'au fond du temple. La mère de Nolate les précéda dans une série d'appartements qui renfermaient tout un assortiment d'objets de culte. La cyclope regarda, fascinée, les coupes et les chandeliers à quatre branches, symboles d'une religion qu'elle ne connaissait que par ses études à Œculus et les manuscrits de la bibliothèque de Pakir.

Erbez avança entre les étagères et passa dans une pièce plus petite à l'arrière. Elle revint un moment plus tard avec une boîte d'apparence banale. Aleel en devina facilement le contenu, non seulement parce qu'ils étaient là pour récupérer ce que contenait la boîte, mais surtout parce que Twilop trépignait d'excitation. Erbez ouvrit la boîte et tous virent ce qu'elle avait déjà senti en raison de son don. Twilop prit l'objet et le leva à la hauteur de ses yeux en le fixant d'un regard brillant. Ils avaient donc le morceau de Pentacle des centaures.

Le troisième.

❂ ❂ ❂

L'enthousiasme juvénile de Twilop faisait sourire Nolate. Il se demandait si leur compagne de mission manifestait simplement sa joie ou si la réunion de trois morceaux du Pentacle produisait un effet sur elle. Puisque Lama l'avait créée à l'aide de la pointe qu'elle détenait, cette dernière possibilité lui paraissait vraisemblable.

Nolate l'avait prévu dès le départ de Capitalia, le morceau caché au Sud avait été le plus facile à récupérer. Ils pourraient donc reprendre plus rapidement leur route sans subir de nouveaux délais comme lors du voyage vers le pays des cyclopes. La présence de troupes du Pentacle arpentant la ville constituait le seul obstacle à la poursuite de leur mission. Sa mère avait souri quand il en avait fait la remarque. Elle disait avoir une solution à ce problème.

— Savez-vous où est allée votre mère ? lui demanda justement Aleel.

— Elle a seulement dit qu'elle avait un plan pour nous aider à repartir de Saleur.

Cela rappela à l'équipe qu'ils devaient trouver le moyen de sortir de la ville à l'insu des troupes du Pentacle. L'enthousiasme général en fut quelque peu atténué. Ses compagnons de mission devaient déjà imaginer leur prochain séjour dans l'égout. Cette fois, en en sortant, ils n'auraient pas la chance de profiter d'un bon bain. Le centaure ne pouvait qu'espérer que sa mère ait trouvé une solution pour leur permettre de repartir sans être repérés.

Pour sa part, il songeait surtout à la suite du voyage, car il leur faudrait constamment se cacher des troupes qui devaient arpenter le pays. Il était donc hors de question de prendre le Long Chemin, la principale route du Monde connu. Afin d'éviter les patrouilles qu'ils y rencontreraient inévitablement, le centaure avait déjà choisi un trajet de remplacement. Il comptait emmener ses compagnons dans les camps de réfugiés, au sud des montagnes.

L'existence même de ces camps en bordure du désert représentait une raison supplémentaire d'aspirer à la fin du règne oppressant de Lama-Thiva. Les centaures qui y vivaient fuyaient les exactions des troupes du Pentacle dans la région de Raglafart. Sur ces terres autrefois centaurines, les familles des militaires prenaient les meilleurs lots, forçant les propriétaires à l'exil. Et, comme la savane était déjà occupée, il ne restait que les territoires à la frontière désert. Les réfugiés y menaient une vie pénible, loin de leurs terres d'origine.

Nolate imaginait la déconvenue de ses compagnons lorsqu'il leur révélerait ses intentions. Ils avaient tous eu un aperçu du désert pendant la marche vers Saleur et aucun n'apprécierait l'idée de devoir arpenter cette étendue de sable brûlant. Ils devraient pourtant prendre cette route, si la solution de sa mère s'avérait inapplicable.

Elle revint enfin dans la pièce privée du temple, devenue le refuge des cinq compagnons.

— Nolate, mon fils, fit-elle, il y a quelqu'un qui souhaite te rencontrer.

— Une visite? Mais, mère, notre présence devait rester secrète. Il ne fallait en parler à personne!

— Nous, du Conseil, avons estimé nécessaire d'inclure cette personne dans le secret, commenta sa mère en souriant. Son expertise dans le domaine des voyages vous sera utile pour quitter la ville et rejoindre la Versevie.

Une centauresse entra derrière la grande prêtresse. Nolate reconnut immédiatement Essena, son amie d'enfance. Estomaqué, il la regarda. C'était sans doute la meneuse de caravanes la plus compétente du Monde connu. Son aide avait permis à ses compagnons de mission et à lui-même de quitter la caravane pour prendre la vieille route du Nord à l'insu des gardes du Pentacle. Si quelqu'un pouvait imaginer un moyen de les amener secrètement jusqu'en Versevie, c'était bien elle.

— Essie! se réjouit Nolate. C'est un plaisir de te revoir!

La centauresse ne paraissait pas aussi ravie.

— Je ne doute pas de ta sincérité, se contenta-t-elle de répondre. Ta mère m'a révélé l'importance de ta mission et je comprends que tu ne m'aies pas mise dans le secret avant de quitter la caravane. Je l'accepte, même.

— Ne va surtout pas croire que j'ai gardé le silence par manque de confiance en toi, expliqua le centaure. Je voulais uniquement te protéger.

— Parce qu'en cas d'interrogatoire, acheva Essena, je n'aurais rien pu révéler de ta mission. J'ignorais les raisons de ton départ et aussi la direction que tu avais prise. Je te l'ai dit, je comprends et j'accepte.

— Tu ne sembles pourtant pas enthousiaste de me revoir, observa Nolate. Qu'y a-t-il?

Essena hésita un long moment avant de répondre enfin.

— Ils m'ont interrogée, comme tu le craignais. Ça s'est passé au retour de mon voyage suivant. Le fait que j'ignorais tes intentions et ta destination ne les a pas empêchés de me juger coupable de complicité. Tu te souviens de cette jeune fille qui avait pris le voile de ton amie albinos?

Nolate se rappelait en effet qu'au départ de Capitalia Essena leur avait fourni une cape que Twilop portait constamment. Comme il avait présenté l'hermaphroïde en disant qu'elle était albinos, tout le monde avait cru qu'elle se protégeait simplement du soleil. À leur départ de la caravane, une adolescente aux cheveux blonds avait revêtu la cape à son tour. Il s'agissait de leurrer les soldats du Pentacle affectés à la protection de la caravane.

— Je m'en souviens, fit le centaure.

— Ils ont trouvé cela suffisamment louche pour m'imposer des sanctions, révéla Essena. Ils ont suspendu mon droit de voyage. Je ne peux plus participer à des caravanes.

— Comment? s'indigna Nolate. Ils ont osé faire une chose pareille?

Essena confirma d'un hochement de tête.

— Je peux continuer à effectuer les préparatifs de mes caravanes, expliqua-t-elle, mais il m'est interdit de les accompagner.

Nolate ne savait trop comment réagir à cette révélation. Il compatissait au malheur de son amie et comprenait mieux sa réaction mitigée en se retrouvant devant lui. Essena avait travaillé dur pour mériter la réputation qui faisait d'elle l'organisatrice de caravanes la plus demandée du Monde connu. Cette suspension faisait plus que la priver de ressources financières pour vivre. Il comprenait que la centauresse ait pu lui imputer une partie de ses problèmes.

— Je suis venue préparer votre voyage incognito en Versevie, annonça Essena. J'ai un plan qui vous permettra de voyager à l'insu des patrouilles du Pentacle.

— Je ne connais personne de plus qualifié que toi pour imaginer un pareil voyage, commenta Nolate. Comment allons-nous voyager ? Déguisés ou dissimulés dans des doubles fonds que tu aurais fait préparer dans des chariots ?

— Rien de tout cela, objecta Essena. Un déguisement résiste difficilement à une fouille poussée. Même chose pour un double fond.

— Qu'as-tu imaginé ?

Essena sourit pour la première fois depuis son arrivée.

— Vous allez passer par le territoire des réfugiés, répondit-elle.

Elle semblait vraiment amusée de la déconvenue de son ami.

CHAPITRE QUATRE

À l'avant du temple dédié à Equus, il y avait une tour dans laquelle serpentait un long escalier en pierres. Les marches largement espacées menaient à une plate-forme circulaire sur laquelle un prêtre s'installait pour appeler les fidèles au temple. Hormis le prêtre centaure et les serviteurs chargés de l'entretien, personne ne venait y admirer la vue. Elbare s'en désolait. De cet endroit, la ville et les environs offraient un splendide panorama.

Chaque point cardinal proposait un spectacle différent. À l'ouest, l'océan se perdait à l'horizon. La vaste plaine au nord était couverte de champs et de prés dans lesquels se voyaient quelques fermes. Une chaîne de montagnes aux sommets arrondis limitait la vue vers le sud. Au-delà, il n'y avait qu'un désert. Ils avaient longé cette zone inhospitalière pour arriver à Saleur. C'était à l'est, évidemment, que le versev laissait errer son regard. Il fixait le Long Chemin, la route qui serpentait entre deux rangées de collines, qui menait à sa Versevie natale. Une route qu'ils devaient éviter.

— Ne t'inquiète pas, commenta Twilop, qui l'avait accompagné dans la tour. Je suis certaine qu'avec l'aide des collaborateurs d'Essena notre passage dans le territoire des réfugiés se déroulera sans encombre.

À aucun moment Elbare n'avait exprimé sa déception par rapport à la route choisie, qui prolongerait leur voyage. Aucun soupir n'avait pu non plus trahir ses sentiments, puisque les versevs ne respiraient pas comme les espèces animales. Pourtant, Twilop avait deviné l'état d'esprit de son compagnon. Elle avait appris à mieux le connaître, au cours de tous ces mois de pérégrinations à travers le Monde connu. Et puis, ses regards insistants vers l'est en avaient dit plus long que bien des discours.

Elbare avait lui aussi appris à connaître Twilop.

— Je vois que tu as hâte de poursuivre ta découverte du monde, commenta-t-il. Pour ma part, je compte profiter de notre dernière journée à Saleur avant d'endurer les rigueurs du désert.

— Nous ne serons qu'en bordure de la région sablonneuse, rappela l'hermaphroïde.

— Ce sera bien assez près pour moi.

Elbare tremblait comme un jeune arbrisseau sous le vent en songeant à ce qui l'attendait. Depuis le début du voyage, il avait supporté sans trop de mal l'âpreté du froid nordique. L'arrivée sur l'île Majeure avait constitué une bénédiction pour lui, puisqu'il y avait retrouvé un climat tropical semblable à celui de la Versevie. Le désert, en revanche, risquait de le faire souffrir par son aridité.

Aux dires d'Essena, peu de gens voyageaient en passant par le côté sud des montagnes. Elle-même ne s'y rendait qu'une fois l'an pour renouveler ses contrats. Ses subordonnés s'occupaient de livrer les marchandises aux villages concernés. Les centaures qui s'y étaient établis avaient colonisé les parages des rares sources et ruisseaux issus des montagnes. Entre ces points de civilisation, il fallait transporter son eau et supporter les journées chaudes et les nuits glacées.

L'aide des collaborateurs de la centauresse leur serait essentielle et Elbare appréciait l'intervention d'Essena à sa juste valeur. Pour éviter les patrouilles du Pentacle, ils devaient prendre cette route, il n'y avait pas à en douter. En regardant les montagnes, il se demanda ce qui l'empêchait de partager l'optimisme de Twilop. Il se tourna vers le levant en songeant qu'il aurait tout de même préféré le Long Chemin sur lequel arrivaient constamment de nombreux voyageurs.

Elbare ne parvenait pas à distinguer clairement les silhouettes. Il déplorait qu'Aleel se trouvât en bas, dans l'aire de repos des prêtres. Avec sa vision exceptionnelle, elle aurait su tout de suite s'il s'agissait de voyageurs isolés ou d'autre chose. Il n'y avait que quelques bipèdes, vraisemblablement des humains, ces perpétuels voyageurs. Aux quelques inconnus qui gravissaient la crête succédèrent toutefois plusieurs silhouettes qui marchaient au pas, en formation bien ordonnée. Les troupes de la déesse, évidemment.

— Oh non ! fit Twilop. Des renforts !

Elle ne voyait pas ce qu'elle aurait pu ajouter et Elbare continuait à regarder les troupes du Pentacle franchir la crête, en nombre sans cesse croissant. Il n'avait vu les soldats de la déesse qu'en de rares occasions et ne connaissait rien aux subtilités militaires. Il lui paraissait cependant superflu d'envoyer autant de soldats seulement pour retrouver quatre ravisseurs qui auraient prétendument enlevé la première hermaphroïde. D'autant plus qu'elle ignorait qu'ils avaient atteint le Sud.

À moins que…

Elbare se rappelait certaines conversations qui avaient eu lieu sur le *Dalkrid*, pendant la traversée vers l'île Majeure. Ils avaient longuement évoqué le sort possible de Waram, si vraiment il avait été capturé vivant plutôt que tué. La pire des possibilités était que le Viking ait été amené à la déesse. Tout vaillant et courageux qu'il fût, le guerrier n'avait pu taire ce qu'il savait une fois entre les mains de Lama. Dès lors, elle aurait envoyé autant de troupes que possible vers leur destination suivante.

Cette supposition venait de se concrétiser.

Le versev s'arracha difficilement au spectacle de ce défilé de forces hostiles. Son regard s'attarda un instant sur les centaures qu'il apercevait dans les rues de Saleur. En dépit de la présence de patrouilles du Pentacle, les compatriotes de Nolate vaquaient à leurs occupations, sans se douter du malheur qui avançait vers eux d'un pas martial.

— Je cours prévenir les autres, lança-t-il.

Il se rua dans l'escalier qui longeait l'un des flancs du temple et menait à la pièce de repos des prêtres via un passage privé. Il ne craignait pas qu'on le voie : les seules personnes autorisées à emprunter ce passage connaissaient leur présence en ces lieux. Tout en courant, Elbare maudissait la malchance voulant que ces renforts inattendus arrivent justement à ce moment précis. Une journée plus tard et ils se seraient retrouvés loin de la ville.

★ ★ ★

Twilop regardait, impuissante, les troupes de sa maîtresse marcher sur Saleur. Les soldats commencèrent à se déployer avec une efficacité qui révélait la qualité de leur entraînement. En quelques minutes, ils achevèrent de boucler toutes les issues de la ville. Le gros du contingent entra par la porte principale et rejoignit le commandant du détachement déjà présent dans la capitale centaurine. La rencontre des deux chefs se produisit en pleine rue.

Sentant qu'elle ne pouvait supporter plus longtemps ce spectacle, l'hermaphroïde se détourna pour chercher la quiétude du côté de l'océan.

Son découragement se mua alors en désespoir.

Elle porta à peine attention aux pas qui résonnaient dans l'escalier. Elbare revenait avec Aleel et sans doute quelques autres. Les bruits de sabots lui apprirent que des centaures suivaient. Nolate, assurément, et peut-être Erbez, leur hôtesse. Twilop se détourna un instant du spectacle à l'origine de son désespoir. Elle vit que Sénid aussi était monté. La cyclope, elle, concentrait son attention sur le Long Chemin.

— Ça n'augure rien de bon, marmonna Aleel. Ils sont plutôt nombreux.

Elle se tourna vers les soldats du Pentacle et scruta les environs.

— C'est une invasion, déduisit Nolate. Je n'aurais jamais cru que la déesse irait jusqu'à désavouer des ententes millénaires pour nous arrêter.

— Croyez-vous? intervint Sénid. Ces troupes me paraissent trop peu nombreuses pour s'emparer de Saleur et de tout le Sud. Si personne ne leur parle de l'égout, nous pourrons encore partir.

— D'après ce que je vois, des patrouilles arpentent aussi la campagne, affirma Aleel. Il sera difficile de tromper autant de soldats.

— Sans compter qu'ils ne sont pas venus seuls, ajouta Twilop.

Elle pointa une main tremblante vers le port. Twilop vit la stupéfaction apparaître sur le visage de ses compagnons de mission. Aleel confirma les craintes de l'hermaphroïde en identifiant le type de navires qui arrivaient en grand nombre. La flotte de bâtiments patauds avançait pourtant à bonne vitesse vers le port, propulsée par de puissants coups de rames. La force des géants compensait largement l'absence de finesse dans le dessin des bateaux.

En bas, dans les rues, les centaures vaquaient à leurs occupations quotidiennes. Twilop voyait des commerçants en train de vanter leurs marchandises, ou quelque client qui s'arrêtait ou passait son chemin. Il y avait des enfants qui jouaient dans une ruelle et poursuivaient un ballon. La vie de la capitale centaurine paraissait tout à fait normale. Même les patrouilles du Pentacle ne semblaient plus perturber la population.

— Je crois qu'il n'y a plus de doute, commenta Nolate. Ils sont venus pour nous.

— La déesse a donc interrogé Waram comme nous le redoutions, ajouta Sénid, l'air sombre. Qu'a-t-il pu endurer avant de parler ?

Twilop devinait la peine du Viking.

— La déesse connaît la magie, rappela-t-elle. Si ça se trouve, il lui a tout dit sans même le savoir. Nous savons au moins qu'il est vivant.

— Qu'il l'était, corrigea Sénid. Une fois ses secrets révélés, Lama n'avait plus de raisons de le garder en vie.

Twilop ne répondit rien, consciente que le Viking avait probablement raison.

— Vous parlerez de tout ça plus tard, intervint Erbez. Pour le moment, il faut connaître les intentions de cette armée qui fonce sur nous. J'ose croire que la déesse ne compte pas violer tous nos traités.

La mère de Nolate affichait un calme que Twilop était loin de partager. La centauresse avait certes mentionné leurs droits, en l'occurrence l'obligation pour les troupes arrivantes de respecter le pouvoir en place. Sauf en cas d'insurrection, les soldats du Pentacle ou ceux des autres régions ne pouvaient qu'assister les forces locales. Erbez connaissait ces traités par sa double fonction de membre du Conseil centaurin et de grande prêtresse d'Equus. Il restait à espérer que Lama-Thiva n'ait pas ordonné à ses troupes de les enfreindre.

Ils suivirent Erbez jusque dans la pièce privée. Pour le moment, ils y seraient en sécurité. Peu importaient les ordres reçus, il faudrait un certain temps aux nouvelles troupes du Pentacle et aux géants pour s'organiser. Les géants devaient accoster et traverser la ville pour rejoindre leurs collègues. Alors seulement ils coordonneraient leurs efforts pour entreprendre leur mission.

— J'ai envoyé Sialgna, mon plus fidèle serviteur, aux nouvelles, annonça Erbez. Il devrait revenir sous peu avec plus d'informations.

L'attente se fit dans le silence. Personne ne chercha un sujet de conversation qui aurait permis de passer le temps ni ne commenta la situation. Le moral dans la pièce de repos des prêtres restait au plus bas. Twilop s'installa sur une des caisses qui servaient de chaises; c'était une idée d'Essena. Erbez proposa une collation, mais personne ne voulut manger. Ce fut le seul moment où quelqu'un parla dans la pièce.

À son arrivée, le serviteur envoyé par Erbez fut accueilli comme s'il avait été un ami de retour après une interminable absence.

— Quelles sont les nouvelles? demanda Twilop sans lui laisser le temps de reprendre son souffle.

Sialgna paraissait en effet épuisé, comme à la suite d'une longue course. Erbez fut compréhensive envers son serviteur et lui laissa le temps de récupérer. Elle lui servit un verre d'eau que le centaure accepta avec reconnaissance avant de l'avaler d'un trait. Sialgna tourna ensuite un regard attristé vers les visiteurs.

— Ils sont bien à votre recherche, confirma-t-il. Avec une histoire très différente de celle que les premières troupes nous ont racontée.

— C'est-à-dire ? demanda Nolate.

— Les soldats qui viennent d'arriver ont de nouveaux ordres vous concernant. En ce moment, ils placardent des affiches un peu partout selon lesquelles cinq conspirateurs se cachent à Saleur. On promet une forte récompense à ceux qui aideront à leur capture.

Twilop accusa le coup. Cela confirmait leurs pires craintes à tous. Lama-Thiva avait appris le but de leur mission et elle allait tout tenter pour les arrêter. Qu'elle présente désormais les cinq compagnons comme des traîtres à sa couronne révélait à quel point elle craignait la réussite de leur plan. Une bien maigre consolation, en l'occurrence.

Le serviteur ne semblait pas en avoir fini.

— Y a-t-il autre chose ? demanda Erbez.

— Ils ont ajouté qu'ils décrétaient la loi d'urgence et assuraient la direction du Sud jusqu'à nouvel ordre.

★ ★ ★

Nolate n'avait pas souvenir d'avoir vu sa mère aussi désemparée. Aussi loin qu'il pouvait se remémorer, il l'avait toujours vuе comme le pilier sur lequel tous pouvaient compter en cas de coup dur. Il se rappelait encore comment elle avait surmonté le départ de son père, qui l'avait abandonnée pour une autre centauresse. Loin de s'apitoyer sur son sort, elle avait travaillé dur pour assurer à son fils et à elle-même une vie décente. Sa progression sociale l'avait amenée au titre prestigieux de grande prêtresse ; elle avait été l'une des plus jeunes centauresses à obtenir ce poste.

De la voir ainsi au bord des larmes indiquait clairement à son fils à quel point la décision de la déesse la blessait dans son âme, comme elle touchait tous les centaures.

Des bruits en provenance de la salle de prière du temple interrompirent les sombres réflexions de Nolate. Des éclats de voix suivirent; on se disputait, de l'autre côté du mur. Certaines des voix appartenaient à des prêtres subalternes. Les autres restaient étrangères au centaure. Il ne parvenait pas à comprendre les propos échangés.

Erbez regarda par un judas qui donnait sur la salle du temple.

— Ne faites pas de bruit, ordonna-t-elle. Il y a des géants dans le temple.

Elle attrapa sa toge cérémonielle, l'enfila à la vitesse de l'éclair et se rua hors de la pièce en galopant vers les intrus. Nolate éprouva une joie singulière en voyant que sa mère avait retrouvé si vite sa détermination, la marque de sa force de caractère. En même temps, il partageait son indignation face à une pareille intrusion dans leur lieu de culte. Les géants allaient se faire passer un savon.

— Que signifie cet outrage? cria-t-elle en faisant son entrée. Ne savez-vous pas que ce temple est sacré, pour les nôtres?

Nolate s'installa au judas pour ne rien manquer de la scène. Il vit sa mère, solidement campée sur ses sabots, face à un géant armé d'une massue. Effrayés, deux prêtres se tenaient derrière elle, le dos courbé. La grande prêtresse, au contraire, avait croisé les bras sur sa poitrine et fixait sur le géant un regard d'une telle intensité que le colosse semblait avoir perdu beaucoup de son assurance.

— Êtes-vous la grande prêtresse Erbez, du culte d'Equus? demanda-t-il d'un ton incertain.

— Je porte la toge de grande prêtresse, rétorqua la mère de Nolate. Il s'agit d'un symbole important pour notre espèce, pas d'un costume de carnaval!

Nolate dut se retenir pour ne pas pouffer. Il ne devait pas attirer l'attention des géants sur leur présence à quelques mètres seulement d'eux. Leur déconvenue faisait pourtant bien plaisir à voir. Même les prêtres paraissaient moins effrayés. Nolate restait néanmoins nerveux. Il avait trop conscience de la massue que portait chaque géant.

Cherchant à reprendre contenance, le colosse apostrophé sortit un document dont il entreprit sans attendre la lecture.

— Par décret de la très estimée Lama-Thiva, souveraine éternelle du Monde connu, nous avons ordre de mettre aux arrêts tous les membres du Conseil centaurin. Chacun de ses représentants sera placé en résidence surveillée avec interdiction de circuler sans une escorte d'au moins trois soldats du Pentacle ou deux géants.

Abasourdi, Nolate accusa le coup. Lama-Thiva mettait fin à l'entente vieille d'un millénaire qui liait le Sud au Centre. Même après avoir éliminé les autres magiciens du Conseil des sages, la déesse avait continué à honorer tous les traités. Ce geste conforterait sûrement le Conseil centaurin dans sa décision de joindre la coalition visant à renverser la souveraine. Mais Nolate ne pouvait trouver là un motif de réconfort, sachant combien les prochains jours seraient pénibles pour ses concitoyens... et pour sa mère, qui subirait l'opprobre d'un emprisonnement.

— Il s'agit d'un affront sans précédent, s'indigna-t-elle. Je suis non seulement membre du Conseil centaurin, mais aussi grande prêtresse d'Equus. Notre peuple n'aimera pas savoir leur guide spirituel en état d'arrestation.

— Sera-t-il heureux d'apprendre que le fils de leur grande prêtresse est le responsable de tous leurs maux?

— Que voulez-vous dire?

— Nous savons que Nolate a fomenté un plan pour renverser la déesse. Un geste absurde de sa part, mais que notre bien-aimée souveraine ne peut laisser impuni. Les conditions qui vous sont imposées seront levées dès que vous nous aurez livré votre fils et ses complices.

Erbez fit un pas en arrière, comme frappée de stupeur.

— Mon fils ? Un traître ? Ne dites pas de bêtises ! Nolate est maître d'armes à l'Académie militaire de Capitalia, c'est un membre respecté de la société. Cette année, il a décidé de rester à Capitalia pendant ses vacances pour parfaire sa formation de maître académicien.

Elle jouait parfaitement la mère indignée d'une calomnie visant sa progéniture.

— Non, objecta le géant. Il s'est lancé dans un voyage à travers le Monde connu pour former une alliance des peuples et soulever une grande armée qui cherchera à renverser la déesse. Ses complices et lui se sont rendus chez les Vikings, puis à Œculus.

— Chez les cyclopes ? s'esclaffa Erbez. Vous imaginez un centaure naviguant plusieurs jours sur un bateau ? Cette affirmation prouve l'absurdité même de vos prétentions. Mon fils est à Capitalia et jamais il ne trahira notre souveraine bien-aimée.

— Dans ce cas, vous ne vous opposerez pas à une fouille de votre domicile, je suppose ? Nous retournerons chaque pierre de cette ville pour les retrouver. Y compris ce temple auquel vous tenez tant… Allez-vous nous accompagner sans faire d'histoire ou devrons-nous vous ligoter ?

Le géant avait sorti une corde qu'il exhibait devant la mère de Nolate. Celle-ci fit un pas en arrière, un réflexe atavique chez les centaures. Nolate avait lui-même frissonné à l'évocation de liens pour entraver sa mère. Même si l'esclavage dont avaient été victimes leurs ancêtres remontait à plus d'un millénaire, les centaures restaient particulièrement effrayés à l'idée d'être enchaînés. Peut-être le soldat géant avait-il compté sur ce réflexe pour faire pression sur la grande prêtresse. Erbez accepta de suivre les géants sans autre commentaire. Nolate la regarda s'éloigner et soupira.

Ils étaient toujours libres, mais pour combien de temps?

★★★

L'ambiance restait maussade dans la pièce de repos des prêtres. Depuis la visite des géants, chacun était passé du désespoir complet à la résolution d'échapper coûte que coûte aux troupes combinées des soldats du Pentacle et des géants. Personne n'envisageait de renoncer. Seulement, pour poursuivre, il leur fallait rester libres et, puisque les colosses avaient menacé de fouiller le temple, ils devaient changer de cachette. Le plan de Nolate leur donnait une chance. Du moins, Sénid voulait-il le croire.

L'idée de son mentor comportait cependant d'énormes risques, en particulier pour le centaure. Au début, le Viking avait protesté, jusqu'à ce qu'Aleel lui rappelle que leur situation était déjà désespérée. L'évidence obligeait Sénid à accepter le plan de Nolate. Lorsque le serviteur de la grande prêtresse reviendrait, ils mettraient leur projet à exécution.

Sénid avala la dernière bouchée de son pain. Ils avaient mangé leur ration sans appétit et en silence. La pénombre de la pièce achevait de créer une atmosphère sinistre et chaque bruit les faisait sursauter. Les deux ouvertures placées à la jonction du mur et du plafond procuraient le jour un éclairage indirect. De nuit, aucune lumière n'éclairait la pièce et il fallait utiliser des lampes. Pour éviter que cette lumière ne soit visible de l'extérieur, les compagnons devaient se contenter d'une seule lampe.

L'arrivée de Sialgna arracha le Viking à ses sombres pensées. Comme espéré, Essena accompagnait le serviteur. Les deux centaures déposèrent une pile de vêtements au centre de la pièce. La centauresse apportait en plus une boîte dont elle sortit quelques pots de terre cuite. Sénid devina qu'ils contenaient le nécessaire pour leur camouflage.

Dans le cadre de ses activités de transport, la centauresse utilisait un personnel constitué de compatriotes, mais aussi d'humains et de cyclopes. Il fallait entre autres transporter les marchandises qui arrivaient par mer et les centaures détestaient la proximité de l'eau. Sénid, Aleel et Redneb pouvaient donc revêtir des habits de travailleurs. Elbare et Twilop seraient aussi déguisés en humains.

Il n'y avait malheureusement rien à faire pour Nolate, trop connu en tant que maître d'armes de l'Académie. À coup sûr, un ancien élève le reconnaîtrait.

Le centaure resterait donc en compagnie de Borgar, qui reprendrait pendant quelques heures son rôle de soldat du Pentacle. Il le guiderait en le faisant passer pour un prisonnier. Sénid détestait cette partie du plan, car l'ex-soldat aussi pouvait rencontrer quelqu'un qu'il connaissait. Les survivants de la patrouille de Borgar étaient prisonniers à Dragonberg, mais il avait sûrement fait d'autres rencontres durant sa formation.

Pour le reste, il fallait qu'Essena rapporte de bonnes nouvelles.

— J'ai obtenu les laissez-passer qui vous permettront de m'accompagner aux entrepôts, expliqua la centauresse. Les envahisseurs ont décrété un couvre-feu interdisant toute circulation non autorisée la nuit.

L'information constituait une mauvaise nouvelle de plus pour les fuyards, sans toutefois surprendre Sénid. La formation de soldat à l'Académie comprenait aussi des cours de gestion de crises, en cas de conflit. Un couvre-feu dans une zone de troubles permettait toujours de mieux maîtriser la situation et augmentait les chances de mettre la main sur les conspirateurs. Le Viking trouvait pour le moins ironique de vivre cette expérience dans le rôle d'un insurgé.

Il récupéra l'un des pots de teinture qu'avait fournis Essena, des pommades et d'autres produits de beauté destinés aux belles de Capitalia. Il imprégna soigneusement ses cheveux et sa moustache d'un noir d'ébène. Avec l'éclairage sommaire des torches et du clair de lune, l'illusion devrait tromper les gardes, pour peu qu'ils se contentent d'une inspection sommaire.

Il fallait espérer que les documents d'Essena leur permettraient de se déplacer sans problème. Dans le cas contraire, tout serait perdu. Pour parfaire leur déguisement en simples travailleurs, ils avaient abandonné leurs armes, qui les auraient trahis aussi certainement que s'ils étaient sortis en plein jour pour crier leur nom en public. Essena les avait déjà amenées, cachées dans le double fond d'une caisse, dans la cachette où elle comptait les conduire. Personne n'avait songé à la fouiller, car on cherchait des gens, pas des armes.

Les compagnons de Sénid se déguisaient eux aussi. Twilop paraissait étrange avec ses cheveux foncés et sa peau blanche. Une pommade lui donna bientôt les couleurs de la peau humaine. Elbare semblait métissé, le vert de son écorce rendant le maquillage un peu plus foncé. Ils feraient néanmoins illusion. Aleel teignait ses cheveux d'un orangé que le Viking trouvait peu attrayant. De fait, elle était plutôt laide, ainsi attifée. Sénid réalisa que cette transformation l'affectait plus que s'il s'était agi de ses autres camarades. Il préféra se concentrer sur son déguisement, plutôt que d'approfondir cette pensée.

Ils furent enfin prêts à partir.

— Couvrez la lampe, commanda Essena. Il faut éviter que la moindre lueur ne nous trahisse quand nous sortirons.

Sénid appréciait le sens pratique de la centauresse. Une fois la lampe tamisée, ils attendirent que leurs regards s'accoutument à l'obscurité. Comme la lune n'était pas encore levée, aucune lumière ne franchissait les soupiraux au sommet du mur. Finalement, un léger bruit de sabots résonna, suivi du chuintement discret de la porte qu'on ouvrait lentement. Sénid vit le rectangle de ciel étoilé contre lequel une silhouette chevaline se dessinait. Il suivit Essena à l'extérieur.

Le groupe emboîta le pas à la centauresse, d'abord discrètement. Une fois dans la rue, ils reprirent une démarche normale. Le Viking ne perdait pas de vue qu'ils jouaient les travailleurs accompagnant leur maîtresse dans la zone portuaire.

— Halte!

L'intonation de l'injonction était celle d'une voix humaine. Ils s'arrêtèrent, pendant qu'une patrouille du Pentacle marchait vers eux. Sénid s'efforça de rester aussi calme que possible. Il ne craignait pas de geste de panique susceptible de les dénoncer de la part de Redneb, ni sans doute d'Aleel. Elbare et Twilop, en revanche, semblaient excessivement nerveux.

— Que faites-vous dehors en pleine nuit? questionna le chef de la patrouille. Vous ignorez donc qu'il y a un couvre-feu?

— J'ai les permis nécessaires pour mes déplacements et ceux de mes ouvriers, répondit Essena, tout en sortant une série de papiers.

Le patrouilleur prit les papiers et les examina un à un à la lueur d'une torche. Il passa ensuite devant chaque membre de l'équipe de la centauresse, les éclairant tour à tour de sa torche. Sénid supporta cet examen sans broncher, tout comme Redneb et Aleel. Twilop ne put s'empêcher de faire un pas en arrière, mais le soldat n'en fit aucun cas. Elbare parvint lui aussi à garder son calme.

Le chef de la patrouille remit les documents à la centauresse.

— C'est bon, fit-il. Vous pouvez y aller.

— Je vous remercie, messeigneurs, minauda Essena. Je me sens plus en sécurité, à présent.

La centauresse savait aussi bien que Sénid que les soldats du Pentacle appréciaient la flatterie. Leur formation les amenait à se croire meilleurs que les non-soldats, surtout ceux des autres espèces, et un peu de flagornerie pouvait aider à endormir leur méfiance. Pendant qu'ils marchaient vers la zone portuaire, Sénid songea à Nolate, qui passerait par le même chemin dans quelques minutes.

Il ne pourrait profiter de cet avantage pour éviter d'attirer l'attention sur lui.

★ ★ ★

— Je crois qu'ils ont suffisamment d'avance, lança Nolate. À notre tour, maintenant.

Borgar avisa la corde qu'il tenait à la main. Il s'approcha du centaure et la lui passa autour du cou. Nolate frémit à ce contact. L'ex-soldat fit un nœud plutôt lâche, passa une autre corde entre les pattes antérieures et enfin en utilisa une troisième pour entraver les pattes postérieures. Ainsi attaché, le prisonnier ne pourrait courir et s'enfuir au galop. Il fallait surtout rendre la couverture aussi crédible que possible.

— Tu devras resserrer les cordes, commenta Nolate. Les gardes vont sûrement vérifier la solidité de mes liens.

— Sans doute, répliqua Borgar. J'ai fait un double nœud qu'on peut refermer en tirant d'un coup sec sur l'autre bout. Quand ils nous intercepteront, je pourrai discrètement les resserrer. Ils n'y verront que du feu et vous en serez incommodé moins longtemps.

— Je n'aime pas ça, intervint Sialgna. N'auriez-vous pas pu vous contenter de vous déguiser, vous aussi?

— Il fallait diviser le groupe, rappela Nolate. Les géants sont d'abord à ma recherche et il est plus difficile de déguiser un centaure.

— Je sais. Cela ne m'empêche pas de trouver pénible de vous voir attaché de la sorte. Je suis heureux que votre mère n'en soit pas témoin et je prie Equus pour que personne ne vous voie dans cette situation.

Le serviteur semblait au bord des larmes, tant était profond son malaise de voir un centaure entravé, qui plus est le fils de sa maîtresse. Pendant cet échange, Borgar avait revêtu un uniforme de soldat du Pentacle. Le Viking parut instantanément à l'aise dans le vêtement bleu nuit. De revoir l'ex-soldat de nouveau habillé ainsi fit un curieux effet à Nolate. Il se rappelait leur rencontre, dans le Nord, quand ils avaient combattu des dragons ensemble. Ils devraient de nouveau paraître des ennemis, du moins pour la nuit.

— Il est à votre taille? demanda Sialgna.

— Je l'ai légèrement ajusté, répondit Borgar. J'ignore comment vous l'avez dégoté, mais il fera illusion. Nous y allons?

Encore une fois, le serviteur couvrit la lampe. Nolate attendit que son regard s'habitue à l'obscurité et suivit Borgar à l'extérieur. La lune se levait. Ils restèrent cachés dans l'ombre du temple, le temps de laisser passer une patrouille du Pentacle qui traversait la place devant l'édifice. Lorsqu'ils furent aussi certains que possible que personne ne les observait, ils gagnèrent la route et partirent vers le port. Désormais, ils devaient marcher à la vue de tous. Nolate suivait son gardien, la tête inclinée, présentant tous les signes du découragement.

Une série de cris retentit derrière eux. Quelque part dans la ville un centaure venait de se faire surprendre à l'extérieur, malgré le couvre-feu. Borgar sursauta, mais se reprit rapidement. Un soldat du Pentacle ne pouvait qu'approuver les représailles exercées contre un centaure qui venait de braver le couvre-feu.

Nolate aussi tressaillit, ce que son statut de prisonnier pouvait expliquer. Il pria Equus pour que l'infortuné ne se fasse pas trop molester.

Ils arrivèrent sans encombre au mur séparant la ville de la zone portuaire. Deux gardes, des géants, surveillaient la porte, unique passage dans la haute muraille. Borgar poursuivit sa progression d'un pas assuré, en tirant Nolate avec assez de force pour le faire presque trébucher. Le centaure lui avait demandé de se montrer brutal avec lui pour parfaire leur subterfuge. Il devait admettre que le Viking jouait bien son rôle.

Ils s'arrêtèrent devant les gardes.

— Laissez-moi passer, lança Borgar d'une voix ferme. Je dois conduire ce prisonnier au port.

— Qui est-ce ? demanda le garde de droite.

— Quelle importance ? rétorqua l'ex-soldat. C'est un centaure et ils sont tous pareils, non ?

Les géants éclatèrent de rire.

— Pour ça, tu l'as dit, répliqua le garde. Il y a un instant, trois de nos collègues en ont capturé un qui sortait de leur temple. Tu te rends compte ? Violer le couvre-feu pour aller prier en pleine nuit ! J'aimerais être là pour lui asséner un bon coup de ma massue. Ça lui ferait peut-être reprendre un peu ses esprits.

— Sauf qu'ils n'en ont pas, intervint le second géant. À ce qu'on raconte, il s'agirait d'un serviteur de leur grande prêtresse, rien de moins. À mon avis, nous perdons notre temps ici. Ces centaures sont trop idiots pour constituer une menace. La déesse peut dormir tranquille.

Les rires redoublèrent et Borgar s'efforça de se montrer aussi hilare que les géants. Nolate garda la tête baissée, ayant de moins en moins de difficulté à simuler le découragement. Il maudissait l'impatience de Sialgna. Plutôt que d'attendre au temple jusqu'au matin, il aurait voulu retourner à son domicile. Ce geste irréfléchi allait lui causer bien des ennuis. À Borgar et à lui aussi, si Sialgna avouait qu'il les avait aidés.

Borgar devait également avoir saisi la précarité de leur situation.

— Je vais conduire ce prisonnier au port, répéta-t-il. J'ai hâte de me débarrasser de cette tâche et d'aller me coucher.

— N'hésite pas à nous appeler s'il te cause le moindre souci, rétorqua un des géants. Ma massue n'a pas servi depuis trop longtemps.

Borgar tira sur le lien, incitant son prisonnier à se remettre en marche. Nolate aurait voulu courir pour s'éloigner des géants et rejoindre ses amis dans la cachette que leur avait dénichée Essena. Il traîna au contraire légèrement les sabots, comme s'il résistait avant de se résigner à suivre son gardien. Il se concentra sur chacun de ses pas, se refusant à penser au sort qui attendait Sialgna. Il se sentait responsable de ce qui arrivait au serviteur de sa mère.

CHAPITRE CINQ

Avec les premières lueurs de l'aube, Aleel put de nouveau distinguer la ville par delà le mur. Saleur méritait pleinement son surnom de Belle du Sud. Le soleil levant frappait les toits en paille, les ornant de teintes de beiges et de jaunes qui procuraient une sensation de douce chaleur, apaisante après la pénible nuit qu'ils venaient de passer.

L'illusion de quiétude disparaissait dès que le regard s'attardait dans les rues de la capitale centaurine. La cyclope trouvait agréable l'enchaînement des larges artères de la ville, bordées de huttes elles aussi largement espacées les unes des autres. Quand la communauté centaurine vaquait à ses occupations quotidiennes, Saleur devenait une ville paisible et il devait faire bon y vivre. Cependant, avec les patrouilles du Pentacle et les géants qui arpentaient les rues, elle n'avait plus rien d'agréable.

Essena les avait menés à ce hangar dans lequel elle faisait entreposer les marchandises qui devaient ensuite repartir par mer ou par caravane. Le large édifice, une construction humaine, se trouvait tout contre le mur qui séparait le quartier portuaire du reste de la capitale centaurine. En grimpant sur les caisses entassées le long du mur est, il était possible d'observer la ville à travers les ouvertures d'aération, situées à la jonction du toit. Essena avait choisi cet entrepôt précisément dans ce but : aucun autre édifice ne permettait de voir au-dessus du mur.

Nolate et Borgar les avaient rejoints une heure environ après leur arrivée. Eux aussi étaient parvenus à passer sans encombre, grâce à l'aplomb de l'ex-soldat. Le centaure les avait informés de la capture probable de Sialgna. Ils avaient heureusement prévu ce cas de figure : le serviteur de la grande prêtresse expliquerait qu'il avait travaillé tard au temple et qu'il ignorait tout du couvre-feu.

Ils avaient prévu dormir jusqu'au matin, puis tenir une réunion pour discuter d'un moyen de quitter la ville. Mais l'annonce de la capture du serviteur d'Erbez avait provoqué une discussion qui les avait tenus éveillés presque tout le reste de la nuit, sur le moyen à prendre pour échapper aux forces combinées des troupes du Pentacle et des géants. Et, même une fois couché, dans l'obscurité, chacun avait souffert d'insomnie en raison de la situation fort préoccupante qu'ils avaient à affronter. Aleel avait préféré grimper sur les caisses pour regarder poindre l'aube.

Au loin, près du centre de la capitale centaurine, un mince filet de fumée signalait le début des activités en ville. Aleel supposa qu'un marchand concoctait les mets qu'il prévoyait vendre au cours de la journée. Les centaures marquaient leur désapprobation de l'occupation militaire en s'efforçant de mener une vie aussi normale que d'habitude. C'était sans doute l'attitude que tâchait de garder celui-là.

Curieusement, aucun autre panache ne s'élevait vers le ciel. Peut-être voyait-elle plutôt un détachement des forces du Pentacle en train de cuisiner son repas matinal? Pourtant, la cyclope aurait juré que les troupes avaient établi leur campement plus au sud de la ville. La fumée s'élevait près du centre de Saleur, non loin de la place principale. Beaucoup de fumée. Bientôt, Aleel fut contrainte de conclure qu'elle apercevait un début d'incendie. Un feu qui brûlait dans les environs du temple d'Equus. La mère de Nolate y avait sa maison...

Aleel observa ses compagnons, couchés ici et là dans l'entrepôt. Son regard s'attarda sur Nolate, le plus affecté par l'arrestation du serviteur de sa mère. Elle devinait sans peine ce qu'il ressentirait lorsqu'elle lui parlerait de l'incendie. Nolate méritait de se reposer. Pourtant, la cyclope devait lui parler de cette conflagration. Elle regarda de nouveau vers la ville pour tenter de repérer l'endroit exact de l'incendie. N'ayant plus de doute, elle descendit de son perchoir. Pour ne pas réveiller les autres, elle se pencha sur le centaure.

— Nolate! murmura-t-elle.

Il ouvrit les yeux.

— Que se passe-t-il?

Elle lui parla de l'incendie, ce qui acheva de le réveiller. D'un bond, le centaure fut debout. En fait, il se leva si brusquement que le bruit de ses sabots sur le plancher en bois réveilla Sénid qui dormait à quelques mètres de lui. Le Viking vint les rejoindre, alerté par l'attitude de son mentor. À l'évocation de l'incendie, Nolate était devenu livide.

— Remonte là-haut et décris-moi ce que tu vois! ordonna-t-il.

Un peu surprise du ton agressif employé par le centaure, Aleel grimpa rapidement sur les caisses. Elle comprenait la frayeur de son compagnon et ne pouvait lui tenir rigueur de sa véhémence. Dans une ville aux habitations faites en paille, un incendie constituait toujours une catastrophe majeure. Le maître d'armes aurait sûrement souhaité pouvoir monter lui-même sur les caisses pour voir ce qui se passait.

La cyclope découvrit un spectacle bien différent de celui qu'elle avait aperçu avant de descendre prévenir le centaure. L'incendie avait pris une telle ampleur qu'elle apercevait les flammes au-dessus de la ville sans avoir besoin d'utiliser sa vision qui agrandissait tout. Sa description de la conflagration plongea Nolate dans une profonde perplexité.

— Je ne comprends pas que l'incendie ait pris tant d'ampleur, commenta-t-il. Nos huttes sont largement espacées, ce qui devrait limiter la propagation du feu.

Aleel continuait d'observer le sinistre, cherchant à comprendre ce qu'elle voyait à la lumière de l'explication du centaure. Elle n'avait pas songé à cet avantage, en admirant les huttes fortement distancées les unes des autres. De fait, pour qu'un incendie prenne une telle ampleur, il lui fallait franchir les larges espaces gazonnés entre les habitations.

Dans les rues, l'agitation gagnait les quelques centaures déjà sortis de leur hutte pour entreprendre leurs activités quotidiennes. Certains regardaient vers l'est, d'autres couraient sur les hauteurs accessible pour chercher à apercevoir le foyer de l'incendie. Dans le ciel s'élevait une sinistre fumée grise qui cachait en partie le soleil. Au moins, le feu brûlait dans une zone restreinte et ne semblait pas vouloir se répandre dans la capitale centaurine. Seule son ampleur intriguait.

Un bruit complètement inattendu fit sursauter Aleel, qui manqua de dégringoler de son poste d'observation. Dans l'entrepôt, Sénid avait saisi son arme et courait vers la porte. Redneb et Borgar, réveillés en sursaut, prirent également leurs armes pour assister Sénid. La cyclope aussi avait identifié le bruit du battant qui s'ouvrait.

Préoccupés par l'incendie, ils en avaient oublié d'assurer leur propre sécurité.

Heureusement, il s'agissait d'Essena.

— Ne surgis jamais ainsi à l'improviste! s'écria Nolate. Nous aurions pu te tuer.

La centauresse ne répondit pas et tomba dans les bras de son compatriote. Surpris, Nolate la réconforta, pendant qu'elle éclatait en sanglots. Aleel connaissait le sang-froid d'Essena. Elle les avait non seulement conduits dans cet entrepôt en les faisant passer sous le nez des soldats du Pentacle et des géants, mais elle avait encore tenu tête aux soldats qui escortaient la caravane grâce à laquelle ils avaient pu quitter Capitalia. Il fallait que quelque chose de vraiment sérieux se soit produit pour l'ébranler ainsi.

— Le temple! gémit-elle. Ces salauds de géants ont incendié le temple!

★ ★ ★

Nolate n'avait aucune idée du temps qu'ils passeraient dans le hangar. Quand Essena les y avait conduits, la veille, elle avait précisé qu'une patrouille du Pentacle avait déjà fouillé l'entrepôt. Ils seraient donc à l'abri d'une autre perquisition pendant un moment. Nolate se doutait que les forces combinées qui occupaient Saleur retourneraient chaque pierre de la ville pour les retrouver, son équipe et lui. S'ils avaient osé intervenir dans le temple, rien ne les arrêterait.

Essena avait recouvré un calme que Nolate savait n'être qu'une façade. Tout comme son amie, il éprouvait un mélange de rage et d'abattement. Le temple d'Equus représentait le cœur de la communauté et la seule irruption des géants dans son enceinte constituait déjà un sacrilège. Que l'incendie ait été déclenché par accident ou délibérément ne changeait rien. Ce forfait renforçait la résolution de Nolate de réussir la mission qu'ils avaient décidé d'entreprendre. Un pouvoir qui permettait de pareilles infamies devait être renversé.

Les membres de l'équipe déplaçaient des caisses pour les transformer en cachettes. L'irruption d'Essena avait fait réaliser à chacun qu'ils s'étaient montrés négligents. La prochaine fois, il pourrait s'agir de quelqu'un de décidé à les livrer aux occupants. Désormais, une sentinelle surveillerait la porte en permanence pour leur éviter d'être pris au dépourvu. Twilop avait accepté le premier tour de garde.

Un sifflement très bref mit Nolate en alerte. Il s'agissait du signal que devait lancer l'hermaphroïde pour les prévenir que quelqu'un s'approchait du hangar. Le centaure imita ses complices qui se cachèrent à toute vitesse dans les caisses. Elbare courut entre les boîtes, ses pieds racines faisant disparaître toutes traces des manipulations récentes. Nolate pourrait voir ce qui se passait par un interstice entre les planches de la caisse qu'il occupait. Il vit Essena se lever pour accueillir le visiteur.

Un centaure, employé d'Essena, entra dans l'entrepôt.

— Qu'y a-t-il, Naprat?

L'interpellé n'eut pas le temps de répondre. Derrière lui, le bruit de la porte qui claquait indiqua que quelqu'un entrait sans attendre quelque autorisation. Trois soldats du Pentacle s'avancèrent d'un pas rapide vers les centaures. Deux géants suivaient, marchant d'un pas plus détendu. Leurs grandes enjambées leur permettaient de progresser aussi vite que les humains, sans efforts.

— Êtes-vous la centauresse Essena, chef de caravane? demanda le soldat le plus gradé.

Nolate vit son amie se planter fermement sur ses sabots devant l'officier et croiser ses bras sur sa poitrine. Si le lieutenant avait compté intimider Essena en usant d'un ton autoritaire, il déchanterait rapidement. La centauresse ne s'en laissait pas imposer et savait tenir tête aux soldats du Pentacle, lorsque nécessaire. Elle n'avait pas acquis sa réputation d'inflexibilité qui faisait de ses caravanes les plus appréciées en pliant devant l'attitude hautaine de certains soldats. Plus d'un avait baissé les yeux sous son regard courroucé.

— Je suis Essena, répondit son amie. Je suis chef de caravane et responsable du transport de marchandises. Puis-je connaître les raisons de votre intrusion ? Cet entrepôt a déjà subi une fouille et nous venons tout juste de remettre de l'ordre dans la pagaille que vous y avez laissée.

L'officier fut décontenancé un moment, visiblement peu habitué à se faire apostropher de la sorte. Ses collègues humains parurent amusés, mais ne firent aucun commentaire. Un des géants ricana. Le lieutenant se retourna pour le foudroyer du regard. Le colosse soutint calmement ce regard, puis haussa les épaules. L'officier reporta son attention sur la centauresse.

— Certaines sources nous affirment que vous connaissez le centaure Nolate que nous recherchons. Est-ce exact ?

— Bien entendu, rétorqua Essena. Nous sommes même des amis d'enfance.

— Pourquoi nous avoir caché cette information ?

— Je n'ai rien caché du tout ! Vos collègues de patrouille sont venus fouiller mes entrepôts en précisant qu'ils cherchaient un centaure et des complices ayant enlevé une protégée de la déesse. Ils n'ont pas mentionné l'identité de celui qu'ils cherchaient.

— Vous auriez dû nous en aviser lorsque vous l'avez appris.

— En quoi cette information aurait-elle pu vous aider? s'étonna Essena. Vos soldats savaient déjà qu'il a voyagé dans une de mes caravanes pour fomenter son projet démentiel. On m'a d'ailleurs retiré ma licence pour cette raison, il me semble...

Si l'officier avait compté rendre à Essena la monnaie de sa pièce, il avait raté son coup.

— Vous savez à présent qu'il s'agit d'une tout autre affaire, reprit le lieutenant. J'imagine que s'il vous contactait vous nous avertiriez.

— Il ne serait pas assez stupide pour commettre une erreur pareille, fit remarquer la centauresse. Pour un complot contre notre déesse, je le dénoncerais aussitôt. Je compte récupérer ma licence.

— De toute façon, commenta l'un des géants, l'annonce d'aujourd'hui va le faire sortir de son trou.

Cette fois, ce fut Essena qui fut surprise.

— Quelle annonce?

— Vous n'êtes pas au courant? s'étonna le lieutenant. Nos hérauts parcourent les rues et nous placardons des avis dans toute la ville.

— Je suis ici depuis l'aube à remettre de l'ordre dans le fatras que vous avez créé, rappela Essena. Quelle est donc cette annonce?

— Nous avons appris que la grande prêtresse d'Equus est la mère de Nolate, expliqua-t-il. S'il ne se livre pas à nos forces d'ici demain au crépuscule, sa mère sera exécutée sur la place publique, devant les ruines de votre temple.

Cette fois, le lieutenant souriait, plus que satisfait d'avoir ébranlé l'assurance de la centauresse. Dans sa cachette, Nolate crut défaillir. Heureusement, il parvint de justesse à ne pas s'effondrer; le bruit de son corps heurtant l'intérieur de la caisse aurait trahi sa présence et celle de ses compagnons. Le centaure fit un effort pour se concentrer sur la suite de la conversation.

Elle semblait lui parvenir comme à travers la brume d'un cauchemar.

— Vous n'allez pas faire une chose pareille! s'écria Essena.

— Nous le ferons avec plaisir, répliqua un géant. J'ai toujours rêvé de voir comment un centaure se débat, pendu par le cou à une corde. Ce doit être un spectacle fort amusant.

Il éclata de nouveau de son rire gras, imité par son compatriote. Les géants firent un salut moqueur à l'intention de la centauresse et repartirent vers l'entrée du hangar, suivis par les soldats qui retournaient à leur patrouille. Nolate nota distraitement que Twilop reprenait son poste de guet, à l'entrée. Il n'y avait qu'une pensée qui courait dans son esprit: la mort imminente de sa mère. Il était au désespoir.

❂ ❂ ❂

— Ils reviennent!

Twilop se rua vers sa cachette sitôt son avertissement lancé. Un instant plus tard, la porte du hangar s'ouvrait brusquement. Les soldats et les géants qui avaient quitté l'entrepôt moins d'une minute plus tôt revenaient avec une dizaine de collègues en renfort. L'air triomphant du lieutenant de la patrouille précédente fit craindre le pire à Elbare. Il avait l'intuition que les forces du Pentacle venaient expressément pour les arrêter. Ils avaient donc appris où se cachaient leurs proies.

— Fouillez les caisses! ordonna le jeune officier.

Il sortit son épée et s'avança vers la caisse la plus proche. Un géant qui l'accompagnait frappa la boîte d'un puissant coup de gourdin. Les planches volèrent en éclats, libérant un mélange de paille et d'urnes, dont certaines se brisèrent en tombant. Essena eut un hoquet de stupeur, mais un géant l'empêcha de se ruer en avant. La réaction fit sourire le lieutenant.

— Nous briserons tout jusqu'à ce que vous sortiez, cria-t-il. Nous savons que vous êtes sept. Inutile de tenter de nous leurrer en laissant l'un de vous en arrière.

Nolate quitta sa caisse, son arme à la main. Quelques instants plus tard, Aleel et Sénid le rejoignirent. Twilop arriva aussi pour se joindre à ses compagnons. Borgar et Redneb complétèrent l'équipe. Elbare attendit un peu avant de sortir à son tour. Il restait en retrait, soucieux de ne pas attirer l'attention sur lui. Les soldats du Pentacle levèrent leur épée, prêts au combat. Le versev ne voyait pas comment ils pourraient s'en tirer, cette fois.

L'officier s'adressa d'abord à ses troupes.

— Ce Sialgna avait raison, commenta l'officier. Les traîtres sont bien cachés ici.

Le mouvement de recul de Nolate n'échappa point à Elbare. L'évocation du nom du serviteur de sa mère ébranlait visiblement le centaure. Par ce court commentaire, l'officier venait de révéler comment ils avaient eu vent de leur présence dans le hangar d'Essena. Il cherchait évidemment à saper leur moral pour les inciter à se rendre sans combattre. Ce qui avait poussé Sialgna à les dénoncer, Elbare ne pouvait que le deviner. Vraisemblablement, il avait parlé dans l'espoir d'empêcher l'exécution de la grande prêtresse.

Le lieutenant s'adressa enfin au centaure.

— Allons, fit-il, un sourire sardonique aux lèvres. Nous bloquons la seule issue de cet entrepôt et nous sommes plus nombreux que vous. Jetez vos armes et rendez-vous.

La réponse de Nolate ne se fit pas attendre.

— Jamais! cria-t-il en brandissant son épée.

Il se rua sur l'officier qui ne dut la vie qu'à ses excellents réflexes de combattant. L'homme parvint à sortir son épée juste à temps pour bloquer l'attaque. Il répliqua d'un coup droit que Nolate para facilement. L'officier du Pentacle dut reculer devant la charge du centaure, beaucoup plus fort que lui. Deux soldats se joignirent à lui, obligeant Nolate à combattre contre trois assaillants à la fois.

Sénid tenta de se ruer au secours de son mentor, mais il fut lui-même confronté à un soldat qui l'intercepta. Les autres compagnons du versev se lancèrent aussi dans des engagements avec les soldats et même des géants qui abattaient leur massue redoutable vers leurs ennemis. Sans grand succès, heureusement. Ce que les colosses déployaient en force brute, ils le perdaient en précision. Contre des ennemis de leur taille, leur stratégie aurait connu du succès. Leurs adversaires du moment avaient largement le temps de voir venir les coups et de se déplacer pour les éviter.

Même Essena se mêla à la bataille, bien qu'elle fût désarmée. La centauresse recula jusqu'à une rangée de caisses et les fit basculer, ce qui assomma un géant et bloqua le passage à deux autres. L'entrave ainsi créée permit à Borgar et Redneb de se placer dos à dos pour mieux affronter les soldats. Ce fut cependant le talent de Twilop qui surprit le plus Elbare.

L'hermaphroïde assomma deux gardes en quelques secondes et se retourna juste à temps pour faucher les jambes d'un troisième soldat qui s'apprêtait à frapper Aleel dans le dos. Son bâton de combat tourbillonnait telles les pales d'un moulin à vent et les géants hésitèrent en s'approchant d'elle. Elbare frémit lorsque le premier se décida et fonça. Le colosse frappa dans le vide, Twilop ayant rapidement disparu de l'endroit visé. Poursuivant son élan, elle frappa son ennemi à l'entrejambe, ce qui le jeta au sol, terrassé. L'hermaphroïde était déjà prête à affronter un nouvel adversaire.

Twilop était en feu.

Elbare n'avait aucune idée de ce qui provoquait une pareille métamorphose chez leur amie. Il se rappelait encore lorsque, quelques jours après qu'il eut rejoint la mission, elle avait voulu apprendre à manipuler des armes. Elle parvenait alors à peine à soulever une épée et, au tir à l'arc, ses flèches ne se rendaient même pas à leur cible. Plus tard, Borgar lui avait appris à manipuler un bâton de combat. Elle y avait montré un certain talent, mais rien de semblable à la dextérité qu'elle manifestait en ce moment.

Si le versev admirait le talent soudain de leur compagne de mission, il n'en oubliait pas pour autant que cela faisait de lui le seul membre de l'équipe à ne pas savoir se défendre. À l'extérieur, il aurait pu se transformer en arbre et passer inaperçu. Dans le hangar, non seulement le sol dur l'empêchait d'y planter ses racines, mais, de toute façon, qui aurait cru qu'une plante puisse y pousser ?

Jusque-là, les assaillants l'avaient négligé, mais cela ne pouvait durer. Un géant parvint à se défaire des caisses dans lesquelles il s'était empêtré et fonça vers lui. Le versev recula jusqu'au mur de l'entrepôt, anticipant le coup de massue qui mettrait fin à sa vie. Saurait-il l'éviter ? Elbare chercha un refuge, des caisses derrière lesquelles il pourrait s'abriter. Mais les boîtes empilées à sa droite touchaient le mur, ne laissant aucun espace derrière elles.

Elles tombèrent à cet instant précis et ensevelirent le géant. Le versev vit le colosse trébucher, tenter de se relever et trébucher de nouveau. Une silhouette centaurine bondissait vers lui. Il voulut remercier Essena d'avoir jeté ces boîtes sur son agresseur, puis réalisa qu'il s'agissait en fait de Nolate.

— Il faut te sauver! ordonna-t-il. Nous allons tenter de les occuper pour te permettre de sortir.

— Je ne veux pas vous abandonner!

— Tu ne peux rien faire pour empêcher notre capture. Tant que l'un de nous restera libre, il pourra organiser un soulèvement pour libérer Saleur. Toi seul peux le faire. Va!

Nolate ne put en dire plus, car le géant avait fini de se dépêtrer des caisses qui le retenaient. Le colosse se rua aussitôt sur le centaure qui évita un coup de massue particulièrement puissant en se déportant sur sa gauche. Cela laissa la droite libre. Accroupi pour éviter les coups, Elbare s'avança aussi vite qu'il le put jusqu'à une autre rangée de caisses. Il se retrouva près de la porte, que deux soldats surveillaient. Nolate surgit, véritable tornade sur sabots, les obligeant à le combattre. Le versev profita de la diversion pour courir à l'extérieur.

Il n'était pas libre pour autant.

— En voilà un!

Un des soldats restés à l'extérieur l'avait aperçu. Elbare courut en longeant le mur de l'entrepôt. Il le contourna et parvint à se trouver hors de vue de ses poursuivants. Avisant une haie d'arbustes, il s'y glissa et enfonça dans le sol ses orteils racines. En un instant, il devint un arbre. Les soldats jaillirent à ce moment-là et coururent vers la haie. Ils s'arrêtèrent, perplexes, cherchant le fugitif, ignorant qu'il n'était qu'à quelques mètres d'eux. Au bout d'un moment, le chef de la patrouille divisa son équipe en deux groupes qui partirent chacun dans une direction différente.

Soulagé, Elbare refusa néanmoins de baisser sa garde, sachant qu'il ne pouvait quitter sa forme sylvestre avant la nuit. Provisoirement sauf, il songea à ce que lui demandait Nolate. La population de Saleur détestait assurément les troupes d'occupation, surtout après l'arrestation de leurs chefs et l'incendie du temple d'Equus. Serait-ce suffisant pour les inciter à se soulever contre une armée bien entraînée et lourdement équipée?

Le versev devait se montrer à la hauteur des espérances du centaure.

CHAPITRE SIX

La procession défilait lentement dans les rues de Saleur. Les soldats du Pentacle et leurs alliés géants encadraient les prisonniers qu'ils avaient enchaînés les uns aux autres par le cou. Les gardiens ne toléraient aucune résistance. Qu'un prisonnier trébuche et tous recevaient des coups et des insultes. Sénid suivait Aleel, elle-même se tenant derrière Twilop. Venaient ensuite Borgar et Redneb, alors que les centaures fermaient la marche. C'était à eux que cette procession faisait le plus de mal.

À l'humiliation que constituait pour un centaure le fait d'être attaché, les gardiens avaient ajouté le défilé devant les ruines du temple d'Equus. Ils y avaient même fait la seule pause entre l'entrepôt et la prison. Le Viking avait regardé les restes calcinés du joyau de la cité centaurine. Il devinait ce que pouvaient ressentir les centaures. Il en souffrait lui-même.

Sénid avait admiré la beauté du temple lors de la cérémonie précédant la remise du morceau de Pentacle. La célébration faisait partie des beaux souvenirs qu'il gardait de leur mission, avec leur séjour à Hypérion. En fait, l'élégance de la capitale centaurine l'avait séduit dès le premier regard, quelques jours plus tôt, quand ils avaient observé la ville du haut des collines, au sud de ses murs. Le passage dans l'égout et la présence ennemie dans la ville constituaient ses seuls souvenirs désagréables de Saleur. Le séjour qui les attendait dans les geôles de la milice centaurine allait sans doute venir grossir le rang de ses plus mauvaises impressions…

La caserne de l'armée centaurine se trouvait près de la salle du Conseil. Sénid se rappelait avoir remarqué cette construction lorsqu'ils avaient rencontré le Conseil. De nuit, leur déplacement furtif ne lui avait pas permis de détailler le bâtiment. De jour, il paraissait d'ailleurs anodin. La caserne ressemblait aux autres grandes huttes de Saleur, avec ses murs en briques de boue séchée et son toit de chaume. L'échafaud construit devant l'édifice pour l'exécution de la grande prêtresse conférait à ce décor un air des plus sinistres.

Le gibet perturba grandement Nolate.

— Qu'arrivera-t-il à ma mère ? demanda le centaure.

— Ce qui a été prévu, rétorqua un géant. Elle sera exécutée demain à l'aube pour servir d'exemple à votre peuple. Il faut que tous sachent ce qu'il en coûte de défier la déesse.

Sénid s'offusqua.

— Vous nous avez capturés ! s'indigna-t-il. La menace que nous représentions n'existe plus.

— Vous aviez promis d'épargner la grande prêtresse en échange de l'arrestation de Nolate, intervint Aleel. N'avez-vous donc aucune parole ?

La cyclope avait crié son indignation haut et fort. Les centaures qui regardaient passer les prisonniers s'étaient presque tous détournés, par pudeur devant la détresse d'Essena et de Nolate. Les cris d'Aleel sollicitaient leur curiosité et les incitaient à regarder la scène. Elle s'assurait ainsi que leurs gardiens deviennent le centre d'attention de la foule, qui assistait à la confrontation.

Le chef des gardiens refusa de se laisser intimider et se fendit même d'un sourire.

— Il ne s'est pas rendu, rétorqua-t-il sur un ton sardonique. Nous avons dû vous débusquer et vous avez résisté à votre arrestation. Même que l'un des vôtres nous a échappé.

— Il ne pourra rien faire pour vous aider, intervint un géant. Ce n'est qu'un imbécile de versev.

— Vous ne voudriez pas que nous ayons gaspillé nos efforts en érigeant cette potence ! plaisanta l'un des géants.

— Salauds ! cria soudain Nolate.

Le centaure se jeta sur le chef des soldats, lui infligeant un coup de poing qui étendit l'officier au sol. La chaîne qui entravait le groupe força Essena et Redneb à faire quelques pas vers leurs gardiens, pour éviter qu'elle les étrangle en se resserrant. Borgar parvint à suivre, mais Sénid se retrouva par terre et fut même traîné sur quelques mètres. À moitié asphyxié, il se tourna vers Aleel et Twilop qui avaient aussi trébuché, car elles se trouvaient à l'autre bout de la chaîne. La cyclope et l'hermaphroïde essayaient de passer leurs doigts entre le lien et leur gorge pour respirer un peu mieux.

Les soldats tentèrent de maîtriser la fureur sur sabots, ce qui leur valut quelques coups et ruades. Les géants intervinrent avec plus d'efficacité. En usant de leur grande force physique, ils attrapèrent le centaure, qui continuait à se débattre avec fougue. Sénid vit avec effroi un soldat sortir son épée. Redoutant qu'ils outrepassent les instructions de la déesse, il se décida à s'interposer.

— Maître, non !

Deux gardes empoignèrent le Viking et l'un d'eux le frappa même au visage. Leur chef, toujours ébranlé par le coup de poing du centaure, leur ordonna de le laisser agir. Sénid parvint à se placer face à son mentor et leurs yeux se croisèrent. Il y avait un tel désespoir dans le regard de Nolate que Sénid sentit poindre en lui un sanglot. Il lui fallut un instant pour se ressaisir.

— Arrêtez cette folie, supplia-t-il. Si vous persistez, ils vont vous tuer. Ils ne méritent pas que vous leur offriez ce plaisir.

— Ils vont tuer ma mère, rétorqua le centaure, des larmes coulant sur ses joues.

Sénid ne l'avait jamais vu aussi désemparé.

— Votre mort ne sauvera pas votre mère, lança-t-il. Ils ont l'avantage, pour le moment. Mieux vaut garder vos forces, vous en aurez grandement besoin s'ils nous conduisent à la déesse.

Le Viking s'abstint de parler des possibilités d'évasion, même s'il se doutait que les soldats avaient compris ses allusions quand il avait parlé d'économiser leurs forces. De fait, Sénid ne croyait pas vraiment que la surveillance se relâcherait à quelque moment que ce soit pour leur permettre d'échapper à l'attention des troupes d'occupation. L'homme du Nord était convaincu que leur mission était achevée et qu'elle se concluait par un échec.

Nolate recouvra son calme si subitement que les soldats qui le tenaient prirent plusieurs secondes avant de se décider à le lâcher. Sénid lui-même s'étonna du changement soudain d'attitude de son mentor. Le centaure jetait un regard circulaire sur la foule qui avait assisté à son esclandre. Le Viking le surprit à sourire un très bref instant avant de reprendre un air abattu. Il n'y avait pourtant rien de réjouissant dans leur situation.

Elbare comprit que Nolate l'avait vu. Un moment plus tôt, il avait attaqué leurs gardiens, un geste téméraire qui aurait pu lui coûter très cher. Sans doute pas la vie, car Lama-Thiva voulait les prisonniers vivants pour les interroger à sa convenance, en fait, les torturer pour son divertissement, le versev ne pouvait l'ignorer. Les géants et les soldats auraient néanmoins pu user de représailles, lui asséner des coups extrêmement douloureux.

Nolate s'était calmé, pendant que Sénid lui parlait. Elbare ignorait si les propos du Viking avaient réussi à apaiser le centaure ou si c'était le fait d'avoir vu le versev, sous sa forme sylvestre, qui avait eu cet effet. Sans doute se disait-il que, aussi longtemps que l'un deux était libre, l'espoir perdurait. Il ignorait aussi ce qui avait provoqué la subite crise de Nolate. Depuis son poste d'observation, près d'une hutte semblable à plusieurs autres, il ne pouvait pratiquement rien entendre des échanges entre les prisonniers et les gardiens. Il avait perçu les cris d'indignation d'Aleel, puis Nolate était intervenu. Violemment.

Le centaure était bien le dernier du groupe de qui on pouvait s'attendre à ce qu'il perde son sang-froid. Pour susciter en lui une colère si vive qu'il s'en était retourné contre les gardiens, il avait fallu un élément déclencheur puissant. Des propos que Nolate avait jugés si révoltants qu'il avait risqué sa vie et celle de ses compagnons d'infortune dans un acte de rébellion inutile.

Les centaures qui avaient vu la scène, eux, pourraient le renseigner. Plusieurs citadins avaient assisté à l'esclandre. Plus tôt, lorsque les prisonniers avaient été amenés devant le temple en ruines, certains avaient regardé la procession avec effarement, tandis que la plupart avaient détourné le regard, gênés pour Essena et Nolate. L'échauffourée les avait forcés à porter toute leur attention sur les prisonniers ce qui, à la réflexion, pourrait servir Elbare. S'il voulait convaincre les centaures de se soulever, tout geste hostile des troupes d'occupation devenait un argument supplémentaire.

Les conversations des centaures lui procureraient déjà un bon indice de leur état d'esprit.

— C'est épouvantable, s'effara un centaure âgé en s'adressant à une jeune centauresse qui se trouvait à sa droite. Je n'aurais jamais cru voir tant d'infamie de ma vie.

— Ils ont brûlé notre temple, gémit l'adolescente. Ils auraient au moins pu tenir leur promesse d'épargner notre grande prêtresse.

Elbare sursauta et sentit qu'il retournait à sa forme bipède. Il se ressaisit rapidement et attendit un instant, redoutant que quelqu'un l'ait aperçu. Personne ne faisait attention à lui. Bien que soulagé de ne pas s'être fait repérer, il n'en était pas moins choqué par ce qu'il venait d'entendre. Ainsi, les forces d'occupation avaient décidé de procéder malgré tout à l'exécution publique d'Erbez. Il comprenait à présent ce qui avait motivé la révolte de Nolate. Il réalisait aussi qu'il devenait plus impératif que jamais d'agir. L'indignation semblait d'ailleurs généralisée parmi les centaures qui se trouvaient près de son poste d'observation.

— On ne peut pas laisser faire cela, grand-père! reprit la jeune centauresse. Il faut leur parler, organiser une délégation et rencontrer les chefs de ces troupes. Nous devons demander grâce pour la grande prêtresse.

— Ce ne sera pas suffisant! commenta un autre centaure, un peu plus loin dans la foule. C'est d'actions dont nous avons besoin, pas de suppliques.

Elbare était d'autant plus favorable à cette solution qu'il voulait trouver des meneurs dans la population de Saleur pour organiser le soulèvement contre les troupes d'occupation. Il devait même agir au plus tôt, libérer la mère de Nolate avant qu'elle ne soit conduite à l'échafaud. Ce centaure qui venait de parler avait pris un ton étrangement calme, dépourvu de la colère des gens qui parlent sur un coup de tête. Un candidat idéal pour ce qu'il comptait organiser.

Le vieux centaure demanda à sa petite-fille de rentrer sans lui.

— Restez autant que possible à l'intérieur, ta mère et toi. Avant peu, les rues de Saleur ne seront plus sûres du tout.

Le ton, plus que le sens des paroles du vieux centaure, alerta Elbare. Le regard de connivence du vieillard avec l'autre centaure lui révéla qu'ils se connaissaient. Pourtant, quelques minutes plus tard, ils partirent chacun de leur côté, sans échanger la moindre salutation. Quand le centaure qui avait parlé de gestes concrets donna un discret coup de queue au flanc d'un compatriote, le versev sut qu'il avait trouvé ceux qu'il cherchait. Ce centaure partit à son tour, se signalant de la même façon étrange auprès d'un quatrième quadrupède.

Encore fallait-il la contacter, cette coalition qui s'organisait manifestement. Or, les centaures se dispersaient et ne donnaient pas l'impression qu'ils comptaient se rejoindre à un endroit précis. Elbare réfléchit à ce qu'il pouvait faire. Il s'assura que personne ne le voyait et se déracina. Il avait choisi le vieux centaure, plus facile à reconnaître, et il s'efforça de le suivre. S'ils s'étaient donné rendez-vous quelque part, ils se réuniraient tous à l'endroit convenu dans peu de temps.

Deux fois, Elbare dut s'enraciner pour passer inaperçu aux yeux des patrouilles du Pentacle. Il bénissait les Éléments que les militaires de la déesse ne portent aucun intérêt aux autres peuples du Monde connu. Leur ignorance de ce don des versevs l'aidait encore une fois à passer inaperçu. Le seul risque qu'il courait, c'était qu'un géant soit au fait de cette faculté. Même si les versevs en parlaient très peu, un espion avait pu en être informé. Il n'en vit que deux au cours de son déplacement, qui ne s'intéressèrent nullement à lui. En revanche, à la suite de son second enracinement, il perdit le vieux centaure de vue.

Il s'efforça de rester aussi calme que possible et se glissa dans les rues avoisinantes. L'idée de rater l'occasion de contacter ceux qui pouvaient organiser un soulèvement le rendait très anxieux. Il songeait à la mère de Nolate qui finirait sur l'échafaud s'il n'agissait pas assez vite. Il s'en voudrait beaucoup s'il ne retrouvait pas le vieillard.

Il le repéra juste au moment où il entrait dans une hutte. Prudemment, Elbare s'en approcha. Pris d'une ultime hésitation, il s'enracina près d'une fenêtre, hors de la vue des occupants, et prêta l'oreille. Le vieillard était-il simplement rentré chez lui? Peut-être s'était-il trompé et avait-il interprété comme des signes de connivence de simples gestes sans lien les uns avec les autres.

— La situation est aussi sérieuse que nous l'avions craint, dit une autre voix. Ils comptent exécuter notre grande prêtresse.

— Personne ne vous a suivi? demanda une voix qui parut étrangement familière au versev.

— Non, répliqua le vieillard. Que croyez-vous? Je sais faire preuve de discrétion.

— Nous avons tous fait preuve de discrétion, confirma une autre voix. Nous avons communiqué uniquement par signes.

— Je vous crois. Néanmoins, je pense que quelqu'un vous a suivi. Heureusement, il s'agit d'un allié. N'est-ce pas, Elbare?

Celui qui venait de parler avait sorti la tête par la fenêtre en lançant sa question. Elbare passa par toute une gamme d'émotions en quelques instants seulement. Il n'eut pas vraiment le temps de se sentir effrayé à l'idée d'avoir été repéré, puisqu'il voulait justement contacter les conspirateurs. Il fut cependant estomaqué, car il ne s'agissait ni d'un centaure ni d'un humain ou d'un cyclope de la zone portuaire. Le versev savait à présent pourquoi il avait trouvé cette voix familière et il reprit espoir. Le capitaine Rogor lui souriait. Pris par les événements, il avait complètement oublié les Vikings du *Piwanga*.

Ils pouvaient pourtant faire toute la différence.

✪ ✪ ✪

Sans ménagement, les gardiens poussèrent Aleel dans la cellule. Elle trébucha et se reçut assez durement sur les mains. Le sol était fait d'une pierre très dure, marquée par le rabotage des sabots de nombreux prisonniers centaurins. Aleel se retourna. Assise à même le sol, elle regarda ses mains, la droite surtout, qu'elle s'était éraflées. En dépit de l'obscurité du cachot, il lui semblait qu'elle saignait légèrement.

Un soldat surprit son manège.

— On est une nature délicate, à ce que je vois. Ne t'inquiète pas, nous viendrons te soigner quand nous en aurons fini avec tes petits copains. Ça devrait d'ailleurs te plaire.

Il s'esclaffa et referma la porte. Aleel se releva et massa machinalement sa main, avec l'écho de ce rire gras qui résonnait dans ses oreilles. La gravité de la situation ne lui avait pas échappé, mais commençait à s'imposer à elle d'une façon plus que désagréable. Son aspect ironique aussi. Elle se retrouvait seule au fond d'un cachot mal aéré, dans une cité qu'elle aurait peut-être visitée un jour en qualité de chef d'État.

Elle jeta un regard autour d'elle. L'examen de son nouvel environnement ne prit qu'un instant. Le cachot n'était qu'une pièce rectangulaire, munie d'un soupirail qui fournissait un éclairage et une aération plus que sommaires. Sans la lumière et l'air provenant du corridor, l'atmosphère serait vite devenue irrespirable. Un trou dans le sol permettait de soulager les besoins naturels et un tas de paille, dans un coin, devait faire office de lit. Les centaures n'utilisaient pas de meubles et elle devrait s'asseoir dans la paille moisie ou à même le sol dur et froid.

Il n'y avait rien à faire, sinon attendre... et se remémorer les derniers événements.

Les géants avaient employé un moyen primitif, bien dans leurs habitudes, avec cette lourde chaîne qui enserrait le cou des prisonniers. Elle en avait encore les muscles endoloris. La cyclope se massait la nuque avec l'impression de porter encore le lien de métal, trop lourd pour les espèces bipèdes. La colère de Nolate n'avait pas aidé. Lorsqu'il s'était jeté sur le chef des soldats, la chaîne s'était resserrée et Aleel s'était écroulée, incapable de respirer. Sans l'intervention de Sénid, elle aurait fini par s'évanouir, asphyxiée.

Un cri retentit entre les murs de la prison, arrachant un frisson d'effroi à la cyclope. Instinctivement, Aleel s'était recroquevillée sur elle-même, comme si le hurlement avait été un coup qu'on lui assénait à la tête. Deux cris plus brefs suivirent, trahissant une vive douleur. La cyclope se rappelait les menaces des soldats et elle sut qu'un de ses camarades subissait la torture.

Le cri suivant eut un effet bien différent sur Aleel. Cette fois, elle resta immobile, s'efforçant de faire abstraction de toute autre impression sensorielle pour tenter d'identifier la victime de ces mauvais traitements. La voix était masculine, ce qui signifiait qu'il ne s'agissait pas de Twilop. Même si l'hermaphroïde était dotée des caractéristiques des deux sexes, l'aspect féminin de sa personne prédominait. Cela se concrétisait aussi dans sa voix. Il fallait donc que ces cris soient ceux de Nolate, de Borgar ou de Redneb.

Ou de Sénid.

À peine la possibilité lui eut-elle traversé l'esprit qu'Aleel se précipita sur la porte. Elle agrippa les barreaux à deux mains, cherchant à voir dans le corridor. Il n'y avait évidemment pas assez d'espace pour lui permettre de passer la tête et elle ne pouvait voir qu'un petit bout de couloir. Elle resta parfaitement immobile, à l'affût du moindre bruit, consciente seulement des battements affolés de son cœur. Le silence menaçait de la rendre folle.

Un nouveau hurlement retentit, qui la fit sursauter violemment, même si elle s'y était attendue. Le cri était suffisamment lointain pour mettre hors cause le cachot voisin du sien, dans lequel se trouvait Redneb. La voix ne lui semblait pas celle de Nolate non plus, elle avait un timbre plus bas que celle du centaure. Restait un des Vikings comme possibilité.

Un moment, Aleel imagina Sénid, humilié, brisé, devenu une loque n'ayant rien à voir avec le guerrier valeureux qu'elle avait appris à respecter. L'image lui arracha un gémissement étouffé et elle se mordit le poing. Mais elle se rappela que la déesse voulait les prisonniers vivants, probablement pour les exhiber à Capitalia et en faire des exemples. Les soldats connaissaient peut-être des moyens de torture qui ne laissaient aucune séquelle apparente sur leur victime, mais ils n'oseraient pas courir le risque d'irriter Lama-Thiva.

Aleel s'accrocha à cette pensée, cherchant désespérément à éviter de perdre la raison.

Honteuse, elle réalisa soudain qu'elle ressentait du soulagement à l'idée qu'un autre de ses compagnons de voyage souffrait le martyre. Le supplicié ne pouvait être que Borgar, car la protection de la déesse ne s'étendait pas à lui. Les soldats humains des forces d'occupation faisaient sûrement payer chèrement sa défection à l'ex-soldat. Sa participation au combat dans le hangar ne pouvait qu'alimenter la rage des militaires du Pentacle.

Les cris se succédèrent pendant quelques minutes qui lui semblèrent des heures. Pourtant, lorsqu'ils cessèrent, Aleel ne fut que modérément soulagée. Ce silence revenu accordait-il un répit à Borgar ou signifiait-il qu'il avait été tué ? L'ex-soldat avait largement contribué à la progression de leur mission. Son aide avait été précieuse, en particulier pour Twilop.

Les soldats qui l'avaient enfermée revinrent devant sa porte.

— Au fond du cachot ! clama l'un d'eux. Et plus vite que ça !

Aleel recula jusqu'au mur du fond. Les soldats déverrouillèrent la porte et deux d'entre eux entrèrent, épée en main, pendant qu'un troisième amenait une chaise fruste, comme assemblée à la hâte à partir de matériaux hétéroclites. Il plaça le curieux meuble au centre de la pièce. Les soldats y assirent la cyclope brutalement, et la ligotèrent, les mains derrière ce qui tenait lieu de dossier. Le soldat à la chaise sortit de la cellule et revint un instant plus tard avec une table pliante. Il posa une série d'instruments d'aspect menaçant sur le meuble, un à un, en faisant tinter chacun d'eux. La cyclope frémit à la vue de ces lames et autres instruments de torture.

Le soldat posa le dernier outil d'un geste sec sur la table et leva les yeux vers la prisonnière, le regard mauvais. Aleel refusa de se laisser démonter. Elle avait compris que l'étalement systématique des instruments ne visait qu'à l'intimider. Elle se prépara mentalement à la suite, ignorant s'ils oseraient la molester ou s'ils voulaient lui soutirer des renseignements par cette seule intimidation.

Sans doute chercheraient-ils à savoir si d'autres conspirateurs leur avaient échappé. Ils tenteraient de lui arracher des informations en affirmant que le supplicié précédent avait fait des aveux. Elle devait éviter les pièges qu'ils ne manqueraient pas de lui tendre. Aleel songea à Elbare, toujours libre. Il ne fallait pas perdre espoir.

Surtout, surtout, elle devait éviter de révéler qu'elle était la fille du roi.

✪✪✪

Twilop avait eu le temps de jeter un regard dans les cellules où les gardiens avaient enfermé ses compagnons les uns après les autres. Elle fut donc surprise que les soldats, plutôt que de la mettre au cachot, la conduisent au contraire dans un local agréablement aménagé. L'ameublement révélait que la pièce servait à l'usage de créatures bipèdes. Un appartement réservé aux hauts gradés de l'armée en séjour dans la capitale sudienne, sans doute.

Face à elle, un commandant de la garde personnelle de la déesse, assis dans un des fauteuils de la pièce, la regardait en silence. Il avait invité l'hermaphroïde à prendre l'autre siège en usant d'une grande politesse, allant jusqu'à lui présenter ses excuses pour les entraves et la marche forcée qu'on lui avait imposées vers la caserne de la milice centaurine. Mieux encore, il lui avait fait servir une coupe de boisson douce et quelques fruits en guise de collation! L'officier n'avait pas hésité à en manger quelques-uns pour lui prouver qu'ils n'étaient pas empoisonnés.

Cette gentillesse avait sûrement un but et Twilop refusa de se laisser amadouer. Elle attendit donc que le commandant se décide à lui expliquer les raisons de ce traitement de faveur. Voulait-il rendre jaloux ses compagnons de mission et les retourner contre elle? À présent qu'ils étaient captifs, une telle conduite n'avait pas sa raison d'être. L'hermaphroïde devinait dans cette attitude une ruse de Lama-Thiva. Elle ne comptait pas tomber dans les pièges que lui tendrait l'officier. Aussi, elle resta méfiante quand le commandant prit enfin la parole.

— Mes soldats m'ont parlé de votre vaillance au combat, commenta-t-il. Selon ce que j'ai entendu, vos comparses ne vous en témoignent aucune reconnaissance.

— Que voulez-vous dire?

Twilop se mordit aussitôt les lèvres. Il avait suffi d'une seule remarque du commandant pour l'amener à briser sa résolution. L'officier avait lâché la dernière phrase en baissant le ton, comme s'il se parlait à lui-même, ce qui avait obligé l'hermaphroïde à se pencher légèrement en avant pour mieux entendre. Il regardait à présent sa prisonnière presque comme s'il sympathisait avec elle et désapprouvait ce qui lui arrivait.

— Ils semblent croire que vous auriez pu en faire plus pour les aider à éviter la capture, répondit-il enfin.

Plus? Twilop s'était battue comme jamais elle n'aurait cru pouvoir le faire. Les leçons de l'ex-soldat Borgar devaient lui permettre de se défendre et elle avait réussi à se protéger lors des attaques des pirates et des marins du Pentacle, pendant le voyage vers l'île Majeure. Ils n'avaient pu tenir que quelques exercices depuis lors et pourtant tout lui avait paru si facile! Que pouvaient donc lui reprocher ses compagnons de mission?

L'officier continuait à la regarder d'un air impassible. Il semblait même l'étudier, comme s'il anticipait sa réaction. Son regard lui rappelait celui de Lama quand elle la soumettait à un test. Twilop comprit soudain les intentions du commandant et recouvra tout son calme. Il ne cherchait pas à monter le reste de l'équipe contre elle. Il voulait la monter, elle, contre eux.

— Vous perdez votre temps, se décida-t-elle à répondre. Je sais que mes amis ne me reprochent rien.

Le commandant se fendit d'un sourire.

— Vos amis sont des traîtres, rappela-t-il. Ils ne voulaient rien moins que tuer la déesse. Or, vous savez mieux que personne qu'elle est immortelle. Pourtant, vous avez suivi ces déments à travers le Monde connu dans un périple qui, je le suppose, ne s'est pas avéré sans danger.

Cette fois, Twilop s'abstint de tout commentaire. Elle se doutait que derrière ce ton amène se cachait une intention du commandant de lui soutirer des informations. Sa résolution de ne rien dire de compromettant se fit plus forte que jamais. L'officier ne parviendrait plus à la prendre au dépourvu. Un instant plus tard, il sortit une chaînette de sa poche. La chaînette à laquelle pendaient les trois morceaux du Pentacle.

Encore une fois, sa résolution fut prise en défaut.

— La déesse n'a pas précisé les raisons pour lesquelles nous devons vous traiter différemment, commenta l'officier. Elle a seulement demandé que tout bien en votre possession lui soit rapporté en même temps que votre personne.

Le commandant sourit à nouveau.

— Je vois que ce curieux pendentif vous tient à cœur, ajouta-t-il. Il se retrouvera avec vos autres possessions dans le prochain navire en partance pour Capitalia. Vous les accompagnerez, cela va sans dire, tout comme vos amis... J'avais dit de ne pas nous déranger.

Des coups avaient en effet été frappés à la porte et un subalterne du commandant entra. Celui-ci rejoignit le soldat près de la porte et écouta son rapport. Les deux militaires parlaient à voix basse et Twilop ne pouvait entendre leurs propos. Le commandant parut d'abord surpris, puis en colère et finalement carrément furieux. Ce fut le seul moment où l'hermaphroïde put entendre ce que les deux hommes se disaient.

— Je me moque de vos excuses! explosa le commandant. Poursuivez-les et arrêtez-les!

Le soldat salua et sortit, un peu plus vite que le protocole militaire ne l'exigeait. De toute évidence, il voulait échapper à la colère de son supérieur. Twilop ne pouvait que se réjouir de la déconvenue de l'officier du Pentacle, même si cela signifiait qu'elle se retrouvait seule pour faire face à cette colère.

— Ainsi, fulmina le commandant, votre ami versev tente d'organiser un mouvement de résistance pour contrer notre présence à Saleur. Il perd son temps. Mes troupes retrouveront ces terroristes et les arrêteront. La mort de nos pigeons messagers nous empêche peut-être de prévenir la déesse de votre départ, mais il aura lieu, soyez-en assurée. Rien ne pourra vous sauver. Rien!

Twilop digéra le petit discours du commandant, heureuse de savoir Elbare toujours libre et, qui plus est, en compagnie d'alliés. L'hermaphroïde ignorait quel plan ils avaient fomenté pour les arracher aux griffes des forces d'occupation, mais elle reprenait espoir. En éliminant les pigeons messagers, les résistants avaient saboté l'un des avantages des troupes d'occupation. Ils devaient donc se préparer à agir. Quelle ruse déploieraient-ils pour s'introduire dans la caserne de la milice? Twilop n'en avait aucune idée. Elle se promit néanmoins d'être prête le moment venu.

Surtout, elle se jura de reprendre les morceaux du Pentacle des mains du commandant.

CHAPITRE SEPT

Il y en avait mille, disposées sur le sol de la vaste caverne. Mille cosses qui frémissaient un peu partout sous l'éclairage des globes magiques flottant dans les airs. Les hermaphroïdes de la génération précédente marchaient entre les gousses, dans l'attente des naissances imminentes. Avec cette centaine de serviteurs aux aguets, Lama ne redoutait aucune complication susceptible de tourner au désastre. En fait, elle avait la conviction que tout se passerait bien.

La magicienne se détourna, car elle connaissait le procédé par cœur. La réaction de son invité l'intéressait bien davantage. Près d'elle, sur le balcon surplombant la salle, Pakir-Skal se tenait péniblement debout et observait les cosses. Le vieux centaure affichait l'air abattu d'une personne ayant perdu tout espoir. Mais tout n'était pas perdu. Il restait encore une lueur dans son regard. Une lueur qu'elle comptait éteindre enfin.

— Comme tu vois, commença Lama sur un ton de triomphe, mon procédé est désormais parfaitement au point. J'aurai bientôt mon monde parfait.

— Tu disais qu'il te faudrait des décennies, rappela Pakir.

— C'était avant que tu pervertisses Twilop, rétorqua-t-elle. Elle aurait agi comme professeur et éduqué les premières hermaphroïdes qui, à leur tour, en auraient fait autant des suivantes. Ton intervention m'a forcée à inventer une nouvelle procédure.

Lama sourit, sachant à quel point ce qu'elle se préparait à dire peinerait le vieux fou.

— Ma nouvelle méthode laisse en place l'éducation de base de chaque créature transformée, expliqua-t-elle. Je supprime simplement les émotions du sujet pour m'assurer de sa fidélité.

Elle le laissa réfléchir un instant avant de lui asséner le coup de grâce.

— Je te dois une fière chandelle, sourit-elle. Sans ton influence sur Twilop, j'aurais poursuivi mon plan d'origine et il m'aurait fallu beaucoup plus de temps pour achever mon merveilleux projet. Beaucoup plus !

La déconvenue du centaure faisait plaisir à voir. Lama avait rarement réussi en huit siècles à troubler autant le vieux magicien. Souvent, dans le passé, elle avait cru briser l'âme de Pakir, celui qui s'était opposé depuis toujours à ses desseins. À chaque fois, le vieux centaure était parvenu à retourner la situation à son avantage. Cette fois, Lama comptait bien briser son moral pour de bon. Car il lui restait un espoir et elle voulait l'anéantir également. Elle avait, pour cela, une autre révélation à lui faire.

— Il est regrettable que tu n'aies pas compris la beauté de mon projet, commença-t-elle. Des créatures toutes semblables, toutes avec la même manière de penser... Nous aurons enfin le monde de paix et d'harmonie dont nous avions rêvé, celui pour lequel nous avions conçu le Pentacle.

— Un cauchemar, plutôt.

— Oh! ne te donne pas la peine de ratiociner, je connais chacun de tes arguments. Et je sais que tu cherches à m'anéantir pour empêcher ce beau rêve. Croyais-tu que je ne découvrirais pas la vérité? J'ai envoyé mes troupes dans le Sud pour arrêter ta ridicule petite bande. Mes soldats vont occuper Saleur et retourner chaque pierre, jusqu'à ce qu'ils arrêtent tes complices pour les amener ici.

Lama éclata de rire.

— En plus, ils vont me ramener trois morceaux du Pentacle. Tu te rends compte? Je n'aurai ensuite qu'à interroger ta bande et je connaîtrai la cachette du dernier morceau. Mes hermaphroïdes, fidèles et dévouées, le retrouveront et le ramèneront. Ainsi, je pourrai reconstituer le Pentacle et récupérer toute sa magie. Je serai plus puissante que jamais et, cette fois, ses pouvoirs seront à ma seule disposition.

Elle s'approcha du centaure et lui murmura à l'oreille:

— Tu auras ainsi doublement contribué à mon triomphe.

Le vieux centaure ne trouva rien à dire et resta un long moment à regarder Lama. Elle n'en éprouvait qu'une satisfaction mitigée, car Pakir la regardait à présent d'un œil où se devinait une profonde tristesse. Il n'y avait aucun mépris dans le regard du magicien, seulement de la compassion. Son ennemi de toujours résistait encore.

Il fallait le frapper à nouveau.

— Comme tu vois, reprit-elle sur le ton du triomphe, plus rien n'empêche la réalisation de mon monde parfait. Ton compatriote et ses amis ont échoué. J'ai ordonné qu'ils soient conduits ici pour les soumettre à la torture publique.

— Tu n'as pas besoin de faire ça, observa Pakir, de sa voix chevrotante. Tu as gagné.

— Tu le reconnais? se réjouit Lama. Je devrais peut-être faire de cette journée un jour férié. Néanmoins, tes amis vont être exécutés en public, pour servir d'exemple. La population doit savoir ce qu'il en coûte de chercher à me trahir.

Assurément, cette fois, Lama avait mâté le vieux centaure. De lui démontrer avec quelle facilité elle faisait naître ses hermaphroïdes l'avait ébranlé. En lui rappelant que son plan d'assassinat avait non seulement échoué, mais qu'il se retournait contre lui, Lama ne pouvait que détruire les derniers espoirs du centaure. Les épaules de Pakir s'affaissèrent légèrement et sa tristesse parut plus patente. Il avait l'air pitoyable, abattu. Pourtant, la lueur brillait toujours dans ses yeux.

— Tu comptes donc sur la fidélité de tes officiers pour te rapporter la plus grande source de pouvoir du Monde connu? conclut-il.

— Je ne redoute pas que l'un d'eux soit tenté par sa puissance, commenta-t-elle. Mes officiers ignorent qu'il s'agit des morceaux du Pentacle et, de toute façon, personne ne connaît plus la magie. Je leur ai simplement demandé de rapporter tous les objets en possession des prisonniers.

— Ils vont les interroger.

— Sans rien apprendre de pertinent, coupa Lama. Ils ne poseront pas de questions spécifiques concernant le Pentacle et tes amis ne révéleront rien. Ils gardent sûrement l'espoir de s'évader.

Lama garda le silence pendant plusieurs secondes, dans l'attente de la prochaine répartie du vieux centaure. Pakir resta muet. Lentement, la magicienne réalisa qu'il ne parvenait pas à trouver de nouveaux arguments pour miner ses certitudes. Elle avait enfin réussi à vaincre son rival dans une joute orale et à poignarder ses ultimes espoirs.

Cela la réjouissait plus que l'arrestation de l'équipe de Nolate.

✪✪✪

Après la pénible nuit dans les cachots de la milice de son peuple, Nolate aurait voulu apprécier le retour à l'air libre et la chaleur du soleil sur son visage. Il aurait pu prendre quelques profondes respirations, comme l'avaient fait ses compagnons d'emprisonnement. Rien n'aurait dû l'empêcher d'admirer une fois encore la ville de son enfance, de revoir les rues dans lesquelles le jeune centaure qu'il était alors s'amusait avec ses amis.

Rien, sauf le spectacle auquel leurs gardiens les conduisaient.

Nolate aurait aimé s'accrocher à l'espoir qu'Elbare avait trouvé des alliés centaures, des combattants décidés, prêts à tout pour empêcher l'exécution de leur grande prêtresse. Il n'osait croire que le versev avait réussi en si peu de temps. Il aurait fallu des jours pour préparer une attaque, et agir trop tôt risquait non seulement de se solder par un échec, mais surtout de rendre impossible toute rébellion ultérieure. Alertées, les forces d'occupation redoubleraient de vigilance. Nolate commençait à réaliser que, pour vaincre Lama-Thiva, il devait accepter la mort de sa mère.

La journée était magnifique, mais qu'importait! Le soleil brillait à l'est, à l'approche du zénith, dans un ciel dépourvu de nuages. Nolate s'en moquait. Même la chaîne qui le reliait à nouveau à ses compagnons le laissait indifférent. Devant eux se dressait l'échafaud sur lequel les forces d'occupation se préparaient à tuer sa mère.

Il y avait foule. Nolate aurait voulu agonir d'injures ses concitoyens qui se pressaient en masse sur la place, devant la caserne de la milice. Mais son éclat de révolte devant la curiosité morbide de ses congénères n'aurait rien changé au sort de sa mère. Il n'était pas sans soupçonner en outre les troupes d'occupation d'avoir ordonné à la population d'assister à l'exécution, et cela calmait sa colère. Vraisemblablement, les soldats du Pentacle et les géants avaient parcouru la ville, vidant autant de huttes que nécessaire pour réunir une foule assez nombreuse et remplir la place. Les témoins de la scène n'étaient sans doute pas là de leur plein gré.

Les forces d'occupation avaient poussé la cruauté jusqu'à prévoir une plate-forme montée sur pilotis, afin d'exposer à la vue l'espace vide sous le plancher de bois. Les spectateurs verraient tout du calvaire de la malheureuse suppliciée. Nolate sympathisait avec les centaures des premières rangées. Ils seraient les plus à plaindre.

Un mouvement attira l'attention de la foule vers la gauche. Nolate fut pris d'une folle espérance, imaginant un instant que, contre toute attente, Elbare lançait un assaut. Cet espoir s'évanouit aussitôt quand il comprit la raison de ce mouvement. À grands coups de hanches, des géants ouvraient un chemin entre les centaures serrés les uns contre les autres, dédaignant les murmures de protestation. Des soldats du Pentacle avançaient entre ces murs vivants. Ils arrivèrent sur la place et Nolate vit sa mère, encadrée par deux groupes de soldats.

Elle avançait d'un pas assuré, le torse dressé fièrement, refusant de laisser ses liens entacher sa dignité. Un silence oppressant accompagnait la procession. Nolate regarda sa mère gravir l'escalier qui donnait accès à la plate-forme. Elle se gardait bien d'hésiter ou de trébucher. Au-delà de son désespoir, le centaure sentit monter en lui la fierté d'être le fils d'une telle centauresse. Il se jura de se montrer aussi fort qu'elle.

Les soldats firent s'arrêter la grande prêtresse juste devant la trappe, face aux poteaux entre lesquels le nœud de pendu se balançait doucement au gré de la brise. Le commandant des forces d'occupation s'avança jusqu'à la bordure de la plate-forme. Il sortit un parchemin d'un tube et le déroula. Nolate devinait la nature du document.

— Par ordre de la très estimée Lama-Thiva, souveraine éternelle du Monde connu, la centauresse Erbez, grande prêtresse du culte d'Equus, a été reconnue coupable d'assistance à des traîtres à la couronne. La sanction pour un tel crime a toujours été la mort. Après avoir pris connaissance des faits, c'est avec affliction que notre déesse bien-aimée a ordonné l'exécution de la coupable par pendaison. Elle sera donc pendue par le cou jusqu'à ce que mort s'ensuive.

Des murmures s'élevèrent de la foule, comme si chacun avait espéré une grâce de dernière minute. Nolate en aurait été le premier surpris. Il vivait à Capitalia pendant une grande partie de l'année et avait vu nombre de gens se retrouver en prison pour avoir émis tout au plus des critiques anodines sur des aspects de la vie courante. Une accusation de trahison ne laissait place à aucune possibilité d'amnistie.

— La déesse a aussi considéré que les autorités du Sud se sont fourvoyées, reprit aussitôt le commandant. Elles ont écouté des paroles séditieuses et n'ont pas su rester dans le droit chemin. En conséquence, la gestion du Sud sera désormais assurée par une délégation du peuple des géants.

Cette fois, la foule manifesta bruyamment sa surprise. Nolate entendit les cris d'indignation de ses compatriotes et les géants chargés de surveiller le public repoussèrent les centaures des premiers rangs, qui avaient fait un pas vers l'échafaud. La brutalité des colosses jeta même quelques malchanceux au sol. Loin de leur laisser le temps de se relever, les géants frappèrent ces centaures de quelques coups de pied dans les flancs. Il fallut plusieurs minutes pour que l'ordre revienne sur la place.

Nolate partageait la colère de ses compatriotes. Les troupes d'occupations imposaient les humiliations les unes après les autres aux citoyens de Saleur. Ils avaient d'abord arrêté le Conseil centaurin, puis était survenu l'incendie du temple d'Equus. Après l'ordre d'exécution de la grande prêtresse, voilà que le Sud se voyait imposer une tutelle. Et, en plus, Lama en confiait l'exécution à leurs éternels ennemis.

Le commandant remit le parchemin à un subalterne et fit signe aux soldats, qui poussèrent la grande Prêtresse sous la potence. Nolate frémit quand l'un des soldats passa la corde autour du cou de sa mère. Le geste accrut l'agitation de la foule et il redouta un moment que le commandant n'ordonne l'ouverture de la trappe. L'officier perdrait peut-être ainsi une partie de l'impact de l'exécution, mais il n'attendrait pas indéfiniment.

L'agitation se déplaça vers la gauche de la place. Deux géants levèrent leur massue, en un geste d'intimidation qui, d'une manière assez surprenante, aggrava plutôt la grogne. La bousculade menaçait de dégénérer. Nolate s'en désolait pour les centaures qui allaient subir des représailles. Ils souffriraient en vain et la grande prêtresse serait quand même exécutée. Les géants qui surveillaient la droite de la place rejoignirent leurs compatriotes pour leur porter assistance, laissant leur poste à des soldats du Pentacle. Ce déplacement des gardes déclencha tout.

— À l'assaut!

Le cri fut suivi de l'irruption de plusieurs dizaines de centaures qui se ruèrent dans l'espace libre devant la plate-forme patibulaire. Submergés, les soldats qui n'avaient plus l'appui des géants furent renversés.

Les colosses voulurent se retourner, mais furent eux-mêmes assaillis par un bataillon de centaures armés de lances.

Nolate aperçut tout à coup un groupe de bipèdes, dont Elbare, qui se précipitaient dans l'escalier de la plate-forme. Le centaure bénit Equus pour l'efficacité du versev. L'être végétal avait trouvé non seulement des centaures prêts à se soulever, mais aussi des cyclopes et des humains de la zone portuaire. Le groupe arriva au sommet de l'escalier et le centaure vit qu'il ne s'agissait pas des habitants du port. Il n'y avait que des humains solidement armés dans le groupe. Un des combattants trancha la corde qui retenait la condamnée et courut vers les prisonniers. Nolate sourit au capitaine Rogor. Les Vikings n'avaient jamais relâché leur surveillance de la ville !

✪✪✪

Les événements des derniers jours avaient fait oublier à Sénid que ses compatriotes surveillaient Saleur depuis le sommet des collines au sud. Rogor et son groupe avaient donc assisté à l'arrivée des troupes de renfort et des géants. Avaient-ils décidé d'intervenir à la suite de l'incendie du temple ou en apercevant leurs amis captifs ? Cela avait bien peu d'importance pour le moment. Leur seule présence était plus que bienvenue.

Pendant que les Vikings attaquaient les soldats qui occupaient la plate-forme, Elbare rejoignit ses amis. À l'aide d'un marteau, il défit les verrous qui scellaient les chaînes des prisonniers. Sénid fut content de se retrouver enfin libre. Deux Vikings leur lancèrent un paquet renfermant des épées. Nolate et Aleel en récupérèrent chacun une. Borgar fut plus lent à s'en saisir. Il paraissait même avoir du mal à la tenir fermement en main.

Sénid n'osait imaginer ce que l'ex-soldat avait enduré en cellule, aux mains de ses anciens camarades.

Il oublia Borgar et s'empressa de se joindre à l'équipe du *Piwanga* qui s'efforçait de maîtriser les soldats présents sur la plate-forme. Il réalisa très vite qu'il serait de peu d'utilité dans cette tâche. Non pas que les mauvais traitements subis en captivité eussent diminué ses réflexes, mais ses compatriotes avaient déjà l'avantage sur l'ennemi. Il chercha à se rendre utile ailleurs.

Il repéra le commandant des troupes du Pentacle, qui venait de renverser la guerrière qu'il affrontait. La femme roula de côté et évita de justesse le coup d'épée qui l'aurait transpercée. Le Viking s'empressa de lui venir en aide et bloqua le coup suivant, qui n'aurait laissé aucune chance à la malheureuse. La guerrière se releva péniblement, blessée à l'aine. Sénid protégea sa compatriote pendant qu'elle reculait. L'officier se tourna vers son nouvel adversaire.

— Laissez-le-moi!

Ce ne fut pas tant le cri qui surprit Sénid que la personne qui l'avait lancé avec autorité. Au grand étonnement du Viking, Twilop s'avança en faisant tourner lentement son épée à la manière d'un bretteur chevronné. Elle marcha d'un pas décidé vers le commandant, qui la regarda venir avec un œil ironique. Les deux adversaires se dévisagèrent un moment en silence, puis l'hermaphroïde fonça. En quelques secondes, elle poussa son adversaire vers le rebord de la plate-forme. Le commandant usa de toute son expérience pour éviter la chute.

D'où Twilop tenait-elle ce talent soudain? Sénid se rappelait qu'elle avait également combattu avec hargne dans l'entrepôt et qu'elle avait été la dernière à jeter son bâton de combat pour se rendre. Il s'était étonné qu'elle ait si bien assimilé les leçons de Borgar. Depuis le début de l'expédition, elle parvenait à peine à soulever une épée.

— Elle a mangé du loup? demanda la guerrière, qui en oubliait sa blessure.

Sénid admirait lui aussi son habileté et sa détermination. En revanche, l'expérience lui faisait encore défaut. Le commandant fit en sorte de tourner autour de son assaillante pour éviter de tomber de la plate-forme. Ce ne fut pour lui qu'un court répit, car Twilop passa de nouveau à l'attaque. L'officier parut s'aviser qu'il n'aurait aucune chance face à une combattante aussi déterminée et il choisit la fuite. Il se rua vers l'escalier, bousculant deux Vikings qui tentèrent de lui barrer la route. Twilop refusa d'en rester là et elle courut derrière le commandant.

L'hermaphroïde avait-elle pris conscience de l'importance que représentait la capture du chef des armées ennemies ou avait-elle un différend personnel à régler avec l'officier? Quoi qu'il en fût, Aleel se lança à sa suite pour lui venir en aide. Sénid envisagea de faire de même, mais se retrouva face à un soldat qui leva son épée contre lui.

Il se jeta à nouveau dans la bataille, réalisant seulement alors qu'il avait laissé ses compagnons du *Piwanga* se battre sans les assister, tant il avait été pris par le spectacle de l'hermaphroïde déchaînée. Sénid se débarrassa d'autant plus facilement de cet adversaire qu'il reçut les renforts de trois compatriotes. Le soldat renonça et posa son arme avant de s'agenouiller, mains sur la tête. Un regard circulaire montra les soldats survivants tous agenouillés, ayant déposé les armes. Les guerriers du *Piwanga* s'étaient rendus maîtres de la plate-forme.

Sur la place, quelques géants résistaient encore. Les centaures luttaient vaillamment pour les contraindre à se rendre. Un dernier géant agitait sa massue et frappait en direction des quadrupèdes qui le harcelaient. Ces derniers bondissaient de côté pour éviter les coups. Finalement, le géant trébucha et fut submergé par le nombre. Il fut rapidement ligoté.

Sénid avisa Nolate, qui venait de le rejoindre.

— Vous pouvez être fier de vos compatriotes, commenta le Viking. Ils ont réussi.

— Pas question de crier victoire, dit le centaure. Leur commandant va appeler des renforts pour nous attaquer. Nous devons les chasser de la caserne qui servira de quartier général pour reprendre le contrôle de la capitale.

— Ils peuvent toujours demander des renforts à Capitalia, rappela Sénid.

— Ils sont privés de contact avec l'extérieur, intervint Elbare. Nous avons mené une opération commando hier pour tuer leurs pigeons messagers.

Sénid se tourna vers le versev, qui avait annoncé la nouvelle sur le même ton anodin qu'il employait toujours. Pourtant, il avait souligné là un élément capital, essentiel non pas tant pour la reprise de la ville, mais surtout pour la poursuite de leur quête. S'ils maîtrisaient les forces d'occupation et empêchaient toute évasion, la déesse ignorerait pendant un long moment que les prisonniers s'étaient échappés.

— Tout se jouera donc sur notre capacité de reprendre la gouvernance de Saleur, commenta le centaure, qui avait évidemment compris l'importance de l'enjeu. L'idéal serait de capturer leur commandant. Les troupes se rendraient plus facilement sans leur chef.

— Aleel et Twilop se sont lancées à sa poursuite, révéla Sénid.

— Sont-elles seules ? s'inquiéta Nolate.

— Je le crains. En tout cas, je n'ai vu personne les rattraper et j'ignore même quelle direction elles ont prise.

— Il faut leur venir en aide ! s'écria Borgar. Aleel peut se défendre, mais Twilop court à sa perte.

Sénid se rappelait comment l'hermaphroïde avait combattu et songeait qu'au contraire elle n'avait rien à craindre, surtout si Aleel l'assistait de ses compétences. Apparemment, l'ex-soldat n'avait pas vu Twilop en action. Borgar semblait encore chancelant, exténué par la captivité. Il devait avoir épuisé l'énergie qui lui restait à combattre les soldats, un moment plus tôt.

— Je crois qu'elles devront se débrouiller sans nous, intervint Nolate. Du moins, pour l'instant.

Le centaure regarda vers la place. Sénid se retourna et aperçut à son tour les troupes du Pentacle qui avançaient en rangs serrés vers les rebelles. De l'autre côté de la place, des géants formaient un mur qui bloquait entièrement le passage. Le Viking eut l'impression que les centaures, au centre, se retrouvaient entre les mâchoires d'un étau. Il raffermit sa prise sur son épée et s'apprêta à descendre de la plate-forme.

Un rude combat s'annonçait.

★ ★ ★

Twilop ne voulait pas perdre le commandant de vue. Après avoir descendu l'escalier en passant plusieurs marches, l'hermaphroïde pourchassait le responsable de leur détention qui fuyait vers la caserne de la milice centaurine. Le commandant comptait sûrement alerter d'autres soldats pour lancer une contre-attaque contre les rebelles qui avaient empêché l'exécution d'Erbez. Twilop était décidée à l'arrêter, même si elle le traquait pour une tout autre raison.

Elle nota distraitement la présence d'Aleel à ses côtés, la seule personne à s'être jointe à elle. Elles poursuivaient donc seules le commandant ennemi. Deux soldats tentèrent de leur barrer le chemin. Twilop repoussa facilement celui qui s'en prit à elle, refusant l'engagement pour ne pas se laisser distancer. Aleel eut plus de difficulté, ce qui la retarda et laissa à l'hermaphroïde quelques mètres d'avance. Un rapide coup d'œil rassura Twilop quant au sort de son amie, qui reprenait sa course à sa suite.

L'intervention avait toutefois permis au commandant de rejoindre la caserne.

Twilop entra prudemment, anticipant une résistance armée qu'il faudrait contourner. La caserne semblait vide, à son grand étonnement. Dans un premier temps, elle redouta que des soldats se préparent à lui tendre un piège, mais rejeta l'hypothèse, certaine qu'ils n'envisageraient pas une stratégie aussi compliquée contre une seule adversaire, deux en comptant Aleel qui venait de la rattraper. Elle estima que les soldats avaient préféré assister à l'exécution, puisqu'il n'y avait rien à surveiller. Ils étaient si sûrs d'eux qu'ils n'avaient même pas laissé de sentinelles dans la caserne.

Le commandant ne se trouvait nulle part en vue, mais Twilop prit à gauche sans hésiter. Elle courut dans le couloir jusqu'à l'avant-dernière pièce et tenta d'en ouvrir la porte. Le battant résista à toutes ses tentatives. Furieuse, l'hermaphroïde donna un coup d'épée complètement inutile dans le bois du battant.

— Il s'est enfermé, le lâche! cracha-t-elle de frustration.

— Comment sais-tu qu'il se cache dans cette pièce? s'étonna Aleel.

Un bruit d'objets renversés l'empêcha de répondre. Il venait manifestement de l'intérieur de la pièce. Sans un mot, les deux combattantes joignirent leurs efforts pour détruire le battant. Quelques coups d'épée suffirent pour découper le bois autour de la serrure, mais la porte résistait toujours. Le commandant avait vraisemblablement placé un meuble devant l'ouverture. La cyclope se montra plus efficace que Twilop en frappant systématiquement au milieu de la porte, la tranchant pratiquement en deux. Une savate bien placée en ouvrit l'extrémité supérieure.

Grimpé sur une pyramide de caisses elles-mêmes en équilibre instable sur une table, le commandant tentait de rejoindre l'une des ouvertures d'aération placée à la jonction du mur et du toit. La pyramide tremblait sous son poids et menaçait de s'écrouler. Twilop remarqua les débris d'une autre caisse qui s'étalaient sur le plancher. Elle devina que l'officier avait raté sa première tentative, ce qui expliquait le vacarme entendu un moment plus tôt.

Le commandant réalisa qu'il ne pourrait jamais atteindre l'ouverture à temps et redescendit aussi rapidement que possible pour se défendre. Twilop et Aleel firent un pas vers l'officier, qui réagit en tirant une des caisses, ce qui jeta l'amas au centre de la pièce. La cyclope recula pour éviter l'avalanche, pendant que l'hermaphroïde bondissait au contraire par-dessus l'obstacle et atterrissait sur ses pieds juste devant sa proie. Le commandant frappa verticalement de son épée. Elle repoussa la lame avec une facilité déconcertante et désarma du même coup le militaire de carrière.

L'homme s'était immobilisé, la lame contre la gorge.

— Twilop! s'écria Aleel. Il nous le faut vivant.

Étonnée, l'hermaphroïde risqua un rapide coup d'œil vers la cyclope. Le commandant esquissa un geste, pour se retrouver avec l'épée appuyée contre la gorge instantanément. La frayeur qui se lisait dans le regard de l'homme prouvait qu'il croyait effectivement que celle qui l'avait vaincu cherchait vengeance. Elle avait des intentions tout autres, mais cela ferait du bien à cette brute s'il pouvait ressentir une bonne frayeur.

— À genoux, chien!

Le commandant obéit rapidement.

— Alors? commença Twilop. Quel effet cela fait-il de se retrouver du côté des prisonniers? Vous nous avez enfermés, mes amis et moi, vous nous avez maltraités et menacés et vous vouliez tuer la grande prêtresse des centaures! Pourquoi devriez-vous continuer à vivre?

— Je... Je ne faisais que mon devoir.

— Le devoir d'un officier est d'assurer l'ordre public, tempêta l'hermaphroïde. J'ai vécu toute ma vie auprès de la déesse et je sais qu'elle se moque des méthodes employées par ses subordonnés. Vous auriez pu vous contenter de nous livrer à elle et de laisser une force policière sur place. C'est votre cruauté et elle seule qui vous a incité à ordonner cette exécution. Allez! Avouez!

Elle porta son épée légèrement vers l'avant, jusqu'à toucher la gorge du commandant.

— Vous n'aviez pas besoin de faire tout ce mal, cria Twilop à sa proie qui roulait à présent des yeux fous. Vous n'aviez pas à torturer qui que ce soit, seulement à nous garder en détention.

Un geste précis de son épée déchira une poche de l'uniforme et les morceaux du Pentacle en tombèrent.

— Et vous n'aviez pas à voler ce qui m'appartient! compléta l'hermaphroïde.

Du pommeau de l'épée, elle frappa le commandant à la tête. L'homme s'écroula, assommé pour le compte. Ignorant l'officier inconscient, Twilop récupéra les morceaux et les passa à son cou. Aleel se pencha sur le prisonnier et vérifia qu'il était bien vivant avant de se tourner vers son amie en arborant un air de grand soulagement sur le visage.

— J'aurais dû me rappeler que tu ressentais la proximité des morceaux du Pentacle, badina la cyclope. C'est comme cela que tu as su sans hésiter où le retrouver.

— Pourquoi donc croyais-tu que je voulais le rattraper ? répondit Twilop, en souriant.

✪ ✪ ✪

Aleel lia les mains du commandant dans son dos. Elle termina juste au moment où il reprenait ses esprits. Twilop et elle relevèrent le captif. La cyclope le fit avancer dans le couloir. Elle s'étonnait que personne ne soit venu leur prêter main-forte. Pourtant, lorsqu'elle s'était précipitée à la suite de l'hermaphroïde, Aleel avait remarqué que les centaures avaient pratiquement pris le contrôle de la place. La capture du commandant ennemi aurait dû constituer la priorité logique suivante. Mais des bruits de combat lui parvenaient encore, en partie étouffés par les murs, signe que tout n'était pas terminé.

Elle en comprit la raison dès la sortie de la caserne. Les troupes de la déesse avaient reçu les renforts leur permettant de reprendre l'avantage. Les rebelles centaures parvenaient parfois à faire reculer les soldats du Pentacle, mais les géants, au contraire, reprenaient rapidement le terrain perdu. L'issue du combat paraissait plus qu'incertaine.

— Ha ! s'esclaffa le commandant. Ces misérables se sont crus capables de tenir tête aux valeureux combattants de la déesse. Ils auraient dû comprendre que tout était perdu d'avance pour eux.

Twilop infligea au prisonnier une gifle qui laissa une marque sur sa joue.

— Je crois que vous devriez vous tenir tranquille, commenta Aleel, d'un ton plus léger. La prochaine fois, elle frappera plus fort. Ou à un endroit sensible que je lui indiquerai.

— À quoi bon cette résistance ? questionna le commandant. Dans un instant cette révolte sera matée et vos pathétiques alliés seront de nouveau prisonniers. Vous devriez me libérer pour que je leur laisse une chance de se rendre et de sauver leur vie.

— À eux aussi? demanda Twilop.

Aleel se tourna vers les combattants, se demandant à qui l'hermaphroïde faisait allusion. Elle vit alors un spectacle qui la réjouit. De la rue qui donnait sur l'est de la place, une troupe de centaures débouchait, qui marchait en rang bien formé. Elle devina qu'il s'agissait de la milice centaurine. Les centaures disposaient d'arcs et se tenaient prêts à tirer. L'un d'eux souffla dans une corne, ce qui eut pour effet d'inciter les combattants centaures et Viking à courir s'abriter. Les géants et les soldats du Pentacle se retrouvèrent seuls devant les archers.

Le commandant avait perdu son sourire.

Les centaures levèrent leur arc. Pris au dépourvu, les soldats coururent à la recherche d'un abri. Le groupe s'était équipé pour surveiller la foule présente à l'exécution, non pour un combat en règle contre une armée entraînée. Leurs collègues, venus en renfort, se réfugièrent derrière leurs boucliers lorsque la première volée de flèches vola dans les airs. Les miliciens centaurins concentrèrent leurs tirs sur les soldats aux boucliers.

Aleel fut surprise de voir plusieurs soldats s'écrouler. Visiblement, les boucliers n'offraient pas une protection couvrant tout le corps. Quand la deuxième volée de flèches fit autant de ravage, elle vit que certaines flèches parvenaient à traverser les écus. Aleel se rappela la grande force physique des centaures, qui leur permettait de manipuler des arcs puissants.

Twilop aussi semblait stupéfaite.

— Comment cela se peut-il? s'étonna l'hermaphroïde

— Les boucliers des troupes de la déesse servent plus d'éléments de dissuasion contre les foules de civils que de défense en situation de combat, expliqua Aleel. Ils ne sont faits que d'un bois léger couvert d'une membrane en cuir.

La troisième volée de flèches fit à son tour quelques victimes dans les rangs des soldats du Pentacle. Constatant l'inefficacité de leur protection, l'officier à la tête des renforts cria un ordre de repli. Les soldats coururent vers l'autre extrémité de la place. Les troupes centaurines purent enfin avancer, sans pourtant que quiconque lance un cri de victoire. Leur prochaine cible se tenait immobile de l'autre côté de la place, plus redoutable peut-être que les soldats du Pentacle. Contre ces géants, les centaures n'auraient pas autant de chance.

Le chef de la milice ordonna un premier tir. Les flèches volèrent vers les géants, munis de boucliers beaucoup plus résistants, faits de deux rangs de planches entrecroisées, que leur grande force physique leur permettait de manipuler. Un seul colosse fut atteint et encore, il se contenta de retirer la flèche qui s'était plantée dans l'épaulière de sa cuirasse. Le trait ne paraissait guère plus qu'une écharde entre ses doigts.

La riposte des géants fut terrifiante. Ils se ruèrent en avant dans un rugissement de tonnerre. Les centaures lancèrent une nouvelle volée de flèches, qui ne ralentit même pas la progression des colosses. Ils utilisaient leur massue comme une faux pour frapper les quadrupèdes dans tous les sens. Plusieurs centaures furent jetés au sol, certains avec des pattes fracturées, d'autres assommés, gisant dans des flaques de sang qui rougissaient la terre battue. Horrifiée, Aleel se demanda combien étaient déjà morts et combien périraient avant la fin de ce massacre.

Le son d'une corne d'appel submergea les bruits de la bataille. Aleel s'étonna de la force du souffle du centaure chargé de lancer les commandements lorsqu'elle réalisa que l'appel venait de bien plus loin, en direction ouest. Son étonnement redoubla quand les géants cessèrent de se battre et abandonnèrent les combats qu'ils dominaient pourtant. Ils se précipitèrent vers l'issue ouest de la place et coururent vers la zone portuaire.

Le calme qui envahit la place paraissait irréel. La stupeur passée, ceux qui étaient indemnes se portèrent au secours des blessés. Aleel vit Sénid, sain et sauf, qui aidait deux compatriotes. Borgar et Redneb s'occupaient aussi de blessés. Nolate fut le dernier de ses amis qu'elle aperçut, entier lui aussi. Elle loua le Grand Œil que ses amis soient tous vivants.

Nolate courut vers Twilop et elle.

— Aleel, il faut savoir ce qui se passe!

La cyclope acquiesça et se mit en quête d'un poste en hauteur. Elle choisit la tour de guet de la caserne. Une fois au sommet, elle chercha les indices d'une situation anormale. Elle vit d'abord plusieurs scènes de combat un peu partout dans la ville. Les habitants de Saleur s'étaient donc joints à la rébellion. Pour autant que la cyclope pût en juger, les centaures reprenaient la maîtrise de toute leur capitale, sauf dans la zone portuaire. Les géants qui l'occupaient gardaient l'avantage. Ils n'avaient pas besoin des renforts qui accouraient pourtant.

En dépit de cela, la cyclope ressentit une immense joie quand elle découvrit la cause du retrait des géants. Au loin, sur l'océan, plusieurs dizaines de navires avançaient vers le port. Elle sut aussitôt qu'il s'agissait d'alliés, non de renforts pour l'ennemi. La forme de ces navires et les voiles triangulaires qui les propulsaient lui étaient familières depuis son enfance : c'était des navires cyclopéens, ceux de la flotte de son père.

CHAPITRE HUIT

La nouvelle de l'arrivée de ces renforts représentait une belle surprise. Nolate refusait cependant de compter uniquement sur cet avantage pour assurer leur victoire. Il demanda donc aux Vikings de poursuivre les géants, qui feraient tout pour empêcher les soldats cyclopes de débarquer. Il l'avait découvert lors de leurs traversées successives, les manœuvres en mer prenaient beaucoup de temps. Les géants n'attendraient pas patiemment que les navires du roi Sirrom accostent.

Nolate avait attentivement écouté le rapport d'Aleel concernant les endroits où elle avait vu des combats dans le reste de la ville. Il se joignit donc au groupe des combattants qui venaient d'empêcher la pendaison de sa mère et avaient repris la place de la caserne. Le chef du commando, le général Enrocil, accepta avec joie l'assistance de Nolate. Qui mieux que le maître d'armes de l'Académie militaire de Capitalia connaissait les méthodes de combat employées par les troupes ennemies !

— D'après la description de votre amie cyclope, commenta Enrocil, le premier foyer de combat se trouve à quatre rues d'ici, près de la porte sud. J'ignore si mes autres commandos ont réussi à intervenir dans ce secteur.

— Chargeons-nous-en nous-mêmes, rétorqua Nolate.

— Soldats, cria Enrocil, il est temps de reprendre notre cité pour de bon.

Les centaures crièrent leur approbation et galopèrent en formation vers la zone de combat. Il ne fallut que quelques minutes pour rejoindre l'endroit approximatif qu'avait désigné la cyclope. En revanche, ils durent chercher avant de trouver le site de la confrontation, car ils ne disposaient que d'une description sommaire des lieux. Or, pour Aleel, rien ne ressemblait plus à une hutte centaurine qu'une autre hutte centaurine.

Ils découvrirent aussi qu'il n'y avait plus de confrontation. Les centaures vivant dans cette partie de la ville avaient réussi à maîtriser les soldats qu'ils avaient trouvés sur leur chemin. Les hommes du Pentacle étaient tous regroupés, assis à même le sol, au croisement des deux rues. Une vingtaine de centaures armés de fourches gardaient les prisonniers.

Ils furent accueillis par les cris de joie des citadins.

— Nous les avons facilement matés! clama un jeune centaure, encore adolescent. Ces imbéciles de soldats ne sont pas de taille contre des centaures.

Il se tenait fièrement en un semblant de garde-à-vous devant la dizaine de prisonniers. Le général s'abstint de tout commentaire et se tourna vers les captifs. Nolate les examina à son tour. Aucun ne semblait blessé; quelques ecchymoses seulement sur les visages étaient apparentes. Le plus atteint s'en tirerait avec une luxation de l'épaule. L'absence de haut gradé parmi eux permettait de déduire que la population du coin avait intercepté une patrouille de passage. Nolate avait presque pitié de ces humains. Ils n'avaient fait qu'obéir à leurs supérieurs...

Le général ordonna à deux centaures de rester sur place pour surveiller les prisonniers. Il cria l'ordre de repartir et les autres miliciens se remirent à galoper vers le deuxième foyer de combat qu'Aleel avait signalé. Nolate eut le temps de jeter un coup d'œil sur le jeune centaure, penaud au centre de la rue. Visiblement, l'adolescent aurait aimé les accompagner.

Nolate pouvait comprendre son désir de revanche après plusieurs jours d'occupation de la ville. Sa présence n'aurait pourtant aidé en rien des combattants entraînés, elle aurait au contraire constitué une gêne et une source d'inquiétude pour les miliciens. Plusieurs détachements comme celui d'Enrocil devaient parcourir Saleur pour arrêter les forces du Pentacle. En l'absence des géants, les centaures avaient toutes les chances de vaincre. Il y aurait cependant de la sueur, du sang et des larmes. Inutile d'exposer le gamin à de pareils dangers.

Ils débouchèrent sur la place de la fontaine. Là se trouvait une source qui alimentait un bassin taillé à même une pierre d'un blanc de nacre qui faisait plusieurs mètres de diamètre. Il y avait une pelouse soigneusement entretenue et une aire de détente pour tous les centaures. Nolate venait souvent y jouer avec ses amis, dans les beaux jours de son enfance. Ce qu'il y vit lui arracha un hoquet de douleur. L'endroit était devenu un enfer.

— Chargez! ordonna sans attendre le général Enrocil.

Il n'y avait en effet pas un instant à perdre. Les combats qui se déroulaient autour de la place avaient tout d'une boucherie. Les habitants couraient en tous sens, poursuivis par des soldats qui avaient perdu toute notion de dignité militaire. Ils attaquaient tous ceux qu'ils parvenaient à approcher et les frappaient jusqu'à les jeter par terre. Ils s'acharnaient ensuite sur leurs victimes, les rouant de coups même après leur mort. Nolate vit un soldat abattre un vieillard et le frapper encore et encore longtemps après que toute vie eut déserté sa dépouille. Les soubresauts du corps désarticulé manquèrent le faire vomir.

Le fait que les civils attaqués ne disposaient d'aucune arme le révoltait plus que tout.

Il se précipita sur le soldat enragé en hurlant son indignation. Le militaire leva son épée au dernier moment pour parer le coup qui l'aurait terrassé. Nolate fit reculer son adversaire qui ne parvenait pas à répliquer, dépassé par la plus grande force de frappe du centaure. Quelques coups suffirent à lui arracher son épée. L'homme refusa cependant de se rendre et sortit une dague avant de se précipiter en avant. Nolate n'eut d'autre choix que de le tuer.

Dégoûté face à cette folie, il chercha d'autres compatriotes à qui il pouvait venir en aide. Il repéra un jeune garçon en larmes, accroupi près du corps d'une centauresse qui bougeait faiblement. L'enfant était si profondément perdu dans son chagrin qu'il ne voyait pas le soldat qui s'apprêtait à le frapper. Nolate réalisa qu'il se trouvait trop loin pour empêcher le meurtre du gamin. Avec un arc il aurait pu transpercer l'ennemi d'une flèche. Même une lance lui aurait permis de l'atteindre d'un tir précis. Seulement, il n'avait que son épée.

Nolate prit son arme par le milieu et, anticipant la douleur que la lame lui infligerait, lança l'épée comme s'il avait tenu un javelot. L'arme vola vers le soldat qu'elle rata de moins d'un mètre. Impuissant, Nolate vit l'épée retomber sur le sol. Remis de sa surprise, le soldat éclata de rire et leva son arme pour assassiner l'enfant.

La flèche qui se planta dans son dos stoppa son geste meurtrier. L'homme parut surpris. Il s'écroula enfin, face contre terre.

Nolate se tourna vers la gauche, cherchant lequel parmi les miliciens d'Enrocil avait réussi un tir aussi efficace. Il s'agissait plutôt d'un milicien d'un second commando qui arrivait. Avec ces renforts, les centaures renversèrent rapidement la situation et les soldats furent vite submergés. Pourtant, la plupart refusèrent de se rendre et combattirent jusqu'à ce qu'ils soient assommés ou, le plus souvent, terrassés. À croire qu'ils préféraient mourir plutôt que de répondre de leur cruauté.

Le bruit des armes cessa, laissant toute la place aux gémissements des blessés. Nolate entendit les pleurs du garçon, toujours penché sur sa mère. Il s'approcha et s'inclina près de l'enfant. La centauresse avait une blessure assez profonde au flanc. Nolate cria au soigneur de se presser, certain qu'il y avait encore une chance de sauver cette mère.

Il y avait eu assez de souffrances pour ne pas y ajouter celle d'un orphelin.

✪✪✪

Les Vikings ne rencontrèrent aucune résistance avant le mur séparant Saleur de la zone portuaire. Partout les bataillons centaurins prenaient le dessus sur les soldats du Pentacle. En revanche, une fois passé le mur, ils ne virent que des escadrons de géants en train d'attaquer les civils, essentiellement des cyclopes et des humains. Quelques centaures malchanceux s'étaient trouvés du mauvais côté du mur lors du déclenchement de l'insurrection. Ils n'avaient, eux non plus, aucune formation de combattant et se faisaient massacrer.

Twilop allait se précipiter lorsqu'une main se posa sur son épaule.

— Il faut aller au port pour faire débarquer les cyclopes, expliqua Sénid. Nous ne pouvons rien pour ces malheureux.

L'hermaphroïde voulut protester, mais se ravisa. Elle réalisait que pour sauver la ville il fallait avant tout libérer le port pour permettre à la flotte d'aborder. L'échec de ce débarquement redonnerait l'avantage aux géants, qui contre-attaqueraient aussitôt dans le reste de la capitale. S'ensuivraient d'autres combats et davantage de morts.

Twilop rageait à l'idée de ne pouvoir porter secours à ces gens.

Ils n'eurent cependant pas le temps de chercher un passage pour gagner le port, car les géants les virent et un détachement fonça vers eux. Le combat devenait inévitable. Ironiquement, Twilop en fut soulagée. Elle raffermit sa prise sur son épée et accompagna ses compagnons dans leur charge, avec une seule pensée à l'esprit: ils allaient porter secours aux civils, finalement.

Au dernier moment, le capitaine Rogor cria aux Vikings de former deux groupes. Twilop ignorait ce qu'il avait en tête, mais elle obéit et suivit l'équipe de droite. Ils évitèrent les coups de massue en s'écartant de chaque côté des géants, passant de part et d'autre de l'ennemi pour le prendre à revers. Les Vikings se regroupèrent de l'autre côté, séparant ainsi les colosses de leurs victimes civiles. La manœuvre réussit à la perfection. Les civils survivants s'enfuirent, certains indemnes, d'autres en se traînant en dépit de leurs blessures. L'hermaphroïde appréciait cette réussite à sa juste valeur, sans perdre de vue qu'ils s'engageaient dans un combat désespéré.

Encore une fois, les géants foncèrent. Cette fois, ils balayaient l'espace devant eux en agitant leurs massues de gauche à droite. Les Vikings durent de nouveau se séparer pour éviter le massacre. Désormais morcelés par petits groupes, les guerriers du *Piwanga* furent impliqués dans une multitude d'affrontements opposant çà et là deux ou trois géants à quelques Vikings. Twilop n'avait plus le temps d'observer ce qui se passait dans les autres groupes. Les bruits des massues et les cris de douleur lui en apprenaient déjà bien assez comme ça.

— À droite! cria Borgar.

Twilop se retrouvait avec deux guerrières et l'ancien soldat. Les deux géants qu'ils affrontaient tentaient de les atteindre, abattant leur massue de toutes leurs forces. Au cri du Viking, la guerrière la plus proche se jeta de côté, échappant de justesse à un coup qui lui aurait à coup sûr fracassé le crâne.

Le géant cria sa rage. Il se rua vers la guerrière et frappa de nouveau. Encore une fois, la Viking réussit à éviter la massue en faisant un pas de côté. Twilop se concentra sur l'autre géant qui s'attaquait à Borgar et à elle. Elle porta un coup d'épée qui atteignit le géant sous un genou. Le cuir de sa jambière en fut à peine entaillé. Le colosse répliqua en portant un coup de massue, balayant cette fois l'espace devant lui à l'horizontale. L'hermaphroïde roula par terre et se releva aussitôt. Elle savait que la moindre erreur serait fatale.

Borgar eut à peine plus de succès. Son épée entailla cependant le cuir plus profondément et atteignit la chair. Le cri de douleur du géant ne laissait aucun doute, il avait été blessé. Le colosse fit un pas en arrière, boitant à peine, ce qui signifiait qu'il n'était touché que superficiellement. Borgar avait entre-temps attaqué le second géant, ce qui laissa le colosse seul face à l'hermaphroïde.

Twilop évita un nouveau coup de massue. Le lourd gourdin frappa le sol à l'endroit où elle se tenait un moment plus tôt. Les deux coups suivants la ratèrent aussi de très peu. Elle parvenait chaque fois à deviner à quel endroit le géant comptait frapper. En fait, cela lui semblait même facile. En dépit de la rapidité de l'action, qui réclamait de sa part une attention de tous les instants, Twilop trouvait le temps de s'étonner. Elle qui ne parvenait pas à tenir une arme en main au début de la mission avait acquis une habileté diabolique.

Les leçons de Borgar lui avaient vraiment été profitables.

Pourtant, l'instant suivant, Twilop apprit à ses dépens que son habileté nouvelle ne compensait pas son inexpérience. Occupée à éviter le prochain coup du géant, elle avait perdu de vue que d'autres combats se déroulaient tout autour d'eux. Elle trébucha sur un obstacle et tomba à la renverse, échappant son épée dans sa chute. Le géant se rua sur elle et l'hermaphroïde évita une mort certaine en roulant sur sa droite... pour se retrouver tout contre le cadavre d'une guerrière Viking, victime d'un coup de massue. Le sang et la cervelle coulaient du crâne défoncé.

Elle poussa un cri d'effroi et se redressa vivement. Elle trébucha à nouveau, cette fois en glissant dans la flaque écarlate. Ironiquement, cette maladresse lui sauva la vie : la massue passa à quelques centimètres de sa tête. L'arme du colosse frappa une palissade séparant la rue des terrains d'un bâtiment et projeta des éclats de bois dans toutes les directions. Le géant se prépara à frapper l'hermaphroïde, étendue sur le sol, cette fois incapable de se protéger.

Mais il poussa un cri de douleur et échappa sa massue. Twilop vit avec stupeur la lame pointue qui passait à travers le genou de son ennemi. Le géant porta ses mains à sa jambe, alors que Borgar, derrière lui, arrachait son épée. Le geste provoqua un nouveau paroxysme de souffrance chez le colosse qui, incapable de se tenir debout plus longtemps, s'écroula au sol.

— Merci, lança Twilop à l'intention de Borgar qui s'était déjà retourné vers l'autre géant.

L'hermaphroïde se releva et profita des quelques secondes de répit qu'on lui laissait pour chercher une

SUD

arme. C'était à son tour d'aider ses amis à échapper à une mort certaine. Elle ne vit cependant son épée nulle part. La massue du géant qui se tordait toujours de douleur la tenta un moment, mais ce bout de bois massif serait sans doute trop lourd pour elle. Elle vit quelque chose qui lui conviendrait davantage, un morceau de bois de la palissade qui ressemblait étrangement au bâton de combat, la première arme qu'elle avait réussi à maîtriser.

Elle s'empara de l'objet et se tourna vers Borgar et la guerrière survivante. Les deux Vikings avaient fort à faire pour seulement garder leur vie sauve. Ils avaient dû déjà déployer toutes leurs facultés pour échapper à la mutilation et même à la mort. Twilop se rua vers le géant en faisant tourner son bâton sur son axe central pour en éprouver l'équilibre. Elle rejoignit ses compagnons et attaqua.

L'avantage du combat changea aussitôt de camp.

✪✪✪

Sénid se retrouva avec le capitaine Rogor, deux compatriotes et Elbare. Les guerriers s'efforcèrent de repousser les deux géants qui tentaient de les atteindre de leur massue. Sénid chercha à les rejoindre, mais se heurta au versev, qui ne savait vraiment pas comment réagir dans les situations de combat.

— Trouve-toi une cachette, cria-t-il.

Elbare ne se le fit pas répéter et courut vers un bâtiment. Le Viking ignorait s'il se contenterait de se cacher derrière une palissade ou s'il utiliserait son don de camouflage pour passer inaperçu. Il souhaitait vivement qu'il choisisse la première option. Sénid ne savait pas ce que les géants connaissaient des aptitudes des créatures végétales, mais mieux valait garder la plus grande des

145

discrétions. Sans compter qu'en s'enracinant Elbare ne pourrait plus bouger.

Sénid passa en trombe devant un géant qui tenta de le frapper de sa massue. Il évita le coup en faisant un pas de côté, ce qui l'amena à heurter du dos les mollets d'un autre géant. Se retournant vivement, le Viking vit le deuxième colosse, qui avait à peine eu conscience du heurt, s'élancer vers une autre cible. Il fit de nouveau un pas de côté pour éviter la massue du premier adversaire, qui revenait à la charge.

Épée en main, il tenta une attaque qui, c'était évident, ne lui permettrait pas de toucher son adversaire. Les géants disposaient d'une plus grande portée, même sans leur massue, en raison de la longueur de leurs bras. Contre ces colosses, seule l'agilité permettait d'éviter de sérieuses blessures ou la mort pure et simple. Sénid sauta d'un pied sur l'autre pour éviter l'arme de son ennemi, se jetant à gauche chaque fois qu'il frappait à droite, et vice-versa. Cette curieuse danse ne pourrait se prolonger indéfiniment. Tôt ou tard, le géant atteindrait sa cible.

Sagement, Sénid choisit la fuite dès qu'une occasion se présenta. Ils avaient pour tâche de trouver un moyen de contourner les géants pour rejoindre le port, pas de se laisser massacrer. Le colosse refusa pourtant de renoncer à cette proie qui lui avait tourné autour comme un insecte bourdonnant et se rua derrière le Viking. Sénid avait cherché à attirer l'attention de ce combattant et il avait réussi. Trop bien, visiblement.

— Attention!

Le coup de massue suivant passa si près qu'il le sentit lui frôler le dos. L'arme du géant acheva sa course sur le sol. Le colosse avait asséné son coup avec tant de puissance que le Viking avait senti le sol trembler sous l'impact. Il n'osait imaginer ce qu'il aurait subi si le capitaine Rogor ne l'avait pas averti au dernier moment.

Sans cesser de courir, il risqua un coup d'œil en arrière. Emporté par la force du coup qu'il avait tenté d'asséner, le géant semblait sur le point de trébucher et il devait multiplier les contorsions pour éviter de s'étaler au sol de tout son long. Il resta malheureusement debout et reprit la poursuite. Il rattrapa Sénid en quelques enjambées et coinça sa proie entre la façade d'un entrepôt et une haie. Le prochain coup de massue ne pourrait rater sa cible.

Sénid se sentit violemment poussé de côté et tomba.

Il heurta rudement le sol en terre battue, échappant son épée sous le choc. Étonné d'être encore en vie, il se tourna sur le dos pour repérer le géant et suivre chacun de ses mouvements. Il n'y avait aucune chance que son opposant lui laisse le temps de se relever. Il ne comptait pas sur le moindre geste chevaleresque de sa part. L'assaillant brandissait d'ailleurs vers lui sa massue couverte de sang.

Dans une réaction désespéré, Sénid roula de côté, anticipant le coup suivant. Il profita de son élan pour se relever et chercha son arme du regard. Il découvrit plutôt le capitaine Rogor, inerte au pied du mur, gisant dans une mare de sang. Le Viking comprit du même coup que le choc qui l'avait jeté au sol était le fait du capitaine qui l'avait poussé, un geste qui lui avait coûté cher. Pour sauver la vie de son compatriote, Rogor avait reçu le coup en pleine tête.

Furieux, il repéra l'épée du capitaine qu'il saisit d'un geste vif. Il se campa fermement sur ses pieds, face au géant. Amusé, le colosse poussa le mépris jusqu'à inviter d'un signe de la main son adversaire à approcher. Sénid raffermit sa prise sur l'épée, cherchant désespérément un point faible dans la cuirasse de l'ennemi. Le géant leva haut son arme pour asséner un coup fatal. Le Viking se jeta au sol pour éviter l'impact. Il roula sur lui-même... et remarqua que la cotte de mailles de son ennemi était sortie de son pantalon, ce qui laissait une faille dans sa protection.

Sénid se doutait qu'il n'aurait qu'une chance. Il fonça vers le géant qui ricana, tant la manœuvre lui paraissait inoffensive. Il leva de nouveau sa massue, ce que le Viking avait escompté. Il avait remarqué le schéma répétitif de l'attaque de son adversaire. L'épée trouva sa cible et s'enfonça profondément dans le ventre du colosse, qui poussa un hurlement terrifiant et porta les mains à son ventre. Il jeta un regard de stupeur vers Sénid avant de s'écrouler, terrassé.

Le Viking n'avait pas le temps de savourer sa victoire. Il retrouva sa propre épée et se prépara à un nouvel affrontement. Réalisant qu'il n'avait plus d'ennemi pour l'instant, il se rua vers le capitaine. Rogor respirait encore, mais la blessure ne laissait aucun doute quant au sort qui l'attendait. Il mourrait s'il n'obtenait pas des soins immédiats. Fulminant contre son impuissance, Sénid refusait de l'abandonner.

— Docteur! cria-t-il.

Au cœur de cette bataille, le médecin avait peu de chance de l'entendre. Partout se succédaient les bruits d'impact des massues contre les épées et les cris des blessés. La place était jonchée de corps, la plupart immobiles. Sénid voyait surtout des civils cyclopes et humains et quelques compatriotes vikings qui gémissaient en se traînant au sol. Le médecin n'était nulle part en vue. Pourtant, le vieil homme avait sûrement déjà commencé à soigner les blessés. Il se devait de partir à sa recherche, mais refusait d'abandonner son capitaine.

Il repéra du coin de l'œil un mouvement près d'un hangar voisin et se redressa, prêt à combattre. C'était Elbare, debout entre le mur du bâtiment et une haie. Le versev jeta un regard de chaque côté, puis quitta sa cachette et court vers le Viking. Sénid s'étonna de l'inconscience de son ami végétal. Compte tenu de la haine viscérale des géants pour son espèce, Elbare risquait gros en s'exposant. Un coup d'œil vers ses pieds montra la terre qui encombrait encore ses racines. Il s'était donc déraciné pour rejoindre Sénid.

— J'ai tout vu, expliqua-t-il. Cherche le docteur pendant que je m'occupe de lui.

Sénid hésita une fraction de seconde. Il avait souvent constaté l'incapacité du versev à apprendre la moindre technique de combat. Comment pourrait-il se défendre? Mais il n'avait pas le choix. Reconnaissant, il se releva et se relança dans les combats avec en plus, cette fois, la tâche quasi impossible de retrouver une personne précise dans la cohue.

✪ ✪ ✪

Elbare regarda le Viking se jeter dans la mêlée. Il aida un moment un trio de ses compatriotes qui bataillaient ferme contre deux géants. Sénid leur cria quelque chose. Il demandait sûrement où trouver le médecin. Il hocha la tête, donna quelques coups d'épée de plus et repartit vers un autre groupe. Il répéta le manège à plusieurs reprises, accompagnant ses questions de passes d'armes contre l'ennemi.

Plus loin, sur la place, un géant lança un cri, ordonnant la retraite. Les colosses repoussèrent une dernière fois leurs adversaires et partirent d'un pas rapide vers une large avenue. Elbare connaissait bien le physique de leurs voisins de l'Est, qui les empêchait de courir. Leurs longues enjambées leur permettaient toutefois de se déplacer aussi vite, sinon plus, que les bipèdes. Peut-être les centaures au galop couraient-ils encore plus vite. Mais les géants pouvaient marcher des heures de leur pas rapide sans s'épuiser.

Les combattants vikings parurent surpris de cette retraite soudaine et se précipitèrent à la poursuite des colosses. Elbare devina que les géants se pressaient vers le port afin d'empêcher le débarquement des renforts cyclopéens. Pour la raison inverse, les Vikings suivaient. Il y aurait donc de nouveaux affrontements dans la zone portuaire, ce qui voulait dire plus de blessés et de morts.

Le médecin n'arriverait peut-être jamais à temps.

Un calme surprenant régna sur la place une fois les combattants passés derrière les premiers bâtiments. Elbare balaya l'espace du regard. Des dizaines de corps jonchaient le sol, la plupart immobiles. Deux Vikings légèrement blessés étaient restés sur place pour chercher ceux qui pouvaient encore être sauvés. Un silence presque complet s'était abattu, rompu seulement par quelques rares gémissements. La rareté de ces râles de douleur trahissait l'âpreté des combats. Elbare aurait aimé en entendre plus. Cela aurait signifié moins de morts.

— Versev…

Il sursauta. L'appel venait de tout près et la voix grave révélait qu'il s'agissait d'un géant. De fait, elle provenait du colosse qui avait gravement blessé le capitaine Rogor un peu plus tôt. Il avait pourtant paru mort. Le géant avait relevé la tête et examinait sa blessure. Le sang coulant de la plaie prouvait qu'il n'en avait plus pour longtemps. Visiblement, il l'avait compris.

Elbare le regarda d'un air désolé.

— Je suis navré, je ne peux rien faire pour vous.

— Aucune importance, gémit le mourant. Je suis fichu, je le sais. Et toi aussi !

Il sembla trouver sa répartie amusante, car il laissa échapper un petit rire qui lui arracha une quinte de toux. Le géant se tordit un moment de douleur, puis sa tête retomba. Il resta immobile, un filet de sang ayant jailli de sa bouche pour maculer son menton et couler jusque dans son cou. Elbare supposa qu'il avait épuisé ses dernières forces. L'ultime commentaire du colosse resterait donc sans explications. Sans doute avait il voulu prédire la capture de son ennemi végétal.

Il rouvrit cependant les yeux.

— Oui, fit-il, d'une voix presque inaudible. Tu mourras, comme… comme tout ton peuple.

Alerté, Elbare porta toute son attention sur le blessé. En incluant l'espèce entière des versevs, le commentaire prenait un tout autre sens. Il murmura encore un mot ou deux d'une voix si affaiblie que le versev ne parvint pas à les comprendre. Il jeta un regard au capitaine et, sachant que de toute façon il ne pouvait rien pour lui, il le laissa pour aller s'agenouiller auprès du géant agonisant.

— Que voulez-vous dire ? demanda Elbare. Comptez-vous attaquer la Versevie ?

— Pour quoi faire ? questionna le colosse. Vous périrez tous et… et vos terres seront nôtres ! La déesse nous l'a promis.

— La déesse ?

— Elle… elle nous a promis vos terres et une vie… meilleure pour nous tous. Une vie plus longue, comme… comme celle des… des autres espèces.

De nouveau, le géant rit et encore une fois son hilarité déclencha une série de spasmes qui le secouèrent, tant la douleur était vive. Il cracha un peu de sang et ses yeux se révulsèrent. Pourtant, une fois encore, la mort tarda à le délivrer. Les géants étaient depuis toujours ennemis des versevs, mais il ne pouvait s'empêcher de compatir devant sa souffrance et sa fin imminente. Il n'en avait certainement plus pour longtemps, à présent.

— Vous lui faites donc confiance ?

— Elle… nous a montré notre… avenir.

Elbare devina plus qu'il n'entendit le dernier mot, poussé dans un ultime soupir. Le géant ferma les yeux et sourit comme s'il accueillait sa mort avec joie. Peut-être était-ce d'ailleurs le cas, puisqu'ainsi il cessait de souffrir. Sa poitrine se souleva encore une fois et un dernier souffle jaillit de ses poumons. Il était mort.

Le versev resta un long moment agenouillé devant la dépouille, non pas en signe de respect pour un ennemi vaincu, mais bien en raison du choc causé par ce qu'il venait d'apprendre. La confiance des géants envers la déesse expliquait leur fidélité et voilà que l'un d'eux sous-entendait qu'ils connaissaient le grand dessein de la souveraine. Sans doute n'avait-elle pas tout dit. La promesse d'une vie plus longue avait cependant séduit ce peuple, et les conséquences que cela aurait sur la suite de leur mission faisaient frémir Elbare comme une jeune pousse.

Bien sûr, les colosses ne se joindraient jamais à la coalition visant à déposer la déesse. Pourtant, depuis le début de la mission, le versev avait nourri l'espoir qu'il serait possible de les maintenir à l'écart, du moins, jusqu'à ce que les troupes alliées centaurines, cyclopéennes et humaines soient parées à l'attaque. Visiblement, ils affronteraient les géants bien plus tôt qu'ils l'avaient redouté. Et il y avait pire.

Le quatrième morceau du Pentacle se trouvait à Ênerf, leur ville sainte, devenue la capitale des géants à la fin de la Guerre ultime.

CHAPITRE NEUF

Alors qu'il courait à la poursuite des géants, Sénid cherchait toujours le médecin. Il le trouva auprès d'un guerrier dont le bras faisait un angle anormal avec l'épaule. Sénid attendit que le vieil homme termine l'atèle en surveillant les alentours pour s'assurer qu'aucun ennemi ne les attaquerait. Il expliqua ce qui était arrivé au capitaine Rogor. Le médecin s'assura que son patient n'avait pas besoin d'autres soins et partit vers la place qui venait d'être désertée. Sénid l'y escorta avant de repartir à la poursuite des géants.

Il ne lui aurait servi à rien de rester avec le médecin. Ayant trop peu de connaissances médicales, Sénid n'aurait pu que gêner le praticien et Elbare serait là pour lui prêter assistance, au besoin. Comme l'ennemi avait quitté le secteur, il n'y avait plus aucun risque d'une attaque et aucun garde ne leur serait nécessaire. Sénid ne pouvait plus rien pour Rogor, mais d'autres combats l'attendaient.

Il ne s'agissait pas seulement de rejoindre les géants ; il fallait les contourner pour les arrêter avant le port.

La rue principale était d'une largeur surprenante. C'était logique, puisqu'il fallait convoyer beaucoup de marchandises entre le port et les entrepôts. Malheureusement, cette disposition facilitait la progression des géants. Sénid redoutait de ne pouvoir rejoindre les combattants avant le port. Il ne pouvait qu'espérer que ses compatriotes aient réussi à rejoindre l'ennemi et à l'attirer dans des combats.

Des éclats de voix mêlés à des rugissements de baryton le guidèrent vers l'affrontement. Les bruits semblaient provenir d'assez près, ce qui signifiait que ses compatriotes avaient réussi à retarder les colosses. Sans connaître à fond le plan de la capitale centaurine, Sénid estimait qu'ils étaient à un kilomètre encore du port. Il tourna un coin de rue pour se retrouver devant un spectacle plutôt inattendu.

Les géants avaient effectivement été arrêtés dans leur course vers le port. Toutefois, les Vikings n'y étaient pour rien, même si leur arrivée rendait la position des colosses délicate à défendre. Au milieu de l'avenue, trois chariots étaient renversés, ne laissant que d'étroits passages de chaque côté, le long des bâtiments hauts de trois étages. Piètre obstacle pour des géants, mais les civils cyclopes et humains, grimpés sur les toits, balançaient tout ce qui leur tombait sous la main sur les quelques combattants qui cherchaient à se faufiler de part et d'autre de l'obstacle central.

Une manœuvre brillante. Les géants n'utilisaient aucune arme capable d'atteindre une cible distante, comme des javelots ou des frondes, ce qui gardait les auteurs des bombardements hors d'atteinte de leurs ennemis. De plus, en raison de leur taille, les ennemis ne pouvaient entrer dans les maisons pour les déloger. Une situation presque parfaite pour les défenseurs. Presque.

Quelque chose tracassait Sénid dans la méthode de défense des civils.

Le Viking rejoignit ses compatriotes. Ils se tenaient légèrement en retrait, sans intervenir. Dans d'autres circonstances, Sénid en aurait été offusqué. Il ne pouvait cependant oublier leur mission prioritaire, soit aider les cyclopes à débarquer. Aleel parut soulagée par l'arrivée de Sénid, puis un éclair de colère brilla dans ses yeux.

— Pourquoi as-tu pris tellement de temps pour nous rejoindre?

Il expliqua ce qui était arrivé à Rogor.

— Je lui ai envoyé le médecin, conclut-il. Quelle est la situation, ici?

— Des éclaireurs cherchent un autre accès pour gagner le port.

Il entendit de nouveaux éclats de voix caverneuse et vit un géant s'écrouler en travers du passage de gauche. Deux civils lui avaient jeté une armoire qu'il avait reçue en pleine tête. En réaction, quatre de ses semblables lancèrent quelques projectiles. Mais malgré leur puissante musculature, ils ne firent pas vraiment peur aux défenseurs qui n'avaient qu'à suivre les objets du regard pour les éviter. Mieux encore, ils pouvaient les reprendre pour les réutiliser à leur profit.

Les géants changèrent alors de tactique et Sénid trouva ce qui le tracassait dans la stratégie des civils et qu'il n'avait pu formuler un peu plus tôt. Au lieu de supporter les bombardements d'objets hétéroclites ou de tenter d'atteindre les défenseurs, trois colosses s'attaquèrent au bâtiment. Ils concentrèrent leurs coups de massue sur un coin de l'édifice, arrachant les planches, puis attaquant la charpente. Quelques coups de massue bien placés brisèrent une poutre et l'immeuble trembla sur ses bases.

Sans attendre, les colosses passèrent à l'autre coin du bâtiment. Les planches et les poutres subirent le même sort et l'édifice trembla de plus belle. Sénid vit les défenseurs, sur le toit, perdre l'équilibre et tomber. La bâtisse émit un craquement sinistre et s'écroula, d'abord lentement. Mais sa chute s'accéléra et elle s'abattit dans un fracas de tonnerre.

Deux Vikings se levèrent pour intervenir.

— Reste ici! murmura Sénid en attrapant l'un d'eux. Il ne faut pas attirer l'attention.

— Ils vont se faire massacrer!

Les géants se précipitaient en effet dans le nuage de poussière pour tuer les civils.

— N'oublie pas que nous devons aider la flotte royale à accoster, rappela Redneb, qui avait rattrapé l'autre guerrier. Si ces renforts sont refoulés…

Il n'eut pas à achever sa phrase. Les deux Vikings se résignèrent, non sans manifester leur frustration. Sénid comprenait d'autant mieux leur ressentiment qu'il éprouvait le même. Une détermination sans faille se dessinait sur chaque visage, alors que les mains resserraient leur poigne sur le manche des épées.

Un caillou tomba devant Sénid, qui releva les yeux, surpris. Plus loin, cachée le long d'un édifice, une guerrière faisait un signal discret. Un à un, les membres de l'équipage du *Piwanga* reculèrent en silence, jusqu'à la ruelle que l'éclaireur avait trouvée. Avant de tourner le coin, Sénid jeta un dernier regard aux combats. Les géants avaient entrepris de démolir un second bâtiment. Il se retourna la mort dans l'âme en songeant aux civils qui se feraient massacrer dans quelques secondes.

Sénid n'avait même pas l'assurance que leur sacrifice aurait retardé les géants.

❋ ❋ ❋

Une seule pensée courait dans l'esprit d'Aleel: s'ils n'arrivaient pas à temps, la flotte de son père foncerait vers un danger dont elle ignorait tout.

La présence même de ces navires rendait Aleel perplexe. Elle avait identifié des catamarans, les meilleurs vaisseaux du royaume cyclopéen, les navires les plus rapides du Monde connu. Ils servaient de relais pour apporter les nouvelles du continent et Aleel se rappelait que son père en avait fait construire une dizaine. En ajoutant ceux qui existaient déjà, la flotte du royaume devait disposer d'une trentaine de catamarans au plus. C'était à peu près le nombre de navires qui fonçaient vers Saleur, ce qui signifiait que Sirrom avait envoyé toute sa flotte.

Lorsqu'ils avaient quitté l'île Majeure, il n'avait pas été question d'envoyer des troupes chez les centaures et personne ne soupçonnait que la déesse ordonnerait une occupation du Sud. Il fallait qu'un événement ait tout changé et Aleel cherchait en vain ce qui avait pu survenir pour inciter son père à lancer sa meilleure flotte sur l'océan. Elle arrivait à point nommé pour aider les centaures à reprendre leur pays, mais il ne pouvait s'agir que d'un incroyable coup de chance, qui ne leur profiterait pas si les cyclopes ne parvenaient pas à débarquer.

Ils arrivèrent au port et Aleel mit ses interrogations de côté. Comme redouté, les géants les avaient précédés. La situation lui parut d'abord pire que ce qu'elle avait craint, car plus d'une centaine de colosses se tenaient debout sur les quais, massue à la main, attendant les cyclopes. Ils devraient renoncer à débarquer, sous peine de se faire massacrer. Elle reprit confiance lorsqu'elle vit que les géants avaient commis une erreur.

Les Vikings se cachèrent le long des murs des derniers bâtiments.

— Nous allons lancer une attaque du côté sud des quais, suggéra Sénid à voix basse. Cela détournera l'attention des géants et laissera une chance à vos compatriotes de descendre à terre.

— Ce serait une folie, objecta Redneb sur le même ton. Nous ne sommes pas parvenus à les arrêter il y a un moment, alors qu'ils étaient bien moins nombreux. Mieux vaut attendre que l'armée du roi passe à l'attaque.

— Parce que vous croyez qu'ils vont tenter un débarquement ? s'indigna le Viking. Face à tant d'adversaires, ils ne pourront jamais mettre pied à terre. Ils ne sont certainement pas inconscients.

Redneb échangea un regard avec Aleel. Elle sourit, réalisant que Sénid n'avait pas perçu la nature de l'erreur faite par les géants. Ces derniers comptaient sur leur grande force physique et sur leurs massues pour défaire ceux qui osaient approcher. Au corps à corps, aucun ennemi ne pouvait les vaincre, sauf s'ils attaquaient en grand nombre et acceptaient de subir des pertes importantes. Ce que les cyclopes ne pourraient effectuer, à moins de réussir l'exploit d'amarrer leurs catamarans tous en même temps.

— Quand nous étions sur l'île Majeure, demanda Aleel, as-tu remarqué l'arme de base du fantassin royal ?

Son ami fronça les sourcils et devina bientôt où elle voulait en venir.

— Vous utilisez des arbalètes… s'écria-t-il. Mais bien sûr ! Ils pourront leur tirer dessus à distance.

— Ce qu'ils hésiteraient à faire si nous nous trouvions parmi eux, acheva Redneb.

Sénid souriait, soudain redevenu confiant. Aleel était un peu surprise qu'un homme ayant suivi la formation de soldat du Pentacle n'ait pas songé à ce type de combat. En même temps, elle se rappelait que les Vikings se battaient essentiellement à l'épée et Redneb et elle utilisaient la même technique depuis le début de la mission. Aleel préférait même la savate, une façon de combattre qui lui évitait de dépendre d'une arme. Comme les centaures avec leurs arcs, l'armée cyclopéenne employait au combat des outils bien différents. Les géants en verraient l'efficacité bien assez tôt à leur goût.

Un premier catamaran se risqua dans le port et franchit la ligne imaginaire qui séparait le havre de la mer, entre les deux brise-lames. Il naviga vers le quai le plus au nord, pendant qu'un deuxième entrait à son tour dans la rade. Trois autres navires suivirent, se dirigeant chacun vers un des cinq quais. Aleel se demandait comment ils comptaient procéder, puisque les navires des géants occupaient les places disponibles pour un amarrage. Les troupes cyclopéennes devraient traverser les ponts des navires ennemis pour rejoindre la terre ferme. Un obstacle de plus sur leur route.

Un tir coordonné à l'arbalète frappa les géants responsables du premier navire abordé. Plusieurs furent touchés sans paraître autrement affectés. L'un d'eux arracha nonchalamment le carreau qui s'était fiché dans son bras droit. Il leva sa massue et fit deux pas vers le catamaran, prêt à foncer sur les membres de son équipage.

Il s'écroula soudain face contre terre sur le pont de son navire.

— Que se passe-t-il? s'étonna Sénid. Ils semblent à peine touchés et ils tombent!

Aleel vit le même spectacle se répéter sur chaque navire des géants. Les cyclopes des catamarans passaient sur les navires ennemis et visaient déjà les colosses qui les narguaient depuis le quai un moment plus tôt. Ces derniers semblaient à présent plutôt en colère. Les carreaux les atteignaient facilement. Il était difficile de les rater, étant donné qu'ils se tenaient en rangs serrés. Au bout d'un moment, ils s'affalaient les uns après les autres.

Un début de panique s'empara des troupes ennemies. Certains géants crièrent leur colère, d'autres cherchèrent à échapper aux carreaux qui terrassaient leurs semblables. Ils trébuchaient sur leurs camarades et quelques-uns seulement parvinrent à se dépêtrer de la masse des corps inanimés pour fuir. Des cyclopes tirèrent dans leur direction. Un géant marcha plusieurs mètres avant de s'écrouler tout près de la cachette des Vikings. Aleel observa le corps inerte et fut surprise de constater qu'il respirait. En fait, il ronflait.

— Mais il n'est qu'endormi! s'étonna Sénid.

— De l'enmétal! s'exclama Aleel. Ils ont trempé les carreaux dans de la sève d'enmétal.

Sénid parut perplexe. Il sembla soudain se rappeler. Il s'agissait de la sève d'une plante qu'Aleel avait uti-lisée pour endormir les Vikings quand elle les avait quittés pour rejoindre un camp militaire de cyclopes, près des rives du Moneil. Elle avait commis ce geste pour contacter les troupes de son père sans avoir à leur révéler son identité.

La cyclope ressentait de la fierté d'appartenir à un peuple qui, même en situation de combat, cherchait à éviter les tueries inutiles. En fait, le choix de carreaux soporifiques répondait à une nécessité beaucoup plus pratique. La sève de l'enmétal n'était jamais mortelle. Ainsi, un tir qui aurait atteint accidentellement un allié lui aurait injecté une dose massive de venin, bien plus que ce qui était nécessaire pour endormir un géant. Il n'aurait donc entraîné aucune conséquence tragique.

À présent, la panique s'était emparée des géants, qui cherchaient à quitter les lieux.

— Je crois que nous avons enfin un rôle à jouer, com-menta Redneb. Si nous pouvions leur bloquer les issues, la victoire serait totale.

Sénid approuva d'un hochement de tête. Il pouvait à présent lancer l'assaut qu'il avait prévu un peu plus tôt. Cette fois, pourtant, l'attaque n'aurait rien d'une mission désespérée. Ils n'avaient qu'à prendre à revers les géants pour aider les cyclopes qui débarquaient. Pris entre les deux groupes, les quelques individus qui restaient n'auraient d'autre choix que de se rendre.

Aleel vit alors que des Vikings faisaient partie des combattants qui débarquaient des catamarans. Elle supposa un instant qu'un capitaine présent à Œculus avait offert ses services au roi, puis elle reconnut quelques-uns des guerriers nordiens. Elle en échappa presque son épée, tant sa stupeur fut grande. Elle ignorait par quel miracle ils pouvaient se trouver là. Elle les croyait tous morts en mer, naufragés dans l'œil du vent qui les avait frappés.

Eksab, capitaine du *Ravachol*, sourit à Aleel en passant devant elle.

❊ ❊ ❊

Le médecin avait examiné sommairement les blessés. Quatre guerriers vikings et une trentaine de civils gisaient sur la place, la plupart étendus, certains assis à même le sol, gémissant ou supportant leur douleur en silence. Le plus grand nombre souffrait de fractures et déjà ceux qui avaient échappé aux massues des géants aidaient les blessés. Elbare remarqua Naprat, le serviteur d'Essena, parmi ceux qui étaient indemnes. Il passait d'un blessé à l'autre pour connaître la gravité de leur état.

Deux Vikings avaient péri, terrassés par des coups de massue qui leur avaient fracassé le crâne. Chez les civils, qui n'avaient ni l'habitude de se défendre, ni l'entraînement nécessaire pour ce faire, les pertes étaient bien plus importantes. Un regard circulaire sur la place montrait plus de corps inertes que de blessés gémissants. Le versev avait préféré rester avec le médecin, se sachant inutile dans une situation de combat. Devant l'état de Rogor, Elbare commençait à craindre d'être tout aussi inutile pour aider le sexagénaire à prodiguer des soins.

— Il a reçu un violent choc à la tête, affirma le guérisseur. Cela entraîne une forte pression dans son crâne et il mourra si je ne l'opère pas. Or, je manque d'expérience pour une chirurgie aussi complexe.

— Que devez-vous faire?

Le médecin hésita avant de répondre.

— Il faut faire baisser la pression dans sa tête, expliqua-t-il finalement. Pour cela, je dois effectuer une trépanation. Autrement dit, je vais percer un trou dans son crâne.

— Un trou!

Elbare pensa d'abord que l'homme plaisantait et il trouvait cette attitude particulièrement déplacée. L'air grave qui se lisait sur le visage du Viking lui fit comprendre qu'il parlait sérieusement, ce qui lui parut encore plus choquant. Il connaissait peu de choses des espèces animales et percer le crâne d'un blessé lui semblait au contraire une façon plutôt cruelle de l'achever. Il ne pouvait cependant que se fier à l'expertise du sexagénaire.

Le Viking demanda de l'aide pour transporter le capitaine dans un local afin d'y pratiquer l'opération. Naprat, le serviteur d'Essena, proposa l'entrepôt dans lequel ils s'étaient cachés avant leur capture par les forces d'occupation. Quatre Vikings y transportèrent le blessé. Il fut déposé sur une caisse qui servirait de table d'opération.

Le capitaine émit un gémissement.

— Il reprend connaissance, signala une guerrière. C'est bon signe.

— Je ne crois pas, objecta le médecin. Son regard fiévreux m'amène à conclure que je dois faire vite. Malheureusement, puisqu'il revient à lui, la chirurgie va lui imposer de vives souffrances. Et je n'ai rien à lui administrer pour atténuer cette douleur.

— Si seulement vous aviez de l'ynoh tna, commenta Elbare. Les géants emploient le bulbe broyé de cette fleur et en font un onguent qui insensibilise les blessures pendant plusieurs heures.

— Nous en avons! s'exclama Naprat. Essena devait en convoyer un chargement à Capitalia pour l'Académie militaire. Les caisses de cette commande se trouvent encore dans cet entrepôt. Je m'en souviens très bien, c'est moi qui les ai rangées.

Il partit entre les caisses à la recherche de celle qui contenait la précieuse fleur. Elbare ne s'inquiétait pas pour la préservation de la plante, le bulbe pouvant supporter un entreposage atteignant dix ans. Le centaure commença à déplacer quelques caisses, vite aidé par deux Vikings. Naprat en dégagea une qu'il chercha frénétiquement à ouvrir. Ne trouvant aucun outil, il finit par ruer dans le contenant pour en briser quelques planches. Il y plongea la main et en sortit une dizaine d'oignons de la taille d'un raisin.

— Combien vous en faut-il?

— Un seul suffira, répondit le versev.

Le centaure lui ramena trois bulbes. Il n'aurait pas à retourner en chercher si le besoin s'avérait plus important que prévu. Elbare broya l'un des oignons entre ses doigts jusqu'à ce qu'il forme une pâte poisseuse. Il expliqua qu'il suffisait d'étendre cette crème autour de la plaie pour insensibiliser toute la région. Le médecin apposa délicatement la substance onctueuse sur l'hématome qui couvrait le côté droit de la tête de Rogor. Le capitaine sursauta et gémit, en dépit de la délicatesse du guérisseur. Il se calma rapidement.

Le médecin choisit un couteau dans sa trousse et entreprit de raser la zone de la blessure. En une série de gestes délicats, il fit disparaître les cheveux entre la tempe et l'oreille. Le sexagénaire posa ensuite un tissu sur la table improvisée et examina une dernière fois le capitaine du *Piwanga*. Soulagé par la crème anesthésiante, Rogor avait de nouveau perdu connaissance.

— Il faudrait que quelqu'un reste pour m'assister, expliqua le vieux Viking. Pour les autres, je veux qu'ils sortent afin d'éviter de soulever de la poussière en se déplaçant.

Elbare fut volontaire pour rester. Une fois les autres partis, le médecin ne perdit plus un instant. Un mouvement précis de la pointe du couteau lui permit de pratiquer une incision de quelques centimètres de longueur. Il demanda au versev d'utiliser un tissu pour éponger le surplus de sang. Partagé entre l'écœurement et la fascination, Elbare regarda le sexagénaire écarter la peau pour exposer l'os. Il se demanda comment le médecin comptait procéder.

Le vieux Viking sortit un objet métallique pointu et un maillet de bois de sa trousse. Avec des gestes précis, il se servit du poinçon pour frapper l'os en une série de points qui formèrent bien vite un cercle presque aussi grand que l'ouverture qu'il avait dégagée en écartant la peau. Il s'arrêta à plusieurs reprises pour laisser Elbare éponger le sang et les fragments d'os.

— Le plus délicat, à présent.

Cette fois, le médecin frappa adroitement entre chaque point, sans chercher à percer l'os. Pendant plusieurs minutes, il répéta ce manège qui ne semblait produire aucun résultat. Finalement, il enfonça doucement le poinçon dans un des trous et inclina la tige métallique. Un morceau d'os se souleva, que le médecin saisit habilement pour achever de le retirer. Fasciné, Elbare regarda le cerveau du capitaine qui apparaissait.

Le vieil homme s'empressa de refermer la plaie en recousant la peau à l'aide d'un fil et d'une aiguille. Après qu'Elbare eut bien épongé le sang, il enroba la tête du capitaine dans une bande de tissu. Il examina une nouvelle fois son patient. Rogor paraissait apaisé et sa respiration était devenue plus régulière.

— Voilà, fit le médecin. Il est trop tôt pour dire s'il survivra, mais j'ai fait tout ce que j'ai pu.

Elbare en serait à jamais témoin.

CHAPITRE DIX

Les trois derniers géants toujours debout jetèrent enfin leur massue et s'agenouillèrent en suppliant leurs ennemis de leur laisser la vie. Sénid s'étonna de la requête. Ni son peuple ni les cyclopes n'avaient une réputation de cruauté. Comme ils avaient démontré une sauvagerie inouïe, les géants devaient sans doute s'attendre à un comportement tout aussi cruel de la part de leur vainqueur. Cela expliquait l'âpreté de leur résistance et leur réticence à se rendre.

Sénid réalisa sa méprise en remarquant les regards effrayés que jetaient les colosses sur leurs compagnons de combat étendus, inconscients, à même le sol. Ils semblaient les croire tous morts. Leur regard trahit une profonde incompréhension lorsque les vainqueurs se mirent à attacher leurs compatriotes inertes. Il aurait été ridicule de ligoter des morts. Les trois géants devaient réaliser tout à coup que les tirs d'arbalètes n'avaient rien de mortel. Sénid regardait les cyclopes qui circulaient entre les géants endormis, ainsi que des Vikings qu'il n'aurait jamais cru revoir un jour : l'équipage du *Ravachol* qu'ils croyaient perdu.

Il rejoignit une guerrière du drakkar perdu en mer et l'aida à attacher les mains d'un des colosses derrière son dos. La géante et les deux géants toujours conscients furent escortés par un détachement de cyclopes qui les amena loin du port. Le gros des troupes resta pour attendre le réveil des prisonniers endormis. Ils seraient à leur tour amenés dans divers bâtiments qui deviendraient autant de prisons. Viendrait alors pour eux le moment de répondre de leur brutalité.

En attendant, l'heure des retrouvailles avait sonné pour les deux équipages vikings. Les accolades se succédaient sur la place, devant le port. Des amis se retrouvaient, notamment ceux qui avaient d'abord formé l'équipage du *Dalkrid*, le premier drakkar perdu lors de la bataille contre les galions. Ils s'étaient divisés en deux groupes pour compléter les équipages des navires restants. Après la tempête qui les avait séparés, nombre de guerriers avaient nourri la certitude de ne jamais revoir leurs amis.

Sénid entendit un soupir à sa droite et se tourna vers Aleel, étonné.

— Quelque chose ne va pas? s'inquiéta-t-il. Nous avons pourtant triomphé.

— Sans aucune perte dans ce dernier combat, approuva la cyclope. Nous sommes tous en vie et, de plus, personne n'espérait de pareilles retrouvailles. Je m'en réjouis autant que vous.

— Qu'y a-t-il, alors?

La cyclope désigna ses compatriotes d'un geste du menton.

— Mon incognito se termine ici, expliqua-t-elle.

Sénid se tourna vers les soldats de l'armée cyclopéenne. Plusieurs observaient Aleel comme s'ils ne parvenaient pas à croire que leur princesse héritière se tenait là, devant eux. Lors de leur séjour à Œculus, seuls les compagnons de mission de la cyclope, ainsi que Borgar et le capitaine Rogor, avaient appris l'identité réelle d'Aleel. Même les centaures de Saleur n'en savaient rien.

Eksab fut la première à rejoindre Aleel et Sénid.

— La victoire est complète, lança-t-elle d'un ton neutre.

Elle se tourna vers la cyclope.

— Votre père vous fait part de toute son affection.

Les officiers cyclopéens les plus près vinrent à leur tour rendre leur hommage à leur princesse. Le protocole restait assez discret à la cour des Agnarut, mais les salutations précédées du titre de « Première » intriguaient à présent les Vikings du *Piwanga*. Ils se mirent à murmurer entre eux, au fur et à mesure que leurs collègues du *Ravachol* leur révélaient l'identité de celle avec qui ils avaient voyagé. Sénid espéra qu'ils comprendraient les raisons qui l'avaient poussée à garder le secret. Surtout, il espérait qu'ils lui pardonneraient.

Il mit fin à cette situation embarrassante en saluant Eksab.

— C'est une joie de vous revoir, capitaine. Nous vous avions crus perdus en mer et vous voilà ici, bien en vie, arrivant à point nommé pour renverser une situation désespérée.

— C'est pour cela que le roi a dépêché cette armée, répondit Eksab. Quand il a su que la déesse envoyait ses troupes à Saleur pour occuper le Sud et vous capturer, il n'a pas hésité. Nous avons évidemment demandé à les accompagner.

— Mais comment a-t-il su que le Sud subirait une attaque ? s'étonna Aleel.

Le regard d'Eksab s'assombrit.

— Je suis désolée de vous l'apprendre de cette façon, Première…

— Aleel, appelez-moi Aleel, fit la cyclope. L'usage de mon titre ne ferait que compliquer les conversations et nous nous connaissons assez pour utiliser nos prénoms, comme avant.

Eksab acquiesça à la suggestion.

— Je regrette de vous apprendre la mauvaise nouvelle, reprit-elle, mais il y a eu aussi des combats sur l'île Majeure. En partie par notre faute, semble-t-il.

La capitaine du *Ravachol* résuma en quelques mots leur mésaventure survenue pendant la tempête. L'œil du vent avait jeté sur la côte le navire qui s'était échoué à plus de cent mètres du rivage. Privés de moyen pour repartir, les Vikings avaient décidé de traverser les montagnes et de gagner le centre de l'île. Bien qu'habitués au froid, à la glace et à la neige, ils avaient trouvé les conditions difficiles au sommet des monts Occidentaux. Ils n'avaient heureusement déploré aucune perte.

Par la suite, ils avaient gagné les basses terres au pied des montagnes. En cherchant leur chemin vers Œculus, ils avaient marché dans les plaines agricoles. Ils évitaient les habitants pour leur épargner des représailles en cas de rencontre avec des patrouilles du Pentacle. À un jour de marche à l'ouest d'Œculus, ils avaient eu la mauvaise fortune de tomber sur un détachement assez important de soldats, sous le commandement du capitaine Somsoc.

— Oh non! s'exclama Aleel.

— Qu'y a-t-il? s'étonna Eksab.

— Pour envoyer Somsoc sur une fausse piste après l'évasion truquée des Vikings du *Piwanga*, mon père a affirmé qu'un témoin les avait vus s'enfuir vers l'ouest. Notre vieil ennemi a donc conduit le gros de ses troupes dans cette direction.

— Et quand il nous a rencontrés, acheva Eksab, il a cru que des renforts arrivaient du Nord. Je comprends mieux à présent la fureur qui l'animait.

— Que s'est-il passé ? s'inquiéta Aleel.

— Le combat fut difficile, expliqua la capitaine du *Ravachol*. Nous nous étions épuisés à surmonter les épreuves précédentes. Toutefois, des troupes d'élite de l'armée cyclopéenne sont venues rapidement en renfort. Je suppose qu'ils surveillaient les soldats du Pentacle, ce que le pouvoir de votre œil devait rendre aisé. Finalement, nous avons remporté la bataille.

La suite du récit perturbait visiblement Aleel. Eksab résuma l'arrestation de tous les soldats du Pentacle présents sur l'île Majeure et leur incarcération sous haute surveillance pour éviter que l'un des soldats ne s'évade et contacte la déesse. Sénid devinait l'inquiétude de la cyclope, réalisant tout comme elle les conséquences pour son peuple si Lama-Thiva apprenait son soulèvement. Les centaures de Saleur devraient à présent déployer les mêmes précautions pour éviter d'alerter Lama-Thiva car, quand la nouvelle parviendrait à Capitalia, qui sait ce que la déesse exercerait comme représailles à l'encontre des citadins ?

★★★

La salle du Conseil centaurin accueillait une rencontre extraordinaire réunissant ceux qui connaissaient le secret de la mission de Nolate et de ses compagnons. Il y avait là les quatre survivants du Conseil – le conseiller de l'Enseignement avait péri lors des affrontements –, l'amirale Enilegna du peuple des cyclopes, la capitaine Eksab, ainsi que le général Enrocil, chef de la milice centaurine, que Nolate avait vu combattre. Il y avait aussi Borgar, Redneb et ses quatre compagnons de mission, évidemment.

Enrocil avait la parole.

— Nous avons enfermé tous les soldats, annonça le général. Les entrepôts de la zone portuaire ont rarement été aussi remplis.

Le chef de la milice centaurine dressait le rapport de la situation. Ses troupes avaient repris assez facilement le contrôle de Saleur, face aux soldats du Pentacle. Ils avaient déploré deux pertes, contre plusieurs dizaines pour l'envahisseur. Personne ne se réjouissait, cependant. Certains soldats avaient agi avec professionnalisme, mais la plupart avaient multiplié les actes barbares et massacré de nombreux civils. Nolate avait enseigné à nombre d'entre eux et n'avait pas manqué l'occasion de leur exprimer la honte qu'il éprouvait en constatant leur sauvagerie.

— Qu'en est-il du côté des géants?

— L'amirale Enilegna pourra vous en parler plus en détail, fit Enrocil en se retirant pour laisser la place à la cyclope.

Enilegna fit part à l'assemblée du succès complet de leur intervention depuis les catamarans. L'armée royale ne déplorait même pas un blessé. Elle commenta l'horreur des siens face aux massacres perpétrés dans la zone portuaire. Des centaines de cyclopes et de Vikings avaient été supprimés par les géants qui n'avaient montré aucune pitié envers ces non-combattants. Les colosses étaient eux aussi enfermés sous bonne garde, tant pour la sécurité de la population que pour la leur.

— Nombreux sont les survivants qui réclament vengeance, conclut la cyclope. Je peux parfaitement comprendre ce qu'ils ressentent.

— Cela se conçoit, intervint le conseiller de la Sécurité dont Nolate avait oublié le nom. Il faudra des mois pour tous les interroger et les faire passer en jugement.

— Sommes-nous capables de les garder aussi longtemps emprisonnés? lança la sage-conseillère.

Tous se tournèrent vers elle.

— Il faut garder le secret de notre soulèvement aussi longtemps que possible, reprit-elle. Tôt ou tard, la déesse apprendra que nous nous sommes révoltés contre son pouvoir et le plus tard sera le mieux. En attendant, il faudra nourrir tous ces prisonniers.

Inquiet, Nolate se tourna vers le conseiller de la Sécurité, dont le nom lui revint enfin à l'esprit.

— Aurons-nous suffisamment de réserves pour tous les nourrir, conseiller Adad ?

— Les humains puisaient déjà sans retenue dans nos réserves, soupira le conseiller. Avec en plus les géants à nourrir, nous ne tiendrons pas très longtemps, je le crains.

— Je peux au moins vous rassurer à ce propos, sourit l'amirale Enilegna. Les géants avaient sûrement prévu un assez long séjour dans votre capitale, car ils ont apporté une quantité impressionnante de vivres. Nous allons leur servir leurs propres rations.

Le conseiller Adad fit la moue.

— Néanmoins, la situation risque de devenir rapidement intenable. Il faudra nous procurer des vivres et le Centre et l'Est doivent être considérés désormais comme territoires ennemis. Nous ne pourrons donc rien y acheter.

— Nos amis cyclopes pourront certainement nous aider, intervint Esagep, le conseiller de la Gouvernance. Qu'en pensez-vous, amirale ?

— Ce sera difficile, gouverneur, grimaça Enilegna. Rappelez-vous que nous avons nous aussi des prisonniers, à Œculus. Nous devons vite retourner vers l'île Majeure, car nous redoutons une attaque depuis Raglafart.

— Et vous, capitaine Eksab ?

— Nous retournerons au Nord le plus tôt possible, expliqua la Viking. Nos partisans ont sûrement préparé une flotte pour mener nos guerriers à la bataille. Nous reviendrons aussi vite que possible. Seulement, là-bas, l'hiver vient de commencer. Nous n'avons pas vraiment de surplus dans nos réserves.

— Dans ce cas, proposa Enrocil, servons-nous chez les géants.

Tous se tournèrent vers le général.

— Nous pouvons monter une expédition pour nous emparer d'une partie des récoltes de la zone méridionale, dans la région de la passe Trizone. Cette nourriture supplémentaire nous permettra de nourrir nos prisonniers tout en privant les géants d'une partie de leurs ressources.

— Une razzia dans les champs autour de la passe Trizone attirerait l'attention des géants sur nous, objecta le gouverneur. N'est-ce pas justement ce que nous voulons éviter?

— Pendant un certain temps, dit Adad. Lorsque l'équipe de Nolate sera suffisamment loin, il faudra au contraire détourner leur attention pour faire diversion et faciliter leur mission. Eux seuls peuvent détruire la déesse, je vous le rappelle. Elle a envoyé des patrouilles dans l'ensemble du Monde connu. Il y en a certainement en Versevie.

— Elle pensait les capturer ici, précisa le gouverneur. L'ampleur des forces déployées contre nous le prouve.

— Sans doute, intervint Nolate. Toutefois, elle connaît nos intentions. Sachant que Pakir a confié les morceaux à un représentant de chaque peuple, sauf les géants, elle en a déjà déduit que le quatrième morceau est dissimulé en Versevie. Or, les versevs l'ont caché à l'endroit le plus inattendu: chez les géants.

— Cet avantage ne tient sans doute plus, intervint Elbare.

Nolate se tourna vers le versev.

— Que veux-tu dire ?

Elbare raconta ce que le géant blessé lui avait avoué pendant qu'il attendait le médecin. La révélation jeta un froid sur l'assemblée. En apprenant que les colosses connaissaient les plans de la déesse, Nolate fut pris d'un profond découragement. L'attaque de Saleur avait éliminé toute possibilité de trouver un terrain d'entente avec leurs voisins de l'Est. S'ils voulaient devenir des hermaphroïdes, ils n'en seraient que plus déterminés encore. Ses compagnons et lui n'avaient aucune chance de leur échapper. Sauf si…

— Connaissent-ils nos projets concernant le Pentacle ?

Elbare se mit à réfléchir.

— Non, répondit-il au bout d'un moment. Le mourant n'a parlé que de leur transformation prochaine.

— Ils ignorent donc tout de notre mission personnelle. En agissant vite, nous pourrons traverser la Versevie et rejoindre Ênerf, le dernier endroit où ils pensent nous trouver.

— Les razzias dans les récoltes n'en deviennent que plus nécessaires, commenta le gouverneur. Elles serviront un double objectif.

— Si vous parvenez à retarder les géants assez longtemps, ils ne nous trouveront pas en Versevie.

— Mais ils fouilleront la Versevie de fond en comble, se désola Enrocil, tourné vers Elbare.

Le versev décrocha un sourire sans joie au général.

— Les confidences du géant confirment que nous serons de toute façon envahis. Notre seule chance est de passer en Versevie avant eux. Ne serait-ce que pour avertir mon peuple pour qu'il puisse se cacher.

Elbare n'expliqua pas comment les siens comptaient s'y prendre pour rester hors de vue des géants. La plupart des participants à la réunion extraordinaire ignoraient le don des versevs de se transformer en plante et devaient imaginer que les êtres végétaux se terreraient au fond des bois les plus denses. Nolate savait qu'ils deviendraient eux-mêmes des arbres, pour échapper aux colosses. Peut-être serait-ce insuffisant, si les géants avaient appris leur secret, mais ils n'avaient pas le choix.

La mission devait les amener chez les êtres végétaux.

✪ ✪ ✪

La réussite du soulèvement des centaures constituait une grande victoire. Aleel demeurait néanmoins lucide : bien des dangers restaient à affronter avant d'espérer renverser la déesse et éviter aux habitants du Monde connu la transformation en hermaphroïdes. Il y avait encore deux morceaux de Pentacle à retrouver, dont l'un chez les géants, fidèles à la déesse, et l'autre aux mains de Lama-Thiva elle-même. Avec les troupes qui les recherchaient toujours, ils ne connaîtraient aucun moment de répit. La réunion leur avait permis d'adapter leur plan aux derniers événements.

En attendant de passer à l'action, autant profiter de la fête que les habitants de la ville avaient organisée.

Centaures, cyclopes et humains de la capitale centaurine célébraient la fin d'une occupation qui leur avait infligé de terribles épreuves. Hôtes et visiteurs festoyaient autour d'un feu de joie, alimenté avec les restes de l'échafaud que les troupes d'occupation avaient construit pour exécuter la grande prêtresse du culte d'Equus. Erbez avait allumé elle-même le feu et béni la foule, ce qui avait lancé les célébrations.

Il y avait de la musique et des chants, les bardes centaurins enchaînant les airs joyeux qui résonnaient dans la nuit. Des tables avaient été placées de chaque côté de la salle et couvertes de victuailles. Un espace était prévu entre elles pour les fêtards qui désiraient danser. Aleel admira les danses inusitées des centaures, qui avançaient l'un vers l'autre pour se tourner de côté au dernier moment et se frotter les flancs. Les cyclopes et les humains dansaient aussi, y allant de pas propres aux espèces bipèdes.

Les centaures avaient prévu une table d'honneur, réservée aux dignitaires. Les membres du Conseil centaurin se tenaient d'un côté de la table, debout puisque les centaures n'utilisaient pas de sièges. Face à eux, des représentants des autres peuples, comme Elbare, seul versev présent, et Twilop, unique de son espèce. La capitaine Eksab était aussi seule à représenter les Vikings en raison des blessures du capitaine Rogor qui, aux dires du médecin, avait de bonnes chances de survivre. L'amirale Enilegna, de la flotte royale, représentait les cyclopes, ainsi qu'Aleel, évidemment, qui, assise entre Twilop et l'amirale, regardait les fêtards s'amuser.

Pour le moment, les danseurs observaient une pause, le temps de regagner les tables pour manger quelques bouchées avant la prochaine danse. Ils retourneraient sur la place dans très peu de temps. Aleel les verrait s'amuser, depuis la table des invités de marque, sans pouvoir participer à leurs réjouissances. Personne n'oserait l'inviter, à présent que son secret était connu. Tous savaient désormais qu'elle était Première Aleel Agnarut, princesse héritière du royaume cyclopéen.

Cela avait entraîné nombre de situations embarrassantes au cours de la journée. Les Vikings ne savaient plus comment s'adresser à elle et quelques cyclopes s'étaient offusqués de la familiarité de Sénid et des autres. Dorénavant, Aleel devrait reprendre les habitudes du protocole et garder une certaine distance, du moins, en public.

— Est-ce que ça va, Aleel? demanda Twilop.

Elle se tourna vers l'hermaphroïde et la regarda sans comprendre.

— Bien sûr que ça va ! Je suis un peu soucieuse en songeant à ce qui s'est passé chez moi, mais les troupes de mon père ont vaincu, tout comme les centaures ici. C'est une belle victoire et j'en suis heureuse.

Twilop la dévisagea en silence un moment en fronçant les sourcils, comme si elle ne la croyait pas. Pourtant, Aleel n'avait fait qu'exprimer ce qu'elle ressentait sans cacher ses sentiments. L'affrontement avec les forces de la déesse survenait plus tôt que prévu, mais les victoires combinées dans l'Ouest comme dans le Sud prouvaient que les troupes du Pentacle et même les géants n'avaient rien d'invincible. Sans pour cela tomber dans un excès de confiance, ils pouvaient s'autoriser un certain optimisme.

L'hermaphroïde se leva et se rendit à une table voisine où se trouvaient Redneb et Sénid. Elle discuta un moment avec le cyclope, qui jeta un coup d'œil vers Aleel. L'échange se prolongea et sembla même animé par moments. Finalement, Redneb donna son accord d'un mouvement de tête et Twilop revint à la table d'honneur.

— Que se passe-t-il ? demanda Aleel.

— Rien du tout, répondit l'hermaphroïde. Je voulais simplement éclaircir un point de détail du protocole.

— Me feriez-vous l'honneur de m'accorder la prochaine danse, Première Aleel ?

Surprise, la cyclope se retourna. Elle avait reconnu la voix de Sénid, évidemment, mais elle n'en était pas moins surprise. Il savait aussi bien que quiconque que le protocole lui imposait une certaine réserve. Même le convive le moins au fait des usages de la noblesse ne pouvait l'ignorer. Il fallait lui signifier son refus. Poliment, mais clairement.

— Je suis désolée, Sénid, mais je dois respecter le protocole. Je ne peux danser que lors de cérémonies officielles et seulement avec un noble ou un membre d'une ambassade.

— Il me semble que toutes ces conditions sont respectées, commenta innocemment Sénid. N'ai-je pas représenté le Nord auprès du roi Sirrom VII ? Et cette fête ne constitue-t-elle pas une cérémonie officielle organisée par nos amis centaures ?

De surprise, Aleel en resta sans voix. Incertaine, elle jeta un regard vers Redneb, qui regardait ostensiblement dans une autre direction. Twilop, toutefois, souriait et semblait même se retenir pour ne pas rire. Du coup, le sujet de sa discussion précédente avec le commandant de la garde de son père devenait clair. Aleel regarda l'hermaphroïde d'un œil différent. Elle avait donc perçu son ennui. La cyclope avait de la chance de l'avoir pour amie.

— C'est un honneur pour moi d'accorder une danse à un ambassadeur qui a prouvé maintes fois la noblesse de son caractère, répondit Aleel en se levant.

Le silence se fit, le temps que Sénid et elle rejoignent le centre de la place. Les musiciens centaurins entamèrent un morceau musical d'une étonnante douceur qui ravit la cyclope. Elle dansa d'abord maladroitement, puis les notes cristallines qui montaient dans la nuit emportèrent ses dernières réticences. Les pas lui semblèrent de plus en plus naturels et elle les enchaîna avec une aisance sans cesse grandissante. Ses soucis devenaient subitement moins lourds à supporter.

Elle surprit les regards de certains de ses compatriotes qui l'observaient avec étonnement. Ils paraissaient même choqués de l'allure que prenait la danse. Elle réalisa qu'elle se tenait très près de Sénid, trop pour les conventions d'une danse protocolaire. Ce n'était pas la faute du Viking, qui connaissait mal les usages, mais elle ne fit aucun effort pour rétablir la situation. Elle se retint même de justesse pour ne pas se blottir au creux de l'épaule de son cavalier. C'eût été un manquement grave. Mais elle se sentait si bien qu'il lui en coûta de garder cette ultime réserve.

★★★

Une jeune femme blonde à la peau claire attendait près de son frère, qui portait un chapeau et des vêtements verts. Une cyclope, lieutenante dans l'armée royale, accompagnait le duo, sous la direction de Borgar. Pour compléter le groupe, Sialgna s'était porté volontaire. Le serviteur de la grande prêtresse tenait à se racheter pour avoir dénoncé Twilop et ses compagnons. L'hermaphroïde frémit en songeant aux risques qu'ils allaient courir.

Un leurre, voilà ce qu'était cette équipe. Pendant les deux prochaines semaines, ils erreraient dans la région de Trizone avant de rentrer à Saleur. Cela détournerait l'ennemi de la véritable équipe. Sa composition particulière devait attirer l'attention des patrouilles du Pentacle. Les soldats les intercepteraient, croyant avoir trouvé les traîtres qu'ils recherchaient. Borgar raconterait que ses compagnons et lui se rendaient à Ênerf négocier un nouveau contrat de fournitures. Essena leur avait fourni des papiers qui les désignaient comme ses employés. La centauresse avait vraiment tout prévu.

Twilop soupira.

— Ça ne va pas ? demanda Elbare.

— Je vais bien. Borgar va me manquer, voilà tout. Sans lui, je ne pourrai plus améliorer ma performance dans le maniement des armes.

— D'après ce qu'il a raconté, intervint Aleel, tu sais parfaitement te défendre. Je l'ai moi-même constaté lorsque nous avons poursuivi le commandant des troupes du Pentacle.

Twilop se remémorait comment elle avait rattrapé le commandant et l'aisance qu'elle avait ressentie tout au long de la bataille. Tout lui avait semblé si facile, comme si elle n'avait affronté que des débutants. Elle s'était découvert un talent qu'elle ne se connaissait pas. Le départ de son professeur ne pouvait que l'attrister.

Les autres compagnons d'armes qui avaient permis la réussite du soulèvement allaient aussi se séparer. Pendant que les centaures s'occuperaient de garder les prisonniers, les cyclopes reprendraient la mer pour l'île Majeure. Ils avaient eux aussi des troupes à surveiller et il fallait patrouiller en mer pour s'assurer qu'aucun navire au service de la déesse ne puisse lui rapporter les nouvelles fraîches. Parmi ceux qui repartaient avec la flotte royale se trouvait Redneb, promu au grade de colonel. S'il appréciait la promotion, il se désolait de perdre son rôle de protecteur d'Aleel.

— Vous devriez me laisser nommer un autre soldat pour prendre votre place, Première.

Il tentait une fois encore de dissuader Aleel de poursuivre la mission.

— Ma décision est prise, rétorqua-t-elle. Mes amis et moi avons affronté de nombreux dangers ensemble et nous savons nous épauler les uns les autres. Vous savez aussi bien que moi que ce genre de complicité ne se développe pas facilement.

Le nouveau colonel se tut, évitant ainsi la reprise d'une longue discussion. En réalité, Twilop soupçonnait son amie d'applaudir à l'ordre de son père qui obligeait Redneb à rentrer. Elle avait constaté que, chez les cyclopes, seul le nouveau colonel avait assez d'influence pour s'opposer à Aleel. Mais Redneb avait aussi reçu des ordres lui imposant de rentrer à Œculus où il devrait assurer la sécurité de l'ensemble de la communauté cyclopéenne. Personne d'autre chez les cyclopes n'avait osé s'élever contre la décision d'Aleel de poursuivre sa mission auprès de ses amis.

De guerre lasse, Redneb hocha la tête.

— Vous serez une grande reine, Première Aleel Agnarut. Je serai honoré de servir sous vos ordres. Puisse le regard du Grand Œil vous accompagner tout au long de ce dangereux périple !

— Vous serez le meilleur de mes conseillers, répliqua Aleel. Pour le moment, c'est mon père qui a besoin de vos talents. Que la bénédiction du Grand Œil éclaire chacune de vos décisions !

Le nouveau colonel salua chaque membre de la mission d'une façon moins protocolaire, mais avec des vœux de réussite d'une sincérité qui toucha l'hermaphroïde. Redneb rejoignit le détachement qui l'attendait et ils partirent vers le port. Twilop se détourna du cyclope et croisa le regard d'Essena. La centauresse avait encore quelques recommandations à leur faire.

— N'oubliez pas que vous traverserez des terres arides, rappela-t-elle. Assurez-vous de bien mémoriser l'emplacement des points d'eau où vous aurez à remplir vos gourdes. Pour le reste, mes observateurs partis en éclaireurs seront là pour vous guider.

— Les troupes du Pentacle ne leur ont pas causé de soucis ? s'informa Elbare.

— Ils sont heureusement partis avant l'arrivée des renforts de l'armée, répondit la centauresse. De plus, je leur avais confié une mission officielle qui leur servira de prétexte si une patrouille devait les questionner. Je ne vois pas pourquoi ils auraient été inquiétés.

Twilop espérait que la spécialiste ait raison, tout en sachant qu'ils devaient compter avec l'imprévu.

Le temps des au revoir était aussi arrivé pour l'équipage du *Piwanga*. Les Vikings rentreraient à Dragonberg et mettraient leurs compatriotes au fait des récents événements. Les valeureux guerriers du Nord se prépareraient à prendre la mer pour attaquer le Centre et les forces du Pentacle dans les mois à venir. Assaillie de tous les côtés, Lama devrait regrouper ses troupes pour faire face à l'insurrection. Une diversion qui devrait en principe permettre aux cinq compagnons de s'introduire au palais du Pentacle et d'y récupérer le dernier morceau.

Mais pourquoi s'inquiéter maintenant d'actions qu'ils devraient poser dans un avenir incertain? Ils n'avaient même pas encore recouvré la quatrième pointe de l'objet magique, cachée à Ênerf, en plein territoire des géants. Or, ils savaient à présent que ces derniers resteraient fidèles à la déesse. Face à ces colosses, la ruse, plus que la force, offrait quelques chances de réussite.

En attendant, ils se retrouvaient seuls tous les cinq, comme lors de leur périlleux voyage dans le Nord.

CHAPITRE ONZE

L e moins que l'on pouvait dire, c'était que le départ des membres de la quête n'avait rien de semblable à leur arrivée à Saleur. Elbare ne s'en plaignait pas lorsqu'il songeait à leur pénible séjour dans l'égout. Bien sûr, pour un versev l'odeur des immondices ne constituait pas un problème. Cependant, la sensation que son écorce avait éprouvée n'avait rien de plaisant. En sortant par la porte principale, il évitait ce problème.

Une foule nombreuse assistait au départ des amis du Nord. L'équipage du *Piwanga* défilait devant les centaures qui les saluaient au passage, certains prenant un air solennel, d'autres applaudissant ceux qui avaient risqué leur vie pour les aider à se libérer de l'envahisseur. Elbare et ses compagnons se trouvaient parmi les marcheurs. Le versev se demandait si la population aurait été aussi enthousiaste en sachant que leur présence était en fait la cause de l'attaque qui avait coûté de trop nombreuses vies.

Près de la porte, les cinq membres du Conseil centaurin formaient une haie d'honneur devant laquelle les Vikings défilaient avant de franchir l'arche et de se retrouver sur la route, dans la campagne. La sage-conseillère fit un pas en avant pour saluer particulièrement le capitaine Rogor, étendu sur une civière. Les porteurs de la civière firent une halte.

La vieille centauresse prit la parole.

— Nous tenons à vous remercier une fois encore des immenses sacrifices que vous avez faits pour assurer notre liberté. Soyez certains que nous pleurons chaque perte dans vos effectifs tout autant que nous pleurons le décès de nos concitoyens.

Le Viking répondit à l'honneur qu'il recevait en faisant l'effort de se redresser sur la civière.

— Je vous remercie de ces bons mots, dit-il d'une voix légèrement chevrotante. Leur sincérité nous va droit au cœur. Nous reviendrons à Saleur en sachant que de véritables amis nous y attendent.

Tremblant, le capitaine se laissa retomber sur la civière, plutôt brusquement, en fait. Les porteurs s'assurèrent de son confort, puis le médecin vint examiner le convalescent. Il fit un geste rassurant à l'intention des observateurs de la scène, au grand soulagement de tous. Sans un mot de plus, les Vikings se remirent à avancer. Lorsque les cinq compagnons, qui marchaient avec les derniers Nordiens, arrivèrent à la porte, Erbez fit un pas vers eux.

— Que la bénédiction d'Equus soit sur vous, lança la grande prêtresse, d'une voix forte.

Elle poursuivit sur le ton de la confidence :

— Bonne chance, mes amis ! Et toi, fils, sois prudent !

— Ne vous inquiétez pas, mère.

Les cinq compagnons franchirent à leur tour la porte, suivis de la dizaine de Vikings qui se placèrent de part et d'autre de Nolate. Les guerriers devaient par leur présence servir d'ultime camouflage, cachant de leur corps le seul quadrupède du groupe. Un observateur éloigné qui aurait échappé aux miliciens centaurins pourrait prendre le centaure pour un cheval et son guide.

Nolate avait trouvé la comparaison vexante lorsqu'on lui avait suggéré cette façon de passer inaperçu, tout en en admettant la nécessité.

Ils allaient bon train sur la route menant aux collines qui s'élevaient au sud. Ce passage peu fréquenté menait à des mines de sel situées sur le flanc des élévations, de l'autre côté de la crête. Cette destination était un alibi idéal pour tromper encore davantage un éventuel observateur fidèle à la déesse, qui croirait les Vikings en simple mission commerciale.

Les collines qui constituaient l'extrémité de la Longue Chaîne offraient aux marcheurs des pentes douces jusqu'à leurs sommets arrondis. Elbare ne voyait rien ici qui puisse se comparer aux monts Yétis ou aux monts Centraux. L'ascension s'avéra donc d'une grande aisance pour les Vikings, habitués à se déplacer dans des reliefs bien plus accidentés. Même les porteurs de la civière gravirent la pente sans effort, en dépit de la charge qu'ils transportaient et qu'ils devaient manipuler avec soin. Le sommet de la crête fut rapidement atteint, puis dépassé.

Elbare aperçut la plaine vallonnée qu'ils avaient longée quelques jours plus tôt en se dirigeant vers Saleur. Les dunes qui formaient un immense tapis ondulé semblaient toujours aussi peu accueillantes et le versev remercia les Éléments de leur épargner un séjour dans cette contrée de toute évidence hostile. Comme au moment de leur venue dans la capitale centaurine, mais en descendant vers le sud, cette fois, les Vikings longeraient la côte jusqu'à leur navire.

Il était donc temps de se séparer.

Un sentier à peine tracé serpentait au pied des collines, dans la direction opposée à la mer. Alors que l'équipage du *Piwanga* poursuivait le long de la côte, Nolate s'engagea résolument sur le chemin menant à l'intérieur des terres. Elbare regarda les Vikings s'éloigner, vérifia sa gourde et suivit ses compagnons de mission.

Il n'avait jamais traversé une zone désertique auparavant et la marche vers Saleur quelques jours plus tôt ne lui avait pas laissé un souvenir agréable. Pourtant, il trouvait à ces lieux des airs familiers, qui rappelaient certains paysages du Nord, notamment ceux de la plaine des dragons qu'ils avaient été contraints de traverser pour rejoindre Dragonberg. L'absence presque complète de végétation rendait les sites similaires, sans que la confusion soit possible, pourtant, en raison d'une différence significative : la chaleur.

Elbare avait l'impression qu'ils marchaient dans un four. Il prit une gorgée à sa gourde, appréciant la fraîcheur qui coulait dans sa gorge. Il songea même un instant à s'asperger le visage, mais il se rappela qu'il fallait utiliser l'eau avec parcimonie. Le précieux liquide était rare dans une région soumise à un pareil climat.

Pour le moment, ses compagnons supportaient assez bien la chaleur. Il trouvait la résistance de Nolate toute naturelle, puisqu'ils traversaient son pays. Les centaures vivaient de l'autre côté de la Longue Chaîne qui profitait d'un climat plus humide, mais tout aussi chaud. Il en allait de même d'Aleel et de lui-même, vu qu'ils étaient issus de régions tropicales. Twilop aussi paraissait à l'aise dans cette fournaise, étant donné sa forte capacité d'adaptation. Quant à Sénid, habitué à un climat beaucoup plus frais, il ne se plaignait pas, mais il suait déjà à grosses gouttes.

— Voilà la première source, annonça Nolate. Nous y ferons halte pour la nuit. Je sais qu'il est encore tôt, mais il y a une assez bonne distance à couvrir avant la deuxième source. Inutile de nous laisser surprendre par la nuit dans un territoire que nous ne connaissons pas.

Elbare jeta un coup d'œil qui englobait tout l'horizon. Le paysage se ressemblait, peu importait où il posait son regard. Dans l'obscurité, ils n'auraient plus le moindre point de repère et ils ne manqueraient pas de se perdre. Le versev approuvait sans réserve la sagesse du centaure. Mieux valait bivouaquer près du point d'eau plutôt qu'en plein désert.

Il déplorait seulement l'absence d'un bon sol pour y planter ses orteils racines.

✪ ✪ ✪

Nolate sourit en apercevant les crocs. Le surnom lui paraissait particulièrement bien trouvé pour désigner les deux rochers qui se dressaient à mi-pente, de part et d'autre du sentier. L'un d'eux se terminait par une pointe qui faisait penser à une canine. L'autre, à la base large et au sommet tronqué, ressemblait à une molaire un peu cariée. Sa section la plus irrégulière se perdait dans la masse de la montagne.

Gagné par l'impatience, le centaure accéléra légèrement le pas. Même s'il n'avait jamais visité la région, il reconnaissait le passage décrit par Essena. Lorsqu'il arriva entre les rochers, presque en galopant, il vit ce que son amie d'enfance lui avait dépeint : une pente descendante, un ruisseau cascadant sur le flanc de la montagne, un petit lac… et le village. Leur première destination.

— Que c'est beau ! s'extasia Twilop.

L'hermaphroïde avait rejoint Nolate dans le passage entre les rochers. Le centaure ne voyait pas ce qu'il y avait de si plaisant dans le spectacle de ces quelques huttes qui paraissaient pour la plupart négligées. Les centaures qui vivaient ici devaient travailler dur pour assurer leur survie, comme le montraient les champs de culture aux contours irréguliers, parsemés de rocs de tailles diverses. Un barrage ingénieusement installé dans le ruisseau faisait dévier l'eau vers ces cultures. Les villageois devaient concentrer leurs efforts sur son entretien plutôt que sur l'apparence de leurs huttes. D'autant qu'ici il pleuvait rarement.

Nolate se retourna pour voir Sénid, Aleel et Elbare le rejoindre. Il vit du même coup le paysage qu'ils laissaient derrière eux, un territoire pratiquement dépourvu de végétation. Après la nuit passée près de la source, ils avaient avancé dans cette contrée inhospitalière, presque sans échanger un mot. Twilop avait raison de trouver de la beauté dans ce village miteux. Ces quelques huttes leur offraient une première pause dans leur voyage vers la Versevie.

Ils parvinrent jusqu'à la moitié de la pente avant qu'un premier centaure ne remarque leur présence. Un cri fut lancé et tous les centaures qui travaillaient dans les champs relevèrent la tête. La nouvelle de l'arrivée d'étrangers se répandit rapidement jusqu'au village. Les sentiers qui séparaient les huttes furent vite remplis de villageois. Des enfants galopèrent vers les nouveaux arrivants.

— C'est curieux, s'étonna Elbare. J'aurais cru qu'ils nous accueilleraient avec suspicion. Nous sommes des étrangers, après tout.

— Surtout qu'ils n'ont sans doute jamais l'occasion de voir des bipèdes, renchérit Twilop. Ils devraient au contraire se montrer effrayés par notre apparence.

— Ne croyez pas cela, expliqua Nolate. Les convois d'Essena qui livrent des marchandises aux villages des réfugiés sont composés d'autant d'humains et de cyclopes que de centaures. Hormis ces caravaniers, aucun visiteur ne passe par ici. Ils nous attendent même avec impatience.

— Pourquoi cela?

L'hermaphroïde paraissait perplexe.

— Nous sommes leur seule source d'information sur le reste du monde, intervint Aleel. Je crois qu'ils vont nous bombarder de questions.

La cyclope avait parfaitement compris la situation. Les centaures qui accouraient vers eux, essentiellement des enfants, étaient suivis de quelques adultes ayant adopté un pas plus posé, mais l'intense curiosité qui se lisait sur leurs visages trahissait leur grand intérêt pour cette visite imprévue. Ils se montreraient peut-être déçus en découvrant que les arrivants ne transportaient aucune marchandise, mais ils demanderaient bien vite des nouvelles de la capitale et du reste du monde. Nolate déplorait d'en apporter d'aussi mauvaises.

Un centaure un peu plus âgé rejoignit l'attroupement qui entourait les nouveaux arrivants.

— Bienvenue, nobles voyageurs, énonça-t-il. Je suis Reirtsed od Raglafart, le conseiller de Tresed.

— Je suis Nolate od Saleur, déclara le centaure, ajoutant son lieu de naissance à son nom, comme le voulait l'usage lors d'une rencontre officielle. La qualité de votre accueil est tout à votre honneur.

— Je vous salue aussi, cyclopes et humains, dit le conseiller en s'adressant aux compagnons de Nolate. Nous ferons en sorte que vous gardiez un excellent souvenir de votre séjour.

— Je vous remercie de ces bons mots, répondit Aleel, à la surprise de Nolate. La découverte de votre communauté nous permet d'apprécier la traversée de cette contrée difficile, car un joyau nous attendait au bout du voyage.

Le conseiller sourit du compliment et leur fit signe de le suivre. Les villageois les escortèrent jusqu'au village en multipliant les questions. Nolate se fit le porte-parole de son groupe. Leurs hôtes voulaient savoir comment les citadins supportaient la présence des troupes du Pentacle à Saleur. Le maître d'armes leur apprit la tentative de mainmise des forces de la déesse sur Saleur et le soulèvement général qui avait libéré la ville. Il dut leur mentir en prétendant qu'il ignorait les raisons de cette invasion, mais il fallait garder secret le but de leur mission. Qu'ils passent pour des employés d'Essena limiterait les questions indiscrètes.

Cependant, la nouvelle jeta un certain émoi dans la communauté. Nolate se fit rassurant et annonça que les caravanes de ravitaillement continueraient à circuler. Ces gens supportaient des conditions de vie déjà suffisamment pénibles sans qu'ils y ajoutent la crainte de voir leur approvisionnement compromis.

✪ ✪ ✪

Nolate guida ses compagnons vers un petit bâtiment en bois, construit contre le flanc d'une falaise de faible hauteur. Le choix de cette destination renforcerait leur couverture, puisqu'il s'agissait de l'entrepôt d'Essena. La centauresse avait expliqué que la bâtisse protégeait l'entrée d'une grotte assez vaste dans laquelle ses employés entreposaient les marchandises. Celles-ci ne prenaient donc pas une place qui aurait été perdue pour la culture. Compte tenu de la rareté des bons sols, Nolate ne pouvait qu'approuver cette ingénieuse disposition.

Un jeune centaure travaillait sur la façade du bâtiment, occupé à remplacer une planche. Il releva la tête, sans doute alerté par le bruit que faisait l'attroupement, et échappa son marteau tant il paraissait surpris de cette présence. En boitillant jusqu'à Nolate – Essena avait parlé d'un de ses employés qui souffrait de claudication – il vint à la rencontre du groupe.

— Vous devez être Nolate, commenta-t-il. Essena m'avait décrit la composition de votre groupe. Je me nomme Teneg.

— Je suis bien Nolate, confirma le centaure. Je suis content de vous rencontrer, Teneg.

— Moi de même. En fait, je ne vous attendais plus. Qu'est-ce qui vous a retardés ?

★★★

Les visiteurs se faisaient rares dans les petites communautés installées en bordure du désert et Tresed ne faisait pas exception à la règle. En conséquence, les habitants avaient improvisé une fête pour honorer leurs visiteurs. Même si Nolate leur avait annoncé de terribles nouvelles, les villageois voulaient remercier les cinq compagnons de mission de leur présence. Le centaure aurait préféré plus de discrétion, Twilop le devinait sans peine. Pour sa part, elle appréciait la réception.

— Comment aimez-vous notre accueil? demanda Teneg. Les héros que vous êtes méritent ce qu'il y a de mieux!

— Nous sommes très bien, répondit l'hermaphroïde, sincère. Je garderai toute ma vie un excellent souvenir de votre communauté.

La salle principale de l'auberge était pleine et des curieux s'attroupaient aux fenêtres pour voir et entendre ce qui se passait et se disait. Twilop et ses amis siégeaient à une table d'honneur dressée au centre de la salle. Les centaures leur servaient un repas constitué de plats bien moins variés que lors de la fête de la libération, deux jours plus tôt, à Saleur. Pourtant, Twilop souriait et remerciait leurs hôtes. Elle se demandait avec un certain malaise de combien de jours de victuailles ils se privaient pour les offrir à leurs visiteurs...

Soucieuse de ne vexer personne, elle s'assura de goûter chaque plat tout en s'efforçant de manger aussi peu que possible. Cela s'avérait difficile, tant leurs hôtes se montraient prévenants et renouvelaient régulièrement les couverts. En revanche, elle trouva l'hydromel que leur servait Teneg irrésistible. L'employé d'Essena ne ménageait rien pour rendre leur séjour agréable. Et elle appréciait.

Teneg lui resservit de l'hydromel.

— Soyez heureux et festoyez! clama le centaure. Ce soir, les privations ne sont pas de mise.

Twilop approuvait la façon de penser du jeune centaure. Un peu de détente remonterait le moral de tous. Il avait écouté comme tous les villageois le récit de la libération de Saleur. Nolate avait raconté en détail ce qu'il avait résumé à leur arrivée en feignant toujours d'ignorer les motifs de la déesse. De toute façon, les réfugiés, déjà privés d'une vie décente par la faute des troupes de Lama, n'avaient pas besoin de beaucoup de justifications pour croire en leur malveillance.

L'hydromel avait un goût qui n'était pas familier à Twilop, mais il s'avérait particulièrement agréable. Elle vida son gobelet, que Teneg s'empressa de remplir. Elle se rappelait sa vie au palais du Pentacle. Elle n'avait jamais mangé à une table officielle ni goûté aux mêmes vins que Lama. En buvant une nouvelle gorgée d'hydromel, elle se dit que même la déesse n'avait jamais dû savourer une aussi délicieuse liqueur de sa vie.

— Je te suggère de ne pas boire aussi vite, intervint Aleel. Cet alcool est plus sournois que les meilleurs vins de Capitalia.

— Allons! s'exclama Teneg. Notre hydromel ferait l'envie des plus fins connaisseurs du Monde connu. Je suis certain que même votre roi n'en a pas de pareil dans sa cave.

— Ne t'inquiète pas, ajouta Twilop. L'alcool a toujours eu peu d'effet sur moi.

Aleel ne répondit rien, mais elle prit un air renfrogné. Elle jeta même un regard suspicieux vers Teneg, comme si elle lui reprochait sa familiarité envers son invitée. Twilop en fut étonnée. Elle croyait bien connaître son amie, à présent, et ne l'aurait pas crue capable d'afficher une telle méfiance. À croire qu'elle refusait que l'hermaphroïde fasse de nouvelles connaissances.

Teneg ne s'aperçut heureusement de rien, à moins qu'il n'ait choisi de ne pas s'offusquer de l'attitude de la cyclope. Il se contenta de resservir Twilop en lui suggérant de goûter à un mets local. L'espèce de ragoût avait un arrière-goût légèrement terreux, comme tous les mets que leur servaient leurs hôtes. Elle mangea quelques bouchées pour ne pas froisser les villageois. Contraints de vivre dans ce milieu hostile, les centaures n'en avaient pas pour autant perdu leur fierté.

— Je pense qu'elle a assez bu, commenta la cyclope.

Twilop réalisa que Teneg venait encore de remplir son gobelet. Elle n'aurait rien remarqué sans le commentaire de son amie, qui avait employé un ton anodin et souriait, cependant qu'une lueur dans son œil trahissait une certaine colère envers le jeune centaure. Teneg ne faisait pourtant que se montrer aimable. Aleel la croyait-elle donc incapable de se comporter correctement? Par bravade, elle prit la chope et en but lentement le contenu en fixant la cyclope droit dans l'œil. Elle posa le gobelet vide sur la table.

Aleel tendit la main et s'empara du récipient.

— Tu as assez bu, décida-t-elle. Je vais te chercher du jus de fruits.

La cyclope s'éloigna avec le gobelet. Choquée, Twilop fut sur le point de lui lancer quelque reproche bien senti, mais elle se dit qu'un esclandre entacherait l'ambiance de fête que leurs hôtes s'étaient donné tant de mal à mettre en place. Prétextant la nécessité de satisfaire un besoin naturel, elle sortit de l'auberge. Elle se faufila entre les centaures qui les épiaient et marcha vers un coin isolé. Elle voulait rester seule quelques minutes.

— Est-ce que tout va bien? s'enquit une voix masculine.

Twilop se tourna vers Teneg, dont elle avait reconnu la voix. En fait, elle l'avait même identifié au bruit unique que ses sabots faisaient en raison de sa claudication. Le jeune centaure s'arrêta près d'elle. Sa présence prouvait qu'il avait deviné les raisons réelles qui l'avaient poussée à fuir la foule un moment.

— Ça va, répondit-elle enfin. Je suis déçue qu'Aleel ne me reconnaisse pas un meilleur jugement. Je n'avais pas l'intention de boire plus que de raison.

— Elle est prudente, voilà tout. L'armée du Pentacle offre une récompense substantielle pour votre capture. La vente des biens que vous transportez permettrait à un éclopé de se retirer et de mener une vie des plus agréables.

Teneg avait raison, évidemment. Depuis le début de leur voyage, ils avaient supporté des températures extrêmes, affronté des bêtes sauvages, des créatures mythiques et des ennemis qui cherchaient à les livrer à la déesse. Il avait fallu un soulèvement de tout un peuple pour leur permettre d'échapper au dernier piège. La moindre indiscrétion, et ils auraient de nouveau une foule d'ennemis à leurs trousses.

Twilop fronça les sourcils. L'employé d'Essena avait lancé son dernier commentaire sur un ton si anodin qu'elle n'en avait pas compris tout de suite la signification. Teneg semblait en savoir plus qu'il n'aurait dû. Les avis de recherches concernaient la livraison de Twilop et de ses amis. Ils ne mentionnaient pas les biens qu'elle transportait…

— J'ai rencontré un soldat, à Saleur, poursuivit Teneg, sur le ton de la confidence. Il a beaucoup parlé, avec mon hydromel drogué. Il m'a appris qu'une promotion attend celui qui remettra vos biens à ses supérieurs. Et il paie très bien pour les obtenir…

Twilop vit deux autres centaures sortir de l'ombre d'une hutte. Elle se prépara à se défendre, mais réalisa qu'elle parvenait à peine à tenir debout. Les centaures l'entourèrent, lui bloquant toute possibilité de fuite. Elle regardait de tous les côtés, incapable de se concentrer sur ce qui se passait. Tout tournait autour d'elle et ses jambes la trahirent. Un rire douloureux la secoua lorsque les centaures la saisirent sous les aisselles pour l'empêcher de s'écrouler.

Comme elle regrettait de ne pas avoir suivi le conseil d'Aleel!

✪✪✪

L'ambiance restait à la fête malgré l'absence momentanée de Twilop. En fait, plusieurs convives quittaient l'auberge, certains pour soulager un besoin naturel, d'autres simplement pour aller se coucher. Pour chaque centaure qui sortait, un autre entrait, heureux d'avoir la chance de côtoyer les visiteurs, même quelques instants seulement. Aleel n'aurait su identifier ceux qui avaient circulé dans la salle depuis le début de la soirée tant ils lui avaient paru nombreux. Tresed n'avait pourtant qu'une population réduite. Mais, à son œil de cyclope, les centaures se ressemblaient tous.

L'hermaphroïde tardait à revenir, ce qui l'inquiétait. Elle savait parfaitement qu'elle n'avait pas quitté l'auberge afin de se soulager, du moins, pas uniquement pour cette raison. Seulement, en regardant Teneg servir son amie verre après verre, elle s'était méfiée. L'intérêt du jeune centaure lui avait paru suspect. Elle l'avait trouvé beaucoup trop familier, alors qu'il ne les connaissait pas.

L'importance de leur mission justifiait la plus grande des prudences, mais elle se demandait si elle n'avait poussé trop loin sa défiance. Teneg était peut-être le genre de personne à se montrer aimable et serviable en tout temps. Il s'était intéressé à l'hermaphroïde, une créature comme il n'en avait jamais vu, et avait fait preuve de sollicitude à son endroit en raison de sa fragilité apparente. Avec sa peau et ses cheveux blancs, elle semblait toujours un peu souffrante. Et si elle avait pris de la simple gentillesse pour des intentions malveillantes !

Elle se tourna vers Sénid.

— Je vais voir ce qui retient Twilop, dit-elle.

Elle se leva et rassura leurs hôtes en expliquant qu'elle reviendrait rapidement. La foule lui ouvrit un passage qui lui permit de se faufiler à l'extérieur. Elle chercha aussitôt son amie, sans l'apercevoir nulle part. Elle ne pouvait pourtant pas se trouver bien loin. En fait, elle devait se cacher dans un coin, maugréant contre cette cyclope qui essayait de régenter sa façon de vivre. Aleel se morigéna pour cette attitude inutilement protectrice. La première chose qu'elle ferait en retrouvant l'hermaphroïde serait de lui présenter ses excuses.

Elle contourna un arbrisseau, une des rares plantes qui parvenaient à pousser dans ce sol aride. Elle s'arrêta net, figée par la stupeur. Trois centaures retenaient Twilop. Et l'un d'eux était en train de la fouiller, de toute évidence pour la voler.

Il ne fallut qu'un instant à Aleel pour se remettre de son effarement.

— Alerte! cria-t-elle. Au voleur!

Les centaures se retournèrent et virent celle qui venait de les prendre sur le fait. Elle crut qu'ils allaient se liguer contre elle, mais déjà des bruits de sabots se faisaient entendre. Des centaures postés à l'extérieur de l'auberge avaient perçu son cri. Les cambrioleurs surent qu'il valait mieux pour eux abandonner leur proie. Ils lâchèrent l'hermaphroïde, qui tomba au sol. Ces salauds l'avaient-ils blessée? Elle penchait pour une hypothèse bien différente: l'hydromel avait fait son effet. La présence de Teneg parmi les agresseurs la confortait dans sa conviction.

Un instant, l'envie de poursuivre les centaures la tenailla. Elle éprouvait une fureur telle qu'elle n'aurait pas hésité à en découdre avec ces crapules. Mais elle n'était certainement pas de taille contre trois quadrupèdes d'une force physique bien plus grande que la sienne. Ce fut pourtant autre chose qui la fit changer d'avis. Elle se mit à redouter le pire en constatant que Twilop restait immobile, étendue sur le ventre à même le sol.

Elle se précipita. Son amie respirait profondément, signe qu'elle était vivante. Aleel l'examina délicatement, n'osant la déplacer avant de s'assurer qu'elle ne souffrait pas de blessures sérieuses. Lorsqu'elle fut rassurée, elle la retourna sur le dos. Twilop paraissait seulement endormie.

— Que se passe-t-il? demanda une voix masculine derrière elle.

Aleel releva un moment la tête vers Sénid qui venait d'arriver avec Nolate, Elbare et un petit groupe de villageois.

— J'ai surpris Teneg et deux complices en train de la fouiller, expliqua la cyclope. Quand j'ai lancé l'alerte, ils ont pris la fuite.

— Teneg ?

L'expression de Nolate révélait l'ampleur de sa consternation. De tous, le centaure était sans doute celui que la trahison de Teneg choquait le plus. Essena connaissait l'enjeu de leur mission et n'avait pu confier la tâche de préparer leur passage qu'à ses employés les plus fidèles. De toute évidence, cette précaution n'avait pas suffi.

Twilop se réveilla. Elle regarda un moment Aleel comme si elle ne la reconnaissait pas, puis elle parut réaliser d'un coup ce qui se passait. Elle tenta de se redresser, mais l'effet de l'alcool l'empêcha même de se mettre à genoux. Aleel rattrapa son amie dans ses bras et la recoucha doucement sur le sol. Twilop détourna la tête, comme si elle ne voulait pas croiser son regard. Elle se mit à sangloter.

— Oh ! Aleel, si tu savais comme j'ai honte !

— Ce n'est pas grave, rétorqua la cyclope. L'hydromel était sûrement drogué. Mais tout est fini, à présent. Le danger est passé.

Les sanglots de son amie redoublèrent.

— Tu ne comprends pas ? gémit-elle. Ils les ont pris. Je ne les sens plus !

— Sentir quoi ? demanda Aleel, qui ne saisissait pas ce que voulait dire Twilop.

— Les morceaux, gémit-elle. Je ne les sens plus. Ils les ont volés !

Aleel cessa brusquement de bercer l'hermaphroïde dans ses bras. Elle jeta un regard vers ses compagnons de mission qui arboraient tous un air grave de profond abattement. Chacun réalisait que leurs efforts avaient été vains. Une seule phrase avait fait s'envoler tous leurs espoirs.

Aleel recommença à bercer doucement Twilop. Elle pleurait en compagnie de son amie.

CHAPITRE DOUZE

lusieurs volontaires fouillaient le village à la recherche des voleurs. Sénid se doutait qu'ils rentreraient bredouilles de cette chasse nocturne. La lune à son premier quartier s'était couchée et la seule lueur des étoiles ne permettait pas de distinguer le moindre détail. Quelques centaures utilisaient des lampes, mais personne n'avait osé allumer des torches. Il eût suffi d'une étincelle sur un toit en paille pour entraîner une conflagration qui aurait pris rapidement des proportions catastrophiques.

Aleel avait vu les deux complices de Teneg, sans toutefois parvenir à les apercevoir plus que comme de simples silhouettes. Twilop n'avait pu fournir de description. Dans une suite de propos quelque peu incohérents, elle avait expliqué que Teneg avait drogué son hydromel et qu'il comptait vendre les morceaux du Pentacle à un soldat. Ses complices et lui avaient sûrement déjà quitté Tresed.

L'état de santé de Twilop posait problème. Elle était indolente, titubait, pleurait un instant pour se mettre à ricaner nerveusement l'instant d'après. C'était une belle cuite, qu'elle s'était payée et que l'effet de la drogue n'avait pu qu'aggraver. Aleel s'inquiétait de ses effets sur son amie. Et si elle ne s'en remettait pas ?

— Je vais l'amener à l'entrepôt, proposa-t-elle. Il s'y trouve peut-être des médicaments.

— Je t'accompagne, décida Elbare. Mon peuple s'y connaît en plantes médicinales.

— Voyez s'il n'y a pas du café ou un autre stimulant, intervint Nolate.

Aleel parut intriguée par la requête.

— Il faudra poursuivre Teneg et ses complices, ajouta le centaure. Et nous manquons cruellement de sommeil.

Elle acquiesça et le versev l'aida à relever Twilop. Ils la prirent sous les bras, la supportèrent et s'éloignèrent dans l'obscurité. Sénid reporta son attention sur le sol, dans l'espoir de repérer les traces de pas des voleurs. Dans un village peuplé de centaures, les marques de sabots ne manquaient pas sur le sol battu. En revanche, Teneg laissait fatalement une empreinte distincte, en raison de sa patte déformée.

Encore fallait-il déterminer la direction qu'ils avaient pu emprunter.

Reirtsed, le conseiller du village, accompagnait Sénid et Nolate dans leurs recherches. Le Viking craignait que dans son empressement Reirtsed ne détruise les traces des voleurs. Par contre, il connaissait le village mieux qu'eux-mêmes et pourrait leur indiquer des passages qu'autrement ils auraient négligés.

La nouvelle de l'agression contre un des visiteurs avait rapidement fait le tour de la communauté. Sénid connaissait bien ce phénomène propre aux petites agglomérations. Que l'attaque ait frappé ceux qu'ils avaient accueillis en invités de marque créait une commotion chez les villageois. Leur attitude reflétait leur indignation, à laquelle se mélangeait la honte que l'infamie se soit produite chez eux. Même si Teneg n'était pas exactement un de leurs concitoyens, les villageois tentaient désespérément de réparer le tort causé à leurs visiteurs.

Le conseiller s'en confondait en excuses.

— Je vous jure que nous les retrouverons, répéta-t-il pour une dixième fois au moins. Nous les retrouverons ou nous remplacerons ce qu'ils ont pris à votre amie.

— Vous n'y êtes pour rien, répétait Nolate, lui aussi pour une énième fois.

Sénid ne doutait pas de sa sincérité ni de celle de l'ensemble des villageois. Il aurait fallu sombrer dans les profondeurs de la paranoïa la plus démente pour croire qu'ils avaient orchestré cet accueil avec l'objectif concerté d'endormir leur méfiance. Le Viking commençait cependant à trouver cet acte de contrition agaçant. Quant à l'offre généreuse de remplacer ce qui avait été volé, c'était bien entendu illusoire, mais, par souci de discrétion, ils ne pouvaient le manifester trop clairement.

Sénid repéra finalement une empreinte de sabot différente. Refusant de se donner de faux espoirs, il garda le silence et chercha d'autres traces du même genre dans la poussière. Il venait peut-être seulement de trouver la marque qu'un centaure avait laissée en trébuchant. Quelques mètres plus loin, toutefois, il trouva une autre empreinte semblable, puis une troisième.

— Je crois que je les tiens, lança-t-il enfin.

Son commentaire fit taire le babillage du conseiller. Nolate approcha sa lampe pour que sa lumière s'ajoute à celle du Viking. Reirtsed se montra fort curieux et Sénid lui expliqua ce qui différenciait cette marque de sabot des autres. Le conseiller inclina le torse pour mieux distinguer les empreintes. Il eut la présence d'esprit de ne pas avancer pour les piétiner.

— Ils ont pris la route de Saleur, remarqua Nolate.

— Une destination logique, commenta le conseiller. Si Teneg compte revendre ce qu'il a volé à un soldat du Pentacle, c'est sûrement là-bas qu'il l'a rencontré.

La remarque du vieux centaure ne manquait pas de pertinence.

— Il est pourtant au courant, pour le soulèvement, rappela néanmoins Sénid.

Le comportement de Teneg devenait en effet une énigme. Au début de la soirée, à l'auberge, Nolate avait résumé les événements qui avaient amené les centaures de Saleur à se soulever pour capturer les troupes de la déesse. Le jeune centaure avait entendu le récit comme tous les villageois présents dans la salle. Il savait donc qu'il ne trouverait pas son contact dans la capitale. Pourquoi s'y rendre malgré tout?

La réponse, en fait, n'avait pas vraiment d'importance. Ce qui trottait dans l'esprit des voleurs importait peu, il fallait se lancer à leur poursuite sans délai.

— Voilà l'aube, commenta le conseiller. La lumière du jour facilitera le repérage des pistes.

Ils allèrent rejoindre Aleel, Elbare et Twilop pour préparer leur départ. Twilop semblait en meilleure forme. Chez un humain, Sénid aurait pu en juger par le teint de la peau, mais l'hermaphroïde gardait un teint d'une blancheur de neige en tout temps. Elle se tenait toutefois debout sans aide, même si elle paraissait quelque peu somnolente.

— Maintenant nous pouvons nous mettre en route sans attendre, dit Nolate lorsque tous eurent récupéré leur gourde et leur paquetage.

Le conseiller leur proposa les services de quelques concitoyens pour les aider à capturer les voleurs. Nolate refusa poliment en lui rappelant que les villageois avaient des terres à entretenir et que leur absence serait préjudiciable à toute leur communauté. Il eut la politesse de ne pas souligner leur manque de compétences pour le pistage, et surtout pour les combats. Reirtsed n'insista pas et Nolate le remercia de son hospitalité. Chacun, tour à tour, fit de même. Enfin, Nolate se tourna vers Sénid.

— Allez, pisteur! À toi de jouer, maintenant!

Sénid sourit et se mit à la recherche d'autres traces.

✪ ✪ ✪

Les voleurs avaient rejoint la source qui permettait aux voyageurs de faire une pause entre Saleur et Tresed. De cela, Sénid restait convaincu. Le Viking avait relevé les traces du passage de Teneg tout au long du sentier. Mais voilà, la piste semblait s'arrêter au ruisseau qui cascadait dans la colline.

Depuis environ une heure, Sénid scrutait en maugréant, sur les deux rives, le sentier aux abords du ruisseau. Il était certain d'avoir raté un indice important. Elbare se disait qu'avec la nuit blanche qu'ils venaient de passer ce genre d'erreur restait possible. Le versev ne comprenait pas l'insistance du Viking à retrouver une trace avant de poursuivre. Si les voleurs comptaient vraiment se rendre à Saleur, il eût mieux valu se mettre en route sans attendre. Ils repéreraient peut-être des empreintes plus loin.

Elbare retourna à sa tâche principale qui consistait à s'occuper de Twilop. Elle profitait de la pause pour dormir un peu, à même le sol, près du ruisseau. Elle paraissait plus détendue, à présent, malgré une marche qu'elle avait dû vivre comme un supplice. Le versev lui avait fait mâcher des feuilles d'alaok, une plante aux vertus puissantes, capable de raviver les esprits les plus embrumés. Il avait été surpris d'en dénicher dans l'entrepôt. Bien sûr, l'alaok ne valait pas l'uoruognak, mais il avait fait tomber la fièvre.

Twilop gémit et ouvrit les yeux.

— Reste calme, suggéra Elbare. Tu peux encore te reposer.

— Sénid n'a pas encore trouvé la piste?

Il hocha négativement la tête.

— Et Aleel?

Le versev se tourna vers la colline sur laquelle avait grimpé la cyclope. Elle se tenait à mi-pente et scrutait les environs dans l'espoir d'apercevoir les voleurs ou, à tout le moins, un indice de leur passage. Elbare ne croyait pas qu'elle verrait quoi que ce soit d'utile à cette distance, en dépit du pouvoir de son œil.

— Elle cherche toujours, se contenta-t-il de répondre.

Elle se mit en position assise et resta immobile un moment, visiblement perturbée. Elbare lui tendit une feuille d'alaok. Elle hésita un instant et finit par mâcher le végétal en grimaçant. Ses compagnons de mission avaient eu la même réaction à Tresed, quand ils avaient mâché quelques feuilles pour se remettre de la nuit blanche. Apparemment, cette plante que les versevs trouvaient délicieuse avait un goût amer pour les créatures animales.

— J'ai un indice! s'écria soudain Sénid, faisant sursauter tout le monde.

Elbare le vit remonter rapidement la pente.

— Une ruse vieille comme le monde, commenta le Viking. Pour brouiller les pistes, ils ont descendu la pente en marchant dans le ruisseau, de sorte que le ruissellement a effacé leurs traces. Malheureusement pour eux, Teneg a marché dans une flaque et ce ruisseau charrie trop peu d'alluvions pour avoir effacé ses empreintes aussi vite.

— As-tu une idée du chemin qu'ils ont emprunté? voulut savoir Nolate.

— C'est cela le plus étrange, répondit Sénid. Tout indique qu'ils se sont engagés dans le désert.

— Le désert!

Elbare partageait l'étonnement du centaure. Il ne voyait pas quel avantage les voleurs pouvaient espérer d'un détour par ce désert méconnu. Il se rappelait fort bien le trajet qui les avait menés de Saleur jusqu'à cette source, l'avant-veille. Le sentier ne traçait certes pas une ligne parfaitement droite, mais il ne serpentait pas assez pour qu'un trajet dans cette plaine de sable parsemée de dunes procure le moindre gain de temps.

Aleel vint rejoindre le groupe près du ruisseau. Les compagnons burent une bonne rasade à même le petit cours d'eau et remplirent leurs gourdes. Elbare, lui, avait longuement trempé ses orteils racines dans l'onde fraîche quelques minutes plus tôt. Sans un mot, ils entreprirent de descendre la pente rocailleuse. Le versev aida Twilop, dont la démarche restait incertaine.

Ils atteignirent le bas de la pente sans trop de problèmes. Le Viking marcha quelques pas vers l'ouest en examinant fréquemment le sol, puis il revint en arrière. Au grand étonnement d'Elbare, il avança d'une quinzaine de mètres dans le désert. Lorsqu'il se tourna vers ses compagnons de mission, son air perplexe intrigua le versev.

— Les voleurs se sont effectivement enfoncés dans le désert profond, commenta enfin Sénid.

Elbare tourna aussitôt le regard vers la plaine sablonneuse qui se perdait à l'horizon. Il avait peine à croire que des êtres sensés puissent avoir choisi sciemment de traverser une contrée aussi hostile. Pour un versev, le désert représentait une menace potentiellement mortelle. De tous les endroits vers lesquels la quête des morceaux du Pentacle aurait pu les mener, aucun n'effrayait davantage Elbare que cette plaine dépourvue de végétation.

Les motifs ayant convaincu les voleurs de prendre cette destination n'avaient aucune importance. Qu'ils aient découvert qu'on les poursuivait et aient paniqué, ou qu'ils aient planifié cet étonnant trajet lors de la préparation de leur forfait, les cinq compagnons n'avaient d'autre choix que de les suivre. Résigné, Elbare se mit en marche, frémissant au contact du sable qui s'insérait entre ses orteils racines sans qu'il en retire la moindre satisfaction. Ce sol ne contenait aucun élément nutritif pour un versev.

Ils s'enfoncèrent dans le désert.

★ ★ ★

Twilop trouvait la chaleur désagréable, mais moins qu'elle ne l'avait redouté. Elle avait vécu une journée ou deux plus pénibles sur l'île Majeure et se souvenait de périodes, à Capitalia, pendant lesquelles l'humidité rendait tout déplacement accablant. Ici, en raison de la sécheresse de l'air, la marche restait supportable. Le sable durci dans lequel ses chaussures ne s'enfonçaient que d'un centimètre ou deux ne les ralentissait pas non plus, ce dont Twilop ne pouvait se plaindre. Elle suivait ses amis sans trop de difficultés.

Elle ignorait la nature des feuilles qu'Elbare lui avait fait avaler, mais les effets de l'alcool combinés à la drogue que le jeune centaure y avait ajouté ne se faisaient plus sentir. Elle se trouvait encore fragile, pourtant. Ce n'était pas tant les quelques vertiges occasionnels qui lui donnaient cette impression; c'était son moral qui était particulièrement affecté.

Elle avait été charmée par l'accueil des villageois de Tresed. Les attentions de Teneg à son endroit, au cours de la soirée, lui avaient également paru sincères. Comme le jeune centaure était un employé d'Essena, elle n'avait pas vu de raison de se méfier de lui. Aleel, elle, avait trouvé cette gentillesse suspecte. Twilop avait refusé d'écouter les conseils de son amie, préférant se fier à son seul jugement. Il en avait résulté la pire des catastrophes, et Twilop ressentait tout l'embarras de s'être laissée berner.

Surtout, elle avait honte de sa méfiance envers son amie.

Aleel avait accepté ses excuses en souriant. Aucun reproches, aucun blâme, seulement un pardon révélateur de sa grandeur d'âme. Elle, une princesse, l'héritière de tout un royaume, l'avait enlacée et laissée pleurer sur son épaule. Twilop n'avait jamais eu la moindre amie avant de connaître la cyclope et elle avait l'impression de lui avoir fait défaut.

Les autres membres de l'équipe non plus n'avaient formulé aucun reproche. Elbare avait même trouvé le nécessaire pour prendre soin d'elle, comme il l'avait aidée lors du voyage en drakkar en plongeant à l'eau pour la sauver, au milieu des attaques de lanços. Ses compagnons de mission lui avaient tous pardonné. Ce qui ne l'empêchait pas de se morfondre en regrets. Cela n'arriverait plus, elle se le jura une fois encore.

— Tiens, c'est étrange.

La voix du Viking ramena Twilop à l'instant présent.

— Que se passe-t-il? demanda Nolate.

— Il me semble voir une tache sombre au loin. Aleel, est-ce que tu pourrais…

— Tout de suite.

La cyclope se concentra sur l'horizon. L'hermaphroïde percevait aussi une marque sombre qui tranchait sur le jaune doré du désert et le bleu azur du ciel. Elle n'avait cependant pas le don des cyclopes. Aleel était la seule de leur groupe à pouvoir identifier ce qu'ils apercevaient. Il ne restait qu'à attendre et espérer qu'il ne s'agît pas d'une menace quelconque.

La cyclope se retourna, une grande perplexité sur son visage.

— Ce sont des arbres! annonça-t-elle, surprise. Il y a une oasis devant nous!

— Cela explique beaucoup de choses, commenta Nolate. Ils ont dû donner rendez-vous à leur acheteur ici.

— Hum, fit Elbare, il ne sera pas facile d'approcher. Dans cette plaine, nous n'avons aucun moyen d'avancer sans être repérés.

Ils se remirent en marche en pressant le pas; désormais la vitesse prévalait sur la discrétion. Si les voleurs se trouvaient toujours dans l'oasis, ils verraient leurs poursuivants approcher et chercheraient à fuir. Twilop se demanda même pourquoi ils ne se mettaient pas carrément à courir. Plus vite ils atteindraient l'oasis, plus vite elle saurait s'ils avaient rattrapé les voleurs où si ceux-ci avaient poursuivi au-delà. Si elle arrivait à ressentir la proximité des morceaux de Pentacle, l'espoir renaîtrait.

La tache sombre semblait toujours aussi petite à l'horizon, malgré leur marche qui devait les en rapprocher, à croire que l'îlot de verdure était doté d'une quelconque force surnaturelle et qu'il s'éloignait d'eux au fur et à mesure qu'ils s'en approchaient. De longues minutes s'écoulèrent avant que l'oasis paraisse enfin plus près. Twilop se souvenait de leur voyage en mer et se rappelait que, dans un paysage dépourvu de point de repère, la perception des distances s'avérait souvent trompeuse.

En atteignant l'ombre des premiers arbres, Sénid sortit son épée. Nolate l'imita et Aleel prit son glaive. Si les voleurs se trouvaient dans l'oasis, il fallait se préparer au combat. Ils tenteraient sûrement de se défendre, ou même de leur tendre un piège. Twilop, pourtant, ne craignait pas de mauvais coup de leur part. Elle décida de se confier à ses amis.

— Ils ne sont pas ici.

— Qu'est-ce que tu racontes ? s'étonna Sénid. Bien sûr que les voleurs sont ici ! Les traces mènent à cette oasis.

— Je parlais des morceaux. Je ne ressens pas leur proximité.

Elle laissa à ses amis le temps de digérer la révélation. Ils abaissèrent leur lame un par un, dépités. Twilop leur avait déjà dit qu'elle sentait les morceaux du Pentacle à cent mètres. Et l'oasis atteignait à peine cette dimension dans sa plus grande largeur. Les voleurs avaient donc poursuivi leur chemin.

Un gémissement se fit entendre qui les incita à reprendre une position de combat. Comme personne ne les attaquait, ils avancèrent plus loin, jusqu'à découvrir l'étang qui agrémentait le centre du boisé. En d'autres circonstances, Twilop aurait trouvé le site enchanteur, avec ses palmiers qui se reflétaient dans l'eau calme comme un miroir. La présence de Teneg, étendu près de l'eau, brisait le charme de l'oasis. Il gémissait, les mains posées sur son ventre. Des mains couvertes de sang.

✪ ✪ ✪

Le jeune centaure leva un regard vitreux vers les cinq amis. Il avait l'air calme, presque serein, non pas arrogant, mais résigné. À sa respiration saccadée et à son regard fiévreux, Nolate jugea que Teneg ne survivrait pas à ses blessures. Le voleur semblait l'avoir compris depuis un moment.

— Salaud !

Nolate attrapa Twilop par la manche de sa chemise pour l'empêcher de se jeter sur le blessé. Il comprenait sa colère; elle était furieuse de s'être fait berner. Néanmoins, sans éprouver de sympathie pour son compatriote, Nolate devait le protéger. Il n'y aurait eu aucune dignité à frapper un mourant et Teneg pouvait leur révéler la nature de leur plan concernant les morceaux du Pentacle. Ses complices étaient sûrement responsables de ses blessures. Il accepterait peut-être de les trahir.

— Laissez-la me battre, fit l'agonisant. Je l'ai cent fois mérité.

Il partit d'un rire ironique qui déclencha en lui de vives douleurs, au point que Nolate crut que sa fin était arrivée. Teneg porta ses mains ensanglantées à son ventre, toussa et cracha du sang. Le maître d'armes se pencha sur son cadet et l'enjoignit au calme. Teneg ferma les yeux et s'efforça de maîtriser sa souffrance. Son souffle devint plus paisible.

Il rouvrit enfin les yeux.

— J'imagine à quel point vous devez être heureux… de me voir presque mort.

— Personne ne l'a souhaité, commenta Nolate. Pas même Twilop que vous avez droguée.

Le centaure s'était avancé un peu en parlant au nom de l'hermaphroïde. Il échangea un regard avec elle. Elle affichait toujours sa colère, mais elle eut le bon sens de se taire. Nolate se souvint qu'elle avait reçu l'enseignement de Pakir-Skal, tout comme Aleel et lui-même. Tous trois connaissaient la discipline mentale du vieux magicien, qui rappelait constamment à ses disciples la nécessité de chercher à avoir une vue d'ensemble d'un problème. Teneg pouvait leur apprendre bien des choses avant de trépasser. Il fallait lui laisser l'opportunité de s'amender.

— Oh! si, je le devine. Et plus d'une fois. Mais cela n'a... plus d'importance. Je n'en ai plus pour long-temps.

— Que s'est-il passé? demanda Nolate. Pourquoi cette oasis?

— Nous avions prévu vendre les biens de Twilop, souffla le jeune centaure. Un soldat du Pentacle... nous en donnait un bon prix. J'aurais été riche. J'aurais pu quitter Tresed. Cette oasis était l'endroit parfait... pour le paiement. Pas de témoins!

— Que s'est-il passé? répéta le centaure qui croyait déjà connaître la réponse.

— Pas de soldat au rendez-vous, gémit Teneg. Les autres ont dit que j'essayais de les doubler. Ils ne vou-laient pas croire... au soulèvement. Rien à faire pour les convaincre!

Teneg toussa de nouveau et un moment ses yeux se révulsèrent. Sa fin n'était plus qu'une question de minutes. Il n'avait pas vraiment besoin d'une confirma-tion du jeune centaure pour deviner la suite. Furieux, les complices du jeune handicapé avaient décidé de se venger sur celui qui les avait entraînés dans cet échec.

— Ils sont partis en vous apercevant. Ils ne doivent pas... être bien loin.

Teneg se tourna vers Twilop.

— Je ne te demande pas... de me pardonner, souffla le jeune centaure d'une voix à peine audible. Je ne... le mérite pas.

Twilop se pencha sur lui.

— Je te pardonne, dit-elle en prenant la main du mourant. Sois en paix!

Teneg sourit à celle qui avait été sa victime. Il sem-blait soudain soulagé d'un lourd fardeau. Épuisé, il ferma les yeux. Sa respiration se fit plus lente, à croire qu'il dormait. Son ventre se souleva encore une fois et un dernier soupir franchit ses lèvres. Twilop resta agenouillée devant l'agonisant quelques instants avant de relâcher sa main. Nolate se pencha sur son compatriote et chercha son pouls. Il ne le trouva pas.

— C'est fini, souffla-t-il.

Teneg les avait accueillis à Tresed et avait endormi leur méfiance pour leur voler les morceaux du Pentacle. Sa cupidité avait failli réduire à néant tous leurs espoirs. Ils avaient été contraints à une pénible poursuite dans le désert pour récupérer les morceaux, qu'ils n'avaient d'ailleurs pas encore retrouvés. Pourtant, Nolate éprouvait du chagrin pour le jeune centaure, sachant combien la vie des réfugiés était ardue. Twilop lui avait permis de partir en paix et il lui en était reconnaissant.

— Allons-y, dit-il. Plus vite nous rattraperons ces voleurs, plus vite nous pourrons revenir lui offrir une sépulture.

Personne ne protesta. Dans un silence lourd de sens, ils traversèrent le reste de l'oasis. Aleel grimpa dans un des arbres à l'orée du boisé et scruta l'horizon. Nolate fut étonné quand elle annonça qu'elle les apercevait à quelques kilomètres seulement devant eux. Encouragé, il guida ses compagnons dans la chaleur et l'aridité du désert. Sénid signala les traces de sabots dans le sable. Elles n'avaient aucune caractéristique qui pouvait les distinguer des traces d'autres centaures, mais ici il n'y avait que les voleurs qui pouvaient les avoir laissées.

Nolate repéra enfin deux points dans le lointain, deux taches qui, curieusement, semblaient immobiles. Nolate crut d'abord qu'il s'agissait d'une illusion d'optique qu'engendrait l'absence de point de repère dans ces vagues de sable. Quelques dizaines de mètres plus loin, il réalisa qu'il voyait en fait deux rochers pointus qui jaillissaient de la surface plane du désert. Leur aspect lui paraissait étrange et un malaise, grandissant à chaque pas, s'empara du centaure. Finalement, Nolate comprit qu'il s'agissait d'une structure artificielle. Quelqu'un avait dressé ces monolithes en plein désert.

— Voilà nos voleurs, annonça Sénid.

Ils prirent à nouveau leurs armes en main. Tout en avançant, le centaure s'étonna du courage des bandits. Ils semblaient avoir décidé de combattre plutôt que de continuer à fuir. Nolate sentit son malaise croître à chaque pas qu'il faisait vers les voleurs. Il découvrit que les centaures ne les attendaient pas l'arme au poing. Ils restaient figés devant les monolithes. Tout dans leur attitude révélait une terreur sans nom. Nolate s'arrêta à quelques pas d'eux et jeta un regard aux pierres dressées. Il se mit à son tour à trembler de frayeur.

— Nous sommes perdus, souffla-t-il.

— Restez où vous êtes ! ordonna une voix forte.

Une vingtaine de créatures surgirent du désert comme si elles jaillissaient du sable. Elles encerclaient l'équipe de Nolate et les voleurs. Ces êtres avaient une nature végétale, comme Elbare, mais ils étaient chauves et avaient une écorce cireuse. Le centaure n'en avait jamais rencontré de sa vie. Personne n'en avait vu depuis des siècles dans le Monde connu. Tous les avaient crus disparus à jamais.

— Des djinns, murmura Nolate.

CHAPITRE TREIZE

Elbare était tout aussi surpris de l'aspect des inconnus que ses compagnons de mission. Lorsqu'il entendit Nolate murmurer le mot «djinn» d'une voix tremblante, il se rappela les légendes relatives à cette espèce mystérieuse. S'ils avaient autrefois côtoyé les autres peuples du Monde connu, les djinns avaient choisi de s'isoler complètement du reste du monde lors de la création du Pentacle. À leurs yeux, un objet qui concentrait autant de pouvoir ne devait se révéler que maléfique.

Le versev se demanda comment ils réagiraient en découvrant que trois des morceaux se trouvaient à leur portée.

— Vous venez d'entrer dans notre territoire, les informa le chef du détachement. Cette intrusion est passible de mort si vous échouez à prouver votre valeur.

— Notre valeur? répéta Elbare.

Les djinns se tournèrent dans sa direction. Ils avaient un regard si intimidant que le versev détourna les yeux. Il vit ainsi ses camarades trembler de terreur. Il remarqua qu'ils se blottissaient les uns contre les autres comme de jeunes pousses effrayées par un orage. Même les voleurs se collaient à ceux qui les poursuivaient quelques minutes plus tôt à peine!

Le chef des djinns s'avança jusqu'à Elbare.

— Un versev! s'étonna-t-il. Il est peu courant de trouver des non-centaures parmi les pillards, mais un versev, voilà une première à laquelle j'étais loin de m'attendre.

Des pillards? Cette remarque éclaira Elbare sur les raisons de l'agressivité qu'il percevait chez ses interlocuteurs. Elle lui redonnait aussi l'espoir d'échapper au sort que leur réservait le peuple du désert. Les djinns croyaient avoir affaire à de nouveaux aventuriers à la recherche de trésors appartenant à leur peuple. Il fallait leur dire la vérité et les convaincre de les laisser repartir, sans leur révéler les détails de leur mission, si possible.

— Nous ne sommes pas des voleurs! Nous étions à la poursuite de ces deux centaures qui nous ont dérobé quelques-uns de nos biens. Je vous assure que nous n'avions pas l'intention de pénétrer dans votre territoire.

— C'est ce que vous avez fait malgré tout, rétorqua le chef. Vous devrez donc passer l'épreuve. Notre pouvoir d'inspirer la frayeur ne fonctionne pas sur toi, mais je pense que si ton histoire est vraie tu ne tenteras pas de t'échapper. Il serait dommage que nous dussions exercer des représailles sur tes amis, ce qui les priverait d'une chance de surmonter l'épreuve et d'être libérés.

Elbare décida de se le tenir pour dit et accepta la condition imposée par le chef des djinns. Ce dernier ordonna aux prisonniers de marcher au milieu d'eux sans offrir de résistance, ce dont ils auraient été bien incapables. Pour le versev, voir ses amis réduits à l'état de loques terrorisées constituait un supplice qui lui aurait brisé le cœur si son espèce avait été dotée d'un tel organe. Il ignorait l'étendue des pouvoirs des djinns, mais il reconnaissait les forces magiques à l'œuvre. Il ne comptait pas défier ces êtres du désert.

Ils passèrent entre les monolithes et se retrouvèrent dans un paysage bien différent de celui qu'Elbare avait vu un moment plus tôt. Au loin, une série de constructions pointues se détachaient sur l'horizon. Il était étonnant qu'aucun d'entre eux ne les ait remarquées auparavant. À moins qu'il ne s'agît là d'une autre manifestation de magie…

Les prisonniers et leurs gardiens marchèrent droit sur ces constructions. Quand ils en furent plus près, le versev reconnut des pyramides semblables aux trois monuments érigés dans un quartier de Capitalia. Comme leurs consœurs de la capitale, c'était des structures en pierre à la base sphérique qui se terminaient en pointe. La comparaison, toutefois, s'arrêtait là. Au fur et à mesure qu'ils approchaient, Elbare réalisa le gigantisme de ces constructions. Chacune faisait la taille du palais du Pentacle au moins, et même davantage.

Ils gravirent un court escalier menant à un portail circulaire qu'ils franchirent. Personne n'alluma de torches et pourtant Elbare distinguait l'intérieur de la pyramide, certes pas aussi nettement qu'à la lumière du soleil, mais un peu comme lors d'une journée nuageuse. Une douce lueur émanait des parois du corridor, qui avait la forme d'un boyau.

Les djinns firent entrer un premier prisonnier dans une petite salle circulaire.

— Qu'allez-vous leur faire? demanda Elbare.

Le chef des djinns referma la porte sans répondre. Il fit avancer le groupe et s'arrêta à l'entrée d'une autre petite pièce, identique à la première. Chaque prisonnier fut ainsi conduit dans un local et enfermé, sauf Elbare à qui le chef ordonna de le suivre. Ils marchèrent quelques minutes dans un long couloir, escaladèrent un autre escalier et arrivèrent dans une salle plutôt vaste. Son ameublement laissa le versev pantois.

La salle avait la même forme circulaire que le reste de l'architecture djinn. Toutefois, une dizaine de cercles blancs marquaient les parois. On ne daigna lui fournir aucune explication. Ils ignorèrent ses questions, comme s'il n'avait pas existé. En fait, ils semblaient plutôt attendre. Avec la patience propre à son espèce, Elbare attendit lui aussi.

Un djinn portant une couronne entra dans la salle. C'était le premier que le versev apercevait arborant un quelconque ornement.

— Honneur à toi, umet-djinn Cinot, fit celui qui commandait les gardiens. Nous avons une intrusion de pilleurs à soumettre à l'épreuve. Sa composition est inhabituelle.

— Je n'en doute pas, Ymmur, fit le nouveau venu. La présence d'un versev parmi une telle bande est une première. Comment te nommes-tu ?

— Elbare, répondit l'interpellé, qui s'empressa d'expliquer les raisons de leur présence.

L'umet-djinn parut songeur un moment.

— Elbare, pousse de Versevie, tes amis doivent passer l'épreuve qui révélera leur valeur. Ils ne seront libres qu'à cette condition. Toutefois, tu pourras les observer pendant qu'ils vivront leur peur secrète et auront à faire leur choix.

— Leur choix ?

— Observe bien, dit l'umet-djinn en souriant. Nous allons les hypnotiser et leur faire revivre un moment particulier de leur vie. S'ils prennent la bonne décision, ils seront libres. Sinon…

Il fit un geste des deux bras et les cercles sur les murs se mirent à scintiller. Un instant plus tard, un portrait apparut dans chaque cercle, représentant chacun un prisonnier. Elbare fut stupéfait devant le phénomène. Il ne s'agissait pas de portraits, en fait ; c'était comme si une fenêtre avait été ouverte. Tous les prisonniers dormaient à même le sol.

— Vois et apprends qui sont réellement tes amis, annonça l'umet-djinn.

Une image toute différente s'afficha dans un des cercles.

★ ★ ★

— Debout, princesse ! Vos parents vous attendent pour vous saluer avant leur départ.

Aleel enfouit sa tête dans son oreiller, peu désireuse de quitter la douceur de son lit. Elle avait très mal dormi et se sentait particulièrement fatiguée. Pourtant, la couche fort confortable et la douce ambiance de sa chambre lui avaient toujours valu un sommeil réparateur. Mais cette fois un étrange rêve l'avait épuisée. Pas un cauchemar, quoique Aleel en restât confuse, comme si elle ne savait plus très bien si elle était éveillée ou si elle rêvait encore.

Perturbée, elle repoussa sa couverture et se leva. Sa servante attitrée l'aida à retirer son pyjama, à faire sa toilette matinale et à enfiler une robe. Elle avait choisi la bleue aux manches grises, la préférée d'Aleel, un cadeau d'anniversaire de ses parents. Étrangement, le vêtement lui rappelait vaguement quelque chose. Un événement très lointain, désagréable, était relié à cette robe, sans qu'elle parvienne à se souvenir lequel.

— Voilà, princesse, fit la servante. Oh ! que vous êtes jolie ! Vos parents seront heureux de vous voir aussi bien mise. Il ne faudra pas tout gâcher en vous comportant en garçon manqué.

Curieuse, Aleel se plaça devant le miroir. Elle se sentit aussitôt mal à l'aise. Le vêtement lui allait bien, même si le col commençait à la serrer un peu trop à la gorge, tant elle grandissait vite. Pourtant, autre chose la gênait. Un moment, la fillette de neuf ans et demi qu'elle voyait en se regardant lui parut étrangère. Elle avait l'impression de voir une image d'elle depuis longtemps disparue. Tout comme celle de la servante, également présente dans le reflet.

Ainsi qu'une humaine à la peau blanche.

Aleel sursauta et se retourna vivement, choquée de cette intrusion. Comment une humaine avait-elle pu oser s'introduire dans sa chambre? Elle accompagnait probablement la délégation de Capitalia qui séjournait au palais royal depuis deux jours. Comme toujours, les envoyés de la déesse s'installaient au château des Agnarut, contrairement aux délégations vikings, qui restaient dans leur ambassade. Les délégués de Capitalia agissaient toujours comme s'ils étaient maîtres des lieux. Mais de là à s'introduire dans sa chambre...

Il n'y avait personne.

— Quelque chose ne va pas, princesse? demanda la servante.

Aleel jeta un regard circulaire dans sa chambre. Elle se souvenait de chaque objet, non pas comme si elle y vivait, mais comme si tout cela remontait à un passé fort lointain. Elle avait des souvenirs d'une vie plus longue, d'événements survenus bien après qu'elle eut quitté cette chambre pour toujours. Des souvenirs d'une adolescence non pas à venir, mais déjà révolue. Elle se rappelait ses études, sa fugue à Capitalia, ses amis avec qui elle voyageait et leur mission pour sauver le monde.

Pourtant, elle voyait bien qu'elle avait neuf ans et demi, qu'elle se trouvait dans sa chambre et que tout ce qui se trouvait autour d'elle était bien plus tangible que le plus détaillé des rêves. Comment pouvait-elle avoir des souvenirs d'événements qui étaient encore à venir? Elle ne parvenait pas à comprendre. Seule l'évidence tournait sans arrêt dans son esprit : l'une des deux situations n'était pas réelle. Mais laquelle?

La servante semblait ne s'être rendu compte de rien.

— Allons-y, fit-elle. Il est temps d'aller saluer vos parents avant leur départ pour le lac Relbin.

Le lac Relbin? Les souvenirs d'Aleel devinrent tout à coup d'une clarté lumineuse. Elle savait pourquoi la robe évoquait pour elle des sensations désagréables. À la fin du jour, le vêtement ne serait plus que lambeaux, quand la fillette qu'elle était aurait, de rage, déchiré le tissu pour passer sa colère et son chagrin sur quelque chose. Lorsque la nuit viendrait, elle aurait versé les dernières larmes de son corps et serait devenue presque une adulte, durant cette journée à jamais gravée dans sa mémoire. C'était le jour de la mort de sa mère...

Aleel se rappelait le départ joyeux de ses parents et la nef royale qui remontait la rivière vers le lac Relbin. Elle se souvenait qu'elle leur envoyait la main avant de rejoindre ses professeurs pour sa journée de leçons. L'orage de l'après-midi ne l'avait pas inquiétée, car il n'avait même pas approché Œculus. Mais la nef n'était pas rentrée et la jeune cyclope s'était demandé ce qui retardait ses parents. Elle ne s'était toutefois doutée de rien jusqu'à ce qu'un messager à cheval arrive au galop pour annoncer la triste nouvelle. L'orage avait fait chavirer la nef et sa mère s'était noyée.

La frayeur la fit trembler et elle s'arrêta net en plein milieu du corridor. La servante ne remarqua d'abord rien. Une sorte de sixième sens dut l'avertir que sa protégée ne suivait plus, car elle se retourna. Elle sembla inquiète en découvrant l'état de la princesse, mais se contenta pourtant d'attendre. Aleel n'en avait cure : un phénomène inexpliqué l'avait ramenée dans le passé et elle pouvait prévenir sa mère. Elle pouvait la sauver.

— *Pense au Pentacle*, fit une voix aux intonations féminines dans sa tête. *Pense au sort du monde si tu renonces maintenant. Fais le choix juste.*

Il n'y avait personne d'autre qu'elles dans le couloir et la voix n'était pas celle de la servante. Elle lui rappelait une femme très jeune à la peau entièrement blanche. Une humaine. Quant aux propos, ils n'avaient aucun sens. Un repli magique du temps lui permettait de sauver sa mère ; elle devait agir. Le juste choix ? Il n'y avait pas de choix à faire !

Comme il serait bon de grandir sans cette impression d'un manque qui l'avait constamment hantée ! Aleel serait une personne différente, qui ne ressentirait pas le besoin de chercher ailleurs ce qui lui faisait défaut, qui n'éprouverait pas ce sentiment de révolte qui l'avait incitée à quitter l'île Majeure pour le continent, à chercher ailleurs que dans son destin royal un sens à sa vie.

Faire le juste choix ! Quelle ironie ! L'alternative laissait-elle de la place pour un choix ? On lui offrait la faculté de changer son avenir, de s'assurer une vie plus harmonieuse... La voix féminine l'avait néanmoins amenée à réfléchir.

Sans ce sentiment de manque, elle n'aurait pas la même personnalité et elle resterait à Œculus. Elle ne grandirait pas avec cette sensation d'un vide à combler dans son cœur, elle poursuivrait ses études pour siéger auprès de son père, en attendant le jour lointain où il abdiquerait et où elle serait reine. Seulement, si elle choisissait cette voie, si elle ne se rendrait pas à Capitalia, la mission pour récupérer les morceaux du Pentacle se ferait sans elle.

Et elle était précisément en cours. Elle se rappelait le Nord, et l'Ouest, et le Sud, elle revoyait leurs aventures et cette arrivée dans les pyramides des djinns. Ils étaient certainement responsables de la résurgence de ce souvenir. Et si elle sauvait sa mère, elle ne serait plus de la mission. C'était sa mère ou le sort de tous les peuples du Monde connu. Tel était son choix. Un choix cruel !

— *Reviens à nous !* lança la voix de l'hermaphroïde dans sa tête.

Elle fit son choix. Mais la réapparition des murs de la prison djinn ne mit pas fin à son supplice.

✪ ✪ ✪

— Essena, veux-tu m'épouser ?

Nolate frotta l'une contre l'autre ses mains moites. Il avait longuement hésité avant de se décider à demander la main de la centauresse qu'il connaissait depuis l'enfance. Il ignorait encore jusqu'à quel point l'amour qu'il ressentait pour elle trouvait sa répartie. Essena avait de l'affection pour lui. De là à ce qu'elle accepte de devenir sa compagne pour passer le reste de sa vie avec lui, il y avait une marge.

Encore fallait-il trouver la bonne façon de lui poser la question.

— Trop ordinaire, marmonna-t-il.

Seul dans son bureau, le centaure cherchait la déclaration qu'il estimait la plus appropriée. Nolate ne voulait pas paraître banal et en même temps il ne fallait pas qu'il se lance dans une formulation trop sophistiquée, au risque de s'empêtrer dans les mots et de se mettre à bégayer. Essena ne se moquerait pas de lui, le cas échéant. Elle était bien trop bonne. La seule évocation de cette possibilité le rendait cependant si mal à l'aise que sa nervosité grimpait d'un cran et que son esprit cherchait en vain des mots qu'il avait crus si simples à énoncer.

Cherchant à reprendre contenance, Nolate regarda sa chemise. Elle paraissait convenir à un moment aussi important. Il avait choisi un vêtement sobre qui lui donnait un air distingué. Du moins, voulait-il le croire. Ce vêtement indiquerait à Essena que son ami voulait la voir pour une raison sérieuse. Pour accompagner cette tenue, il lui fallait une déclaration dénotant la même classe. Il ne voulait pas que son amour le prenne pour un bouffon.

— Essena, je t'aime et je serais honoré si tu voulais bien devenir ma compagne.

C'était mieux, lui semblait-il. Plus complet. Quoique, à la réflexion, la phrase lui paraissait légèrement pompeuse, surtout dans sa deuxième partie. Peut-être la première phrase, toute simple, convenait-elle mieux à une demande en mariage! De frustration, Nolate tapa le sol de son sabot. Mais pourquoi ne trouvait-il pas ce qu'il convenait de dire?

Un bruit de papier soufflé par le vent brisa sa concentration. Agacé, il se retourna et découvrit une feuille tombée de sa table de travail. Il ne s'en préoccupa pas tout de suite, puis il fronça les sourcils. Quelque chose l'intriguait. Un coup de vent aurait pu faire s'envoler le bout de papier, mais aucune autre feuille n'avait bougé. De plus, le centaure ne sentait aucun courant d'air en provenance de la fenêtre. C'était une de ces journées chaudes, sans la moindre brise, comme Saleur en vivait souvent en cette saison.

— *Relisez la lettre*, murmura une voix surgie de nulle part.

Le centaure sursauta vivement. Il se retourna à la recherche de l'intrus et constata qu'il se trouvait seul dans la pièce. Il se précipita à la fenêtre et regarda à l'extérieur, mais ne vit aucune trace de son interlocuteur. Son interlocutrice, en fait, car il avait le sentiment qu'il s'agissait d'une femme, qui n'aurait pas pu fuir assez vite ni se cacher dans la foule. Il avait même l'impression d'avoir reconnu la voix et avait le sentiment profond qu'elle appartenait à l'une de ses connaissances. Une non-centauresse, qui plus est.

— *Relisez la lettre*, répéta la voix, chargée d'une intonation anxieuse, comme s'il s'agissait d'une supplique.

Puisqu'il se trouvait toujours devant la fenêtre, il sut avec certitude que la voix venait de l'intérieur de son appartement. Il n'y avait cependant personne avec lui dans la pièce, que ce soit centaure ou bipède, connaissance ou inconnu. Il avait également la sensation d'une présence, non pas physique, mais seulement dans son esprit. L'intérieur de sa demeure lui paraissait soudain irréel, comme appartenant à une époque révolue.

C'était à croire qu'il commençait à perdre la raison.

Pour reprendre contenance, Nolate récupéra la feuille. C'était la lettre qu'il avait reçue le matin même. Une lettre de Pakir-Skal en personne. La missive était arrivée par un courrier spécial venu directement de Capitalia, plutôt que par une caravane de marchandises, comme toute lettre habituellement. Il avait été touché de recevoir un message venant du maître en personne. Il n'aurait pas cru que le vieux Sage aurait gardé un quelconque souvenir de lui.

Quant au contenu du document, il avait plongé le centaure dans une profonde réflexion. Non seulement Pakir se souvenait encore de lui, mais il lui offrait à présent un poste d'enseignant à l'Académie militaire de Capitalia. C'était là le genre d'occasion qui ne se présente qu'une fois dans une vie. Difficile de refuser une proposition aussi formidable. Pourtant, il le devait s'il voulait vivre avec son amour.

Essena n'accepterait jamais de l'accompagner à Capitalia. La centauresse détestait la ville sise au centre du Monde connu, qu'elle avait visitée pendant son enfance. Même ce court séjour lui avait paru pénible.

C'était une enfant de Saleur et elle le resterait toute sa vie. Quand elle organisait une caravane, elle s'assurait de régler rapidement les formalités et de retourner le plus vite possible au Sud.

Tout à coup, Nolate crut qu'il était réellement devenu fou. D'où tenait-il un pareil souvenir ? Pendant un instant, il eut l'impression d'avoir vécu des événements que sa mémoire situait plusieurs années plus tard, dans son avenir. Ces souvenirs lui affirmaient qu'il avait accepté l'offre de Pakir et s'était rendu à Capitalia pour y enseigner l'art du combat à l'Académie militaire du Pentacle. Il avait même obtenu le titre de maître d'armes, un grade rarement attribué à un non-humain. Pour atteindre un tel objectif, jamais il n'avait demandé Essena en mariage.

— *C'était la décision à prendre !* commenta la voix. *Pour le sort du Monde connu !*

Cette fois, Nolate n'eut aucun doute : une présence immatérielle, quasi fantomatique, se tenait près de lui dans son logement. Peut-être avait-il vraiment perdu la raison, mais il n'en croyait rien. Un sentiment qu'il ne parvenait pas à expliquer l'incitait à déduire qu'au contraire c'était son refus de l'offre de Pakir qui sonnait faux. La voix qui parlait directement dans son esprit le ramenait à la réalité et sa décision de demander Essena en mariage appartenait à une chimère.

Une foule de souvenirs reliés à l'avenir qu'il savait avoir vécu affluèrent à son esprit. Il se rappelait les longues discussions avec Pakir, la lecture de parchemins anciens de la bibliothèque personnelle du vieux Sage, qui dévoilaient des réalités cachées aux peuples du Monde connu. Le mépris de Lama-Thiva pour ses sujets et son plan démentiel de remplacer chaque espèce consciente par un seul et unique peuple qu'elle façonnerait selon ses souhaits. Il se rappelait la mission que lui avait confiée son mentor, qui l'avait amené à parcourir le monde.

Il se rappelait la mission et aussi chacun de ses compagnons de voyage.

— *Bravo!* souffla la voix. *Rejoignez-nous chez les djinns, à présent.*

Nolate se souvint du voyage au Nord, puis de l'expédition maritime à l'Ouest, et enfin du retour à Saleur. Il revoyait les atrocités commises contre ses concitoyens par les troupes du Pentacle alliées aux géants et le soulèvement qui rejetait la tyrannie de la déesse, pour la première fois en huit siècles. Il se rappelait ses amis, Aleel, Elbare, Sénid et Twilop. Il se remémorait leur voyage dans le désert, à la poursuite des voleurs qui s'étaient emparés des morceaux du Pentacle. Sa chambre, qui paraissait pourtant réelle, n'était qu'une illusion. Nolate ferma les yeux.

Il les rouvrit un instant plus tard et découvrit la cellule ronde dans laquelle les djinns l'avaient enfermé.

✪✪✪

Le recruteur descendit du banc qui lui avait servi d'estrade improvisée. Les deux soldats du Pentacle qui l'accompagnaient lui emboîtèrent aussitôt le pas, pendant que l'orateur repartait vers l'auberge. Les quelques habitants de Dragonberg qui avaient écouté le discours d'un air peu intéressé commencèrent aussitôt à se disperser. L'idée de suivre le recruteur à Capitalia pour y devenir soldat du Pentacle ne les tentait visiblement pas. En fait, l'offre s'adressait aux plus jeunes, ceux que le goût de l'aventure tenaillait.

Sénid avait écouté le recruteur parler de l'expérience exaltante que constituait la vie militaire. Dans un monde sans guerre, l'existence d'une armée lui avait toujours semblé inutile. Les aînés de Dragonberg pestaient régulièrement contre les impôts qui servaient à l'entretien de cette lourde structure. Un ancien n'avait précisément pas manqué de rappeler au recruteur cette paix qui régnait depuis un millénaire.

L'homme avait souri, comme s'il avait attendu cette objection.

— Imaginez qu'un incendie détruit votre village, avait-il répondu. Que feriez-vous ?

— Nous nous relèverions les manches et mettrions tout en œuvre pour rebâtir. Nous, Vikings, ne manquons ni de solidarité ni de courage.

— Vos réserves pourraient avoir entièrement disparu, rétorqua le recruteur. Cette solidarité qui fait votre force pourrait ne pas être suffisante. L'armée saurait vous épauler en vous fournissant le matériel et la nourriture nécessaires pour survivre durant cette période, jusqu'à ce que vous soyez de nouveau en mesure de vous suffire à vous-mêmes.

Le recruteur avait enchaîné en expliquant comment la vaillance et la solidarité des Vikings servaient d'exemples à l'armée du Pentacle. Les courageux Vikings n'hésitaient jamais à se lancer à la poursuite des bandits qui sévissaient dans certaines régions du Monde connu. Oui, la paix régnait entre les peuples, mais des individus sans scrupules cherchaient trop souvent à profiter de l'absence d'autorité pour voler les gens. Les soldats du Pentacle, en dépit de leur audace, n'étaient jamais assez nombreux.

Sénid suivit ses trois amis qui quittaient également la place. Curieusement, il sut qu'ils iraient au pub du port avant même que son ami Treborg n'en fasse la suggestion. Depuis qu'ils avaient atteint la majorité, les quatre copains passaient beaucoup de temps en compagnie des guerriers – surtout des guerrières, en fait – à écouter leurs récits de combats contre les pirates. Waram semblait toujours le plus intéressé et avait déjà émis le souhait de devenir guerrier.

— *Il n'est pas vraiment là !* murmura une voix.

— Qui donc ? interrogea Sénid.

Ses amis s'arrêtèrent. Ils se retournèrent vers lui en le fixant d'un air étrange. Sénid ne comprenait pas ce qui les intriguait, car il n'avait fait que répondre au commentaire que l'un d'eux avait lancé. Quoique, à la réflexion, il n'avait reconnu la voix d'aucun de ses copains. En fait, la voix semblait même plutôt féminine, bien qu'assez basse. Pourtant, même en regardant autour de lui, Sénid ne vit aucune femme à proximité.

— Que se passe-t-il ? demanda Sellig.

Reprenant contenance, Sénid se décida et annonça :

— Je vais aller à Capitalia.

— Comment ? fit Treborg. Tu es devenu fou ?

— Pense à tout le bien que je pourrai faire, répliqua Sénid. Avec une formation de combattant, je saurai arrêter les voleurs et aider les gens dans le besoin. Peut-être pas ici, car nous sommes d'excellents guerriers, mais dans le reste du monde.

— Ne me dis pas que tu as avalé son boniment ! intervint Waram. L'armée du Pentacle n'est qu'un ramassis de voyous. Un Viking digne de ce nom ne peut que devenir marin.

Sénid se tourna vers le colosse blond, un pincement de déception au cœur. Il avait pris sa décision de rejoindre l'armée du Pentacle bien avant la visite de ce recruteur. Sachant qu'elle provoquerait de nombreuses réactions de désapprobation autour de lui, il avait attendu que Waram soit présent avant de se décider à en parler. De toutes ses connaissances, parents et amis, ici, à Dragonberg, c'était l'ami le plus sincère qu'il ait jamais eu et son opinion était très importante. Même que son approbation lui était indispensable. Étrangement, il avait l'impression que la réaction de Waram était fausse. Comme s'il avait plutôt dû appuyer son choix.

— *Il n'est pas vraiment là*, murmura une voix. *Et toi non plus !*

Cette fois, Sénid sut qu'il n'avait pas imaginé la voix. Il réalisait qu'elle semblait s'adresser directement à son esprit. Intrigué plus qu'effrayé, il cherchait une cause logique au phénomène. Sénid croyait peu aux histoires de fées et autres génies censés se mêler des affaires des humains. Il avait vu, pourtant, beaucoup de phénomènes étranges au cours de ses nombreux voyages.

L'intervention inexplicable de cette voix l'avait perturbé au point qu'il cessa net de marcher auprès de ses amis, lesquels s'arrêtèrent à leur tour pour l'attendre et se retournèrent, sans toutefois qu'un seul le questionne sur les raisons de son comportement étrange. Sénid observa les trois jeunes Vikings, dont il gardait le plus vif souvenir. Il avait grandi en leur compagnie à Dragonberg, mais ils s'étaient perdus de vue depuis longtemps. Ils avaient choisi la vie de marins pendant que, pour sa part, il optait pour un chemin différent. Leur présence près de lui constituait une incohérence inexplicable. Une magie mystérieuse l'avait-elle renvoyé dans le passé ?

Waram, Sellig et Treborg avaient navigué ensemble et combattu les pirates au large de la pointe Viking. Waram avait obtenu le commandement du *Piwanga* dans des circonstances pénibles, alors qu'il avait été promu à cette fonction le jour de la mort de ses deux compagnons. Sénid se rappelait avoir appris cette nouvelle durant son séjour à l'Académie du Pentacle. Il s'y était donc rendu et la scène qui lui paraissait si réelle ne pouvait être qu'un rêve. Ou un cauchemar.

Sénid se rappelait aussi que Waram l'avait défendu quand il avait annoncé son intention de rejoindre l'armée du Pentacle.

— *Ce n'est pas réel*, souffla la voix.

Cela, Sénid l'avait compris depuis un moment déjà. La voix qu'il venait d'entendre pour la troisième fois lui paraissait tellement familière qu'il se concentra sur elle, à la recherche d'un nom à y accoler. Des images éparses d'un périlleux voyage se bousculèrent dans son esprit. Sénid vit des montagnes enneigées, un voyage en mer et des combats au pays des centaures. Il se souvint de quatre compagnons, tous différents, partis comme lui à travers le Monde connu pour sauver les divers peuples. Il vit le visage d'une cyclope, Aleel, et se rappela tout.

Pourtant, une autre voix venait de le ramener à la réalité. Sénid avait reconnu Twilop, l'être que la déesse avait créé à partir d'un morceau du Pentacle. Ce dernier détail brisa l'illusion. Ses trois amis d'enfance et Dragonberg disparurent, comme une fumée qui se dissipe dans le vent. Sénid ne vit plus que les murs de la cellule circulaire dans laquelle les djinns l'avaient enfermé. Pendant un court instant, la silhouette diaphane de l'hermaphroïde continua à lui sourire.

Elle disparut à son tour.

✪✪✪

Twilop se réveilla avec un terrible mal de crâne. Elle ouvrit les yeux un moment pour les refermer aussitôt. La matinée devait être assez avancée pour que le soleil frappe avec autant d'intensité dans sa chambre. Les yeux fermés, elle fouilla dans sa poche à la recherche d'une feuille d'Alaok. Elle mâcha le végétal en supportant son goût amer. Comme toujours, le remède d'Elbare fit immédiatement son effet. Les idées maintenant plus claires, elle fronça les sourcils en se rappelant la traversée du désert et la capture par les djinns.

Elle ouvrit de nouveau les yeux. Cette fois, elle vit non pas sa chambre, mais la cellule ronde dans laquelle un djinn l'avait enfermée. L'étrange changement la perturba un instant. Elle songea que son mal de tête avait sans doute provoqué cette illusion. Elle savait fort bien qu'elle était emprisonnée dans une pyramide djinn en compagnie de ses amis.

L'évocation du groupe entraina l'apparition d'une série d'images désordonnées qui défilèrent devant son regard. Le stupéfiant phénomène l'effraya à un point tel qu'elle s'empressa de fermer encore une fois les yeux. Twilop crut également entendre des sons impossibles à identifier, un brouhaha de conversations, des bruits de pas sur un plancher, le bruissement du vent et même le ressac de la mer. Le tout s'estompa doucement et elle rouvrit lentement les yeux.

Elle se trouvait bien dans la cellule djinn, seule.

— Je deviens folle! s'exclama-t-elle.

Elle tenta de reprendre contenance. La fatigue engendrée par la mission, sans doute, expliquait cette brève hallucination. Le voyage avait été si pénible et durait depuis presque un an, à présent. L'épuisement mental aussi bien que physique guettait chaque membre de l'expédition. Pourquoi aurait-elle été épargnée?

À nouveau les images discordantes apparurent devant Twilop. Elle se retint de fermer encore une fois les yeux; sa curiosité l'emportait sur sa frayeur. Elle réalisa avec un certain étonnement que chacune paraissait aussi réelle que la cellule. Pourtant, elle se trouvait un instant dans une chambre d'enfant, l'instant d'après dans une pièce d'aspect fonctionnel et ensuite dans un village viking qui, bizarrement, lui paraissait familier. Il ne s'agissait pas de simples hallucinations, mais d'un phénomène tout autre. Un envoutement s'était emparé de son esprit, une puissante magie. Elle ne pouvait provenir que des djinns.

Était-ce là la fameuse épreuve qu'ils comptaient faire passer à chacun ? Si elle devinait juste, elle devait encore comprendre en quoi consistait le test. Le djinn commandant l'équipe qui les avait capturés avait parlé d'un choix. Si elle devait opter pour l'un des scénarios qu'ils faisaient apparaître, il lui fallait trouver comment s'y prendre.

Une image attira en particulier son attention. Elle eut la surprise de voir la chambre d'enfant apparaître et rester en place. Il lui suffisait donc de se concentrer sur une image précise pour s'y retrouver. Elle regardait une fillette de neuf ans, ou plus précisément le reflet de l'enfant dans une glace. La fillette, une jeune cyclope, portait une robe bleue et grise, un cadeau d'anniversaire. Un cadeau ? Comment savait-elle cela ? C'était comme si elle partageait les pensées de l'enfant, ou plutôt comme si elle était cette enfant. Et son nom lui vint aussitôt à l'esprit : Aleel !

La jeune princesse devait rejoindre ses parents pour les saluer avant leur départ. Elle se rendit compte qu'Aleel avait un souvenir pénible de ce moment de sa vie, car ce jour-là un accident l'avait privée de sa mère. Twilop n'avait pas de parents, puisqu'elle n'était pas née au sens exact du terme. Elle croyait pourtant comprendre l'épreuve qui attendait la cyclope. Les djinns lui donnaient l'occasion de prévenir sa mère, ce qui changerait tout son avenir.

Serait-ce bien ou mal ? Aleel éviterait la douleur de cette perte et s'épargnerait ce sentiment de vide qui l'avait hantée pendant toute son adolescence et que Twilop ressentait à présent avec elle. Elle vivrait le reste de son enfance dans un milieu plus stable. Elle deviendrait une personne différente… qui ferait des choix différents.

Cette fois, Twilop comprenait exactement en quoi consistait l'épreuve. En donnant à la cyclope, et à ses autres amis aussi, sans doute, l'opportunité de changer un moment délicat de leur passé, les djinns leur proposaient de transformer leur propre avenir. Elle réalisa le danger, car il n'y avait pratiquement aucune possibilité que les nouvelles routes empruntées par ses amis les conduisent à se rencontrer pour former cette équipe partie à la recherche des morceaux du Pentacle. L'échec de cette épreuve consacrerait la victoire de Lama-Thiva.

Elle ignorait pourquoi elle se retrouvait dans les pensées de ses amis, au lieu de vivre sa propre hallucination. Elle n'avait qu'à penser à un nom pour découvrir ce que croyait vivre chacun de ses compagnons. Même les deux voleurs se retrouvaient dans leur propre monde imaginaire. Elle ne s'attarda pas à leur cas et chercha les images qui la reliaient à ses amis.

Elle ne trouva aucune trace d'Elbare, ce qui ne l'inquiéta qu'un bref moment. La nature végétale du versev l'immunisait contre beaucoup de phénomènes. Pourquoi pas celui-là? En revanche, Twilop vit Nolate, dans une pièce d'apparence fonctionnelle, en train d'hésiter entre l'amour de sa vie et sa carrière à Capitalia; Sénid découvrait que Waram ne l'appuyait pas dans son choix de devenir soldat du Pentacle; Aleel était torturée par l'indécision, sachant qu'elle pouvait sauver sa mère. Twilop devait inciter chacun d'eux à choisir la voie la plus douloureuse.

Elle se mit à haïr les djinns qui la forçaient à raviver les souvenirs pénibles de ses amis.

Consciente de ce qu'il lui fallait faire, elle tenta d'intervenir. Elle s'immisça dans les pensées de ses amis et leur parla. Presque toutes ses paroles furent vaines, car elle ne parvenait à toucher leur conscience que par intermittence. Elle devait se concentrer et se contenter d'allusions pour éveiller ses amis à la contradiction qu'il y avait entre ce qu'ils croyaient vivre et leurs souvenirs de ce qu'ils avaient vraiment vécu. Enfin, Aleel émergea du cauchemar. Nolate et Sénid suivirent peu de temps après.

À bout de souffle, tant l'effort mental avait été pénible, elle s'adossa au mur et se laissa choir jusqu'au sol pour attendre la suite. Elle redoutait la réaction des djinns. S'ils n'acceptaient pas son intervention dans les illusions des autres, ils refuseraient peut-être de les libérer. La porte s'ouvrit et un djinn entra. Il paraissait plus perturbé qu'en colère.

— Comment avez-vous fait? s'écria-t-il, un air de stupéfactions sur le visage.

CHAPITRE QUATORZE

Prétendre que ce que venait d'accomplir Twilop perturbait l'umet-djinn Cinot aurait été un euphémisme. Le chef du peuple du désert ne cherchait même pas à cacher sa stupéfaction, comme s'il avait reçu un choc à la tête. Elbare ignorait combien de prisonniers surmontaient l'épreuve, mais il se doutait qu'il avait assisté à un rare exploit. Le réalisme des souvenirs que ses amis venaient de revivre ne laissait aucune place au doute. Ils devaient être persuadés d'avoir eu l'occasion d'agir pour changer un moment déplaisant de leur passé.

— Faites venir les vainqueurs, commanda l'umet-djinn.

Quatre gardes acquiescèrent et sortirent, laissant Elbare seul avec l'umet-djinn et un unique subalterne. Le chef se tourna vers les miroirs les plus proches, qu'il fixa en silence. Elbare observa aussi les fenêtres magiques. Les cellules des deux voleurs reflétaient des images bien différentes, celles de leurs rêves respectifs. L'un devenait chef d'une bande de brigands et s'enrichissait au-delà de ce que tout être sensé aurait pu souhaiter, l'autre multipliait les conquêtes féminines et se retrouvait à la tête d'un harem de jeunes centauresses. Décidément, les espèces animales avaient des pulsions bien différentes de celles des versevs.

L'umet-djinn Cinot s'attarda devant la fenêtre qui montrait Twilop assise contre le mur. Il la fixait sans un mot. Son silence tranchait avec sa réaction pendant l'épreuve. Alors qu'Aleel revenait dans son enfance, Nolate à Saleur et Sénid à Dragonberg, l'illusion qu'ils avaient voulu imposer à Twilop s'était estompée au bout de quelques secondes. La stupeur des djinns avait redoublé lorsqu'elle avait trouvé le moyen de se glisser dans les illusions destinées aux autres.

— Qui es-tu donc? murmura-t-il, sans s'adresser à quelqu'un en particulier.

Il fit un geste de la main, comme s'il traçait un cercle imaginaire dans l'air. Les miroirs où s'affichaient les cellules des compagnons d'Elbare devinrent opaques. Seuls ceux qui montraient les voleurs continuèrent à transmettre des images. L'umet-djinn jeta un dernier regard aux centaures en train de se fourvoyer dans leur imaginaire. Il délaissa également ces images et se tourna vers le versev.

— Dis-moi, Elbare, qui donc est ton amie? Il faut une magie puissante pour déjouer la nôtre et cependant elle n'a rien tenté avant l'épreuve. Elle a agi par tâtonnements, comme si elle ne connaissait même pas l'existence de son pouvoir.

— Twilop n'est pas une magicienne, rétorqua Elbare.

— Sa maladresse le démontre, fit l'umet-djinn. Mais elle possède un don qui reste inexploité et cela m'intrigue. La Guilde des magiciens fait pourtant des inspections minutieuses partout dans le Monde connu. Elle n'aurait pas manqué de la recruter pour l'éduquer.

La Guilde des magiciens? Elbare fixa l'umet-djinn Cinot en silence, surpris de l'entendre évoquer cette confrérie depuis longtemps dissoute. Même si les versevs se mêlaient peu aux autres peuples du Monde connu, ils connaissaient l'histoire de ce mouvement ancien, qui avait précédé la fabrication du Pentacle. Pour régner sans partage sur le Monde connu après la destruction de l'objet magique, Lama avait ordonné l'exécution de tous les membres de la Guilde et promulgué une loi interdisant l'apprentissage de la magie sous quelque forme que ce fût.

Comment se pouvait-il que les djinns ignorent tout de cette dissolution ? Elbare avait peu de notions d'histoire, mais il se rappelait tout de même que les mystérieux habitants du désert avaient rompu tout contact avec les autres peuples du Monde connu justement en raison de la confection du Pentacle. Ce qui justifiait leur ignorance concernant la fin de la Guilde des magiciens.

S'ils ignoraient tout de cette dissolution, sans doute ne savaient-ils pas davantage comment le Monde connu avait évolué par la suite. Peut-être même ignoraient-ils que la magicienne humaine avait brisé le Pentacle pour tuer ses collègues afin de régner sans partage. Elbare craignait depuis leur arrivée dans la pyramide la réaction des djinns lorsqu'ils découvriraient que leurs prisonniers portaient trois morceaux du Pentacle qu'ils détestaient tant. En leur dévoilant leur intention de le reformer pour en annihiler les pouvoirs, ils pourraient devenir des alliés.

L'arrivée des gardiens en compagnie des prisonniers interrompit la réflexion du versev. Aleel, Nolate et Sénid entrèrent dans la pièce. Le versev remarqua leur air hagard, comme s'ils ne réalisaient pas encore tout à fait qu'ils avaient vaincu leurs démons intérieurs. Le quatrième garde tardait cependant à revenir avec Twilop.

— Où se trouve l'albinos ? demanda l'umet-djinn Cinot.

— Elle tenait absolument à récupérer un bien que lui ont volé les centaures, expliqua l'un des gardes. Cela paraissait très important pour elle.

L'umet-djinn ne fit aucun commentaire et se tourna vers les trois prisonniers.

— Vous avez surmonté l'épreuve et prouvé la noblesse de votre âme, annonça-t-il. Vous y êtes parvenus d'une façon inhabituelle, mais le résultat reste le même. Dorénavant, nous vous considérons comme des amis des djinns. Vous êtes libres de reprendre votre route.

— Nous pouvons partir tous les cinq? demanda Nolate.

— Bien entendu, dit l'umet-djinn avec un sourire. Nous n'avons pas soumis Elbare à l'épreuve en raison de sa nature végétale. Néanmoins, il semble qu'un solide lien d'amitié vous unit, en dépit du fait que vous appartenez à des espèces différentes. Nous apprécions cela.

— Nous vous sommes reconnaissants de consentir à nous libérer, commenta poliment Nolate.

Le centaure s'abstint de tout commentaire, une attitude qu'Elbare mit quelques secondes à comprendre. Il finit par supposer que Nolate préférait en dévoiler le moins possible sur la nature de leur mission. Qui sait si les créatures du désert, de puissants magiciens, ne voudraient pas les morceaux du Pentacle pour leurs propres fins?

Des clameurs jaillirent en provenance du corridor. Elbare identifia avec un certain étonnement la voix de Twilop à travers les propos échangés. Il ne parvenait pas à comprendre les paroles, mais percevait la colère de l'hermaphroïde, qui paraissait surtout indignée. La porte de la salle aux miroirs s'ouvrit et le djinn qui l'accompagnait entra avec elle à sa suite. Elle cherchait à reprendre au garde un objet qu'Elbare reconnut. Il comprit que les ennuis allaient commencer.

— Que signifie ce comportement? demanda l'umet-djinn. Ne sais-tu pas que les vainqueurs de l'épreuve doivent être traités en invités de marque?

— Je vous demande pardon, umet-djinn. Cette humaine souhaitait récupérer les biens que les centaures lui ont volés. Je frémis encore de ma découverte.

Le garde tendit le collier auquel étaient attachés les morceaux du Pentacle. L'umet-djinn Cinot ne reconnut pas immédiatement la nature de ce qu'il tenait en main. Il s'attarda un instant sur le pendentif que le capitaine de la patrouille du Pentacle avait donné à Twilop avant de se jeter sur les dragons, dans le Nord. Il examina ensuite les trois pièces, attachées à la chaînette du pendentif. Twilop les avait enrobées dans des bouts de tissu pour éviter qu'ils ne fassent du bruit en s'entrechoquant. L'Umet-djinn déballa l'un des morceaux.

Il releva la tête. Toute trace d'amabilité avait disparu de son visage.

— Ce sont des morceaux du Pentacle magique! s'écria-t-il.

❋ ❋ ❋

L'umet-djinn recula d'un pas en chancelant, comme s'il venait de recevoir un coup de poing. Nolate n'aurait su dire ce qui l'emportait chez lui, de la fureur ou de la frayeur. Sa stupeur, elle, ne faisait aucun doute. La réaction de ses subalternes s'avéra aussi vive, sinon plus. Les gardes présents dans la salle levèrent les mains, prêts à jeter un sortilège. De complexes explications seraient nécessaires, Nolate n'en doutait pas. L'amitié entre les djinns et les cinq compagnons de mission mourrait-elle à peine née?

Les djinns voyaient dans le Pentacle l'essence du mal. Leurs voisins d'autrefois avaient rompu tout lien avec le reste du Monde connu lorsque les magiciens avaient décidé de créer l'objet de pouvoir, d'où l'incompréhension de l'umet-djinn et l'étonnement de ses sujets.

Son peuple ignorait même que le Pentacle avait été brisé.

— Que signifie ce mystère ? s'écria-t-il. Le Pentacle est un objet qui renferme un terrible pouvoir. Aucun simple mortel n'a la force de le briser. J'ai pourtant en main trois de ses morceaux. Car il s'agit du Pentacle, cela ne fait aucun doute.

Son regard passait d'un prisonnier à l'autre. Il s'arrêta sur Twilop.

— J'avais raison, fit-il en plissant les yeux. Vous êtes une magicienne. Quel est votre plan ?

— Mon plan ? répéta l'hermaphroïde.

— Je serais tenté de croire que vous avez brisé le Pentacle et volé ces trois morceaux, estima l'umet-djinn. Toutefois, votre maladresse dans l'usage de la magie lors de l'épreuve du rêve prouve que vous n'avez pu accomplir un pareil exploit. Quelqu'un l'a donc brisé avant de vous confier ces pointes. Vous travaillez pour la Guilde des magiciens, je suppose ?

— La Guilde ? s'étonna Twilop.

— Oui, renchérit l'umet-djinn Cinot. Que comptent-ils faire avec ces bouts de Pentacle ? Briser les pouvoirs des sages pour régner à leur place ? Cela ne ferait que remplacer leur despotisme par celui des magiciens de la Guilde.

— La Guilde n'existe plus depuis huit siècles, expliqua l'hermaphroïde. La déesse a ordonné l'exécution de tous ses membres avant de faire interdire l'apprentissage de la magie à travers tout le Monde connu.

— La déesse ?

L'umet-djinn paraissait intrigué.

— Si tu permets, Twilop, je vais fournir quelques explications à nos hôtes.

Nolate raconta comment Ève Iveneg, la magicienne humaine du Conseil des sages, avait trahi ses collègues huit siècles plus tôt. Leur hôte écouta avec effarement l'histoire du bris du Pentacle et de ses conséquences. Cette trahison de la magicienne humaine le confortait dans sa croyance au pouvoir maléfique de l'objet.

— Je le savais! s'écria-t-il. Je savais que le Pentacle conduirait le monde à sa perte. Ne les avais-je pas avertis, autrefois, de renoncer à cette folie?

Il s'adressait plus à ses compatriotes qu'aux prisonniers – car Nolate devait considérer qu'ils étaient de nouveau prisonniers. L'umet-djinn se leva et se mit à marcher de long en large, en proie à une intense agitation. Il marmonnait constamment des paroles dont Nolate ne parvenait pas à saisir la moindre bribe. Le chef des djinns parlait en ancien, une langue que le centaure arrivait à lire, mais qu'il aurait été bien en peine de comprendre.

Brusquement, le chef s'arrêta devant lui et le fixa intensément.

— Yenop a également survécu, avez-vous dit?

— Yenop? Ah oui… Il se nomme Pakir-Skal, désormais.

— Le grand-sage? Il mérite ce titre! Yenop était le seul du groupe en qui nous avions confiance. L'élément modérateur capable de réfréner la soif de pouvoir qui ne manquerait pas de les affecter au fil des siècles.

— Je suis surpris que vous parliez de lui comme si vous l'aviez vous-même connu.

L'umet-djinn se tourna vers le versev.

— D'où croyez-vous que provient le pouvoir du Pentacle d'empêcher le vieillissement? dit-il sur le ton de l'ironie. Ils ont parcouru le monde à la recherche des secrets de tous les peuples. Nous vivons longtemps et ils connaissaient cette particularité de notre espèce... Qu'est-il arrivé, ensuite?

Nolate reprit son récit et expliqua comment la magicienne humaine s'était autoproclamée déesse. Sans opposition, elle régnait désormais sur le Monde connu, écrasant de ses armées toute tentative de soulèvement et même la plus infime manifestation de mécontentement qui était portée à son attention. Seul Pakir osait s'opposer à elle. Le magicien centaure était parvenu à récupérer quatre morceaux du Pentacle brisé et avait envoyé quelques-uns de ses disciples de par le monde pour qu'ils les dispersent, dans le but d'empêcher Lama-Thiva de reconstituer l'objet magique.

— Fort habile de sa part! commenta l'umet-djinn. Cependant, s'ils ont dispersé quatre des morceaux, comment se fait-il que vous en ayez trois en votre possession?

Cette fois, Nolate hésita. Étant donné la défiance des djinns envers le Pentacle, il redoutait la réaction du chef lorsqu'il apprendrait leur intention de recomposer l'objet maléfique. Le centaure révéla d'abord le plan démentiel de Lama de transformer chaque habitant du Monde connu en une seule espèce, dont Twilop était la première représentante. Comme Lama n'avait pas l'intention de la garder, voyant en elle un prototype et non une personne, elle les aidait à récupérer les morceaux du Pentacle pour le recomposer, ce qui tuerait Lama.

La réaction de l'umet-djinn Cinot fut plus violente encore que Nolate l'avait craint. Le chef des créatures du désert lança un cri aux gardes présents dans la salle. Ces derniers encerclèrent rapidement les cinq amis. Le centaure redoutait que, dans sa fureur, il n'ordonne leur exécution immédiate.

— Je vous en prie, umet-djinn, laissez-moi vous expliquer.

— Expliquer ? Votre plan me semble on ne peut plus clair. Vous comptez devenir vous-mêmes immortels et régner à la place de celle que vous appelez déesse !

— Je vous assure que...

— Rien du tout ! Nous allons vérifier votre histoire, soyez-en certains. Puisque vous dites que cette Twilop est une de ces créatures, nous allons l'examiner et nous saurons le fin mot de l'histoire. Ensuite, nous déciderons de votre libération ou de votre exécution. Gardes !

Il n'y avait rien à faire et Nolate se résigna. Animé par un tel sentiment de colère, l'umet-djinn n'eût jamais voulu entendre leurs justifications. Le seul espoir qui restait au centaure et à ses compagnons de mission résidait dans l'examen lui-même. Quand ils constateraient la véracité de leurs dires et de leurs intentions concernant le Pentacle, les djinns sauraient que les compagnons de mission n'étaient en rien leurs ennemis.

Restait à espérer que cet examen ne s'avère pas trop pénible pour l'hermaphroïde.

✪✪✪

Twilop fut amenée dans une salle évidemment circulaire. La pièce différait toutefois des autres éléments de l'architecture djinn par sa taille et son plafond en forme de dôme. Les autres qu'elle avait vues n'avaient qu'une forme circulaire insérée entre un plancher et un plafond plat. L'agencement des pierres constituant les murs donnait à qui se trouvait dans le local une impression de grandeur. Hormis un cercle blanc près de l'entrée, la paroi était bleue jusqu'à la voûte et on y avait le sentiment de se trouver à l'extérieur, sous un ciel dégagé.

Cet examen de la pièce permit à Twilop de retarder le plus possible l'instant où ses yeux se poseraient sur le fauteuil, le seul meuble de la pièce. Inévitablement, cependant, elle finit par y fixer le regard. Le siège semblait taillé à même une unique pierre et aurait paru anodin sans les sangles qui reposaient sur le dossier et les accoudoirs.

Les créatures vertes y firent asseoir Twilop.

— Qu'allez-vous me faire? s'inquiéta-t-elle, pendant que deux djinns ajustaient les courroies. Nous vous avons dit la vérité.

— Nous le saurons en lisant tes pensées, révéla l'umet-djinn, qui venait d'entrer dans la pièce. Les images des souvenirs que nous étudierons apparaîtront dans le cercle.

Il s'avança vers elle..

— Évidemment, ta force mentale nous empêche d'utiliser la méthode habituelle, qui s'avérerait d'autant plus inefficace que tu connais notre pouvoir de provoquer des visions. Nous devons donc recourir à la lecture de pensée directe. Les sangles servent à créer un lien physique avec ton corps.

— Nous sommes prêts, lança un subalterne.

L'umet-djinn hocha la tête pour signifier qu'il avait entendu. Il attrapa l'extrémité d'une des lanières et la tint fermement dans sa main gauche. Twilop découvrit avec étonnement qu'on ne l'avait pas attachée au siège et qu'elle conservait sa liberté de mouvement. Elle envisagea de se ruer vers la sortie, mais saisit aussitôt la futilité d'un pareil geste. Même si elle échappait aux djinns, comment retrouver ses amis? Elle ne pouvait pas décemment les abandonner et fuir seule dans le désert. Et il lui fallait d'abord sortir de la pyramide...

Leur seule chance de repartir tenait dans le fait de laisser les djinns l'examiner jusqu'à ce qu'ils constatent la véracité de leur récit.

Une lueur émana graduellement du cercle blanc, qui devint lumineux. Mais aucune image n'y apparut. Des rides d'étonnement se creusèrent sur le front de l'umet-djinn. Il se mit à marmonner, trop faiblement pour que l'hermaphroïde puisse entendre ses propos. Tout au plus distingua-t-elle quelques mots révélant que le chef des djinns parlait l'ancien.

— Elle est vraiment forte, dit-il à voix haute.

Comme si leur chef leur avait lancé un signal, deux créatures vertes prirent chacune une sangle, se joignant à l'umet-djinn. Le cercle sur le mur prit une teinte éclatante, il devint difficile à fixer tant il brillait. Le trio de djinns marmonnait en chœur sans que la moindre image remplace l'immaculé du cercle. Deux autres djinns prirent à leur tour une courroie. Ils étaient cinq, à présent, à marmonner l'incantation, ce qui eut enfin un effet.

Twilop eut un choc. L'image qui s'afficha la ramena à Capitalia, sur le chemin de ronde du palais du Pentacle. Pakir l'y retrouvait et lui rappelait la beauté du monde, qui disparaîtrait si Lama arrivait à ses fins. Les djinns observèrent cette scène un moment, puis l'image changea. L'information qu'ils recherchaient ne se retrouvait pas dans ce souvenir.

Cette fois, elle se revit trois ans plus tôt, alors que Lama tentait une nouvelle naissance d'hermaphroïde. La masse visqueuse visible à l'ouverture de la gousse ne ressemblait même pas à un être vivant. Dégoûtée, elle voulut détourner la tête. Elle réalisa un peu horrifiée qu'elle ne parvenait plus à bouger. Cela l'obligea à revoir la déesse penchée sur la masse informe, arrachant certains morceaux qu'elle comptait étudier. Le contact visqueux des abats donnait la nausée à Twilop. Elle connaissait la sanction que la magicienne lui imposerait si elle se laissait aller à vomir. Lama serait furieuse de voir ses échantillons souillés.

Les djinns semblèrent pareillement dégoûtés, puisqu'ils passèrent à un autre souvenir. Cette fois,

Twilop vit une chose dont elle se rappelait nettement, en dépit de son jeune âge. Elle n'avait que quatre ans, soit huit en comparaison avec celui d'un humain. Lama avait convoqué Pakir pour lui confier une mission.

— Tu vas enseigner à Twilop, ordonnait-elle.

— Pourquoi ferais-je une chose pareille? s'informait le vieux centaure.

— Pour conserver tes possessions, tout simplement. Je peux faire détruire tous les parchemins de ta bibliothèque et te faire surveiller nuit et jour pour t'empêcher de récupérer les copies que tu n'as pas manqué de fabriquer. N'apprécies-tu pas la liberté que je t'accorde?

Pakir jeta un coup d'œil à Twilop.

— Pourquoi m'accorder ta confiance? demanda-t-il enfin. Je n'approuve pas ton projet.

— Cela n'a aucune importance. Quand je créerai d'autres hermaphroïdes, Twilop pourra leur enseigner tout ce que tu lui auras appris. Puisque j'ai réussi à lui donner la vie, il n'y a pas de raisons pour que je ne découvre pas ce qui cloche.

À ce moment-là, Pakir-Skal avait vraiment regardé Twilop pour la première fois. Il l'avait vue souvent auparavant, sans lui accorder une attention spéciale, quand la déesse l'exhibait aux yeux du vieux magicien pour le narguer. Elle se rappelait l'intensité du regard du vénérable centaure, qui l'avait obligée à baisser les yeux. Elle le revoyait à présent, aussi réel que dans son souvenir. Ce jour-là, sans le vouloir, Lama-Thiva avait offert un formidable cadeau à sa créature. Auprès de Pakir, Twilop avait découvert ce que représentait la notion d'affection.

Les images de l'enseignement du vieux centaure défilèrent dans le cercle pendant de longues minutes. Non seulement Twilop revoyait ces instants d'apprentissage, mais elle les ressentait comme si elle les vivait à l'instant même. Les djinns s'attardèrent ensuite au complot de Pakir pour annihiler la déesse et sauver le monde de ses intentions démentielles.

L'image disparut et le cercle sur le mur redevint blanc. Les djinns savaient désormais que leurs prisonniers disaient la vérité à propos des projets de Lama-Thiva. Ils détenaient toute l'information sur la façon dont ils comptaient s'y prendre pour les contrer. Ils lâchèrent les sangles et l'hermaphroïde constata qu'elle pouvait bouger de nouveau. Elle se releva, hésitante, prise de tremblements. Les derniers souvenirs qu'avaient examinés les djinns tournaient en tous sens dans sa tête.

Elle n'avait jamais réalisé à quel point le vieux magicien lui manquait.

CHAPITRE QUINZE

L a porte de la pièce qui servait de cellule s'ouvrit. Le djinn Ymmur entra, seul, ce que Sénid considéra comme un signe encourageant. Plusieurs gardes armés l'auraient accompagné s'il était venu les chercher pour les mener à leur exécution. En fait, le Viking s'était peu inquiété : si vraiment les djinns pouvaient lire dans les esprits, ils auraient la confirmation de leur intégrité.

Ymmur les conduisit à la salle où siégeait leur chef. L'umet-djinn s'y trouvait en compagnie de quelques compatriotes, dont deux qui tenaient compagnie à Twilop. Cette dernière n'eut d'abord aucune réaction montrant qu'elle avait pris conscience du retour de ses amis. Un des djinns qui se tenaient debout près de son siège lui parla et elle releva enfin la tête. Sénid eut un choc en découvrant son air hagard. Elle avait pleuré, éprouvée sans doute en se remettant en mémoire de douloureux souvenirs.

Aleel se précipita vers son amie.

— Elle va bien, commenta le chef des djinns. Elle se ressent encore de l'interrogatoire que nous lui avons fait subir, voilà tout.

Il se permit un petit rire.

— Votre amie est extraordinaire, le saviez-vous ? Oui, j'imagine que oui. Vous voyagez en sa compagnie depuis plus de six mois. Il a été difficile de percer à jour son esprit, puisqu'elle n'appartient à aucune espèce. Jamais de mémoire de djinn nous n'avons affronté un pareil défi.

— Vous avez néanmoins réussi, commenta Nolate. Vous avez percé son esprit.

— Indirectement, en fait, dit l'umet-djinn. Nous avons plutôt découvert quelle magie celle que vous nommez Lama-Thiva a utilisée pour faire naître votre amie. Parce que nous désapprouvons l'existence même du Pentacle, nous considérons l'existence de Twilop comme une erreur.

Aleel releva la tête et jeta un regard furibond sur l'umet-djinn.

— Vous ne pouvez tout de même pas lui reprocher d'exister, s'emporta la cyclope.

— Certes non, fit le chef des djinns en accompagnant sa réponse d'un signe d'apaisement de la main. En fait, l'erreur de Lama sert aujourd'hui votre cause. La magicienne n'a pas compris que, pour qu'elle obtienne le monde dont elle rêve, ses créatures doivent ignorer la notion même d'individualité. Or, elle a doté Twilop de son libre arbitre, faisant d'elle un être pensant à part entière.

— Elle a donc pu développer sa pensée et l'enseignement de Pakir lui a fait épouser notre cause ! s'écria Sénid.

— Tout juste, valeureux Viking. Notre ami commun que vous connaissez sous le nom de Pakir-Skal s'est montré fort avisé de vous la confier.

Nolate fit un pas en avant.

— Nous pouvons reprendre notre route ? demanda-t-il.

— Vous avez même notre bénédiction! Les djinns voient désormais en vous des amis et vous souhaitent la meilleure des chances dans votre entreprise.

— Dans ce cas, permettez-moi d'oser une requête. Comme vous le savez, nous cherchons également à former une alliance aussi large que possible. La présence de magiciens de votre trempe au sein de nos rangs constituerait un atout non négligeable.

Sénid fut surpris de la demande. L'umet-djinn également, de toute évidence. Le Viking ne s'était pas attendu à cette question de son mentor et pourtant elle lui parut infiniment évidente. Trop heureux de pouvoir repartir en quête du quatrième morceau, Sénid en avait oublié ce second volet de leur mission. Nolate avait raison quant à l'avantage que leur procureraient les djinns. Leur assistance pourrait renverser en leur faveur le rapport de forces entre eux et les troupes entraînées du Pentacle.

L'umet-djinn semblait tout à coup affecté par une profonde tristesse.

— Hélas, cela nous est impossible, déplora le chef des djinns. Peu de temps après notre exil volontaire, un malheur nous a frappés. Je ne peux vous donner de détails, mais nous avons perdu une partie de nous-mêmes et nous ne pouvons plus quitter le désert.

— Attendez un instant, intervint Ymmur.

Il se tourna vers l'umet-djinn et lui parla un moment à voix basse. Sénid n'entendait rien de ce qu'ils se racontaient, et d'ailleurs les quelques mots qu'il put intercepter lui semblaient de l'ancien. Le chef des djinns parut surpris, puis signifia son désaccord par de vigoureux hochements de tête. Ymmur continua à parler à son chef en accompagnant ses arguments de larges gestes des bras. L'autre écouta la diatribe de son second, puis se tourna vers le centaure, souriant.

— Ymmur a trouvé un moyen de vous aider, expliqua le chef des djinns. Je le laisse vous dévoiler son idée.

— Nous pourrions vous guider jusqu'à la limite orientale de notre territoire. Vous n'auriez ensuite qu'à marcher plein nord vers les montagnes de la Longue Chaîne. En cinq jours tout au plus, vous atteindrez les montagnes.

L'offre fut une surprise pour toute l'équipe. Nolate pria le chef de lui accorder quelques secondes pour en discuter avec ses compagnons de mission. L'échange fut en fait assez court, puisque la proposition leur permettrait de regagner presque tout le temps perdu depuis le vol des morceaux de Pentacle. Leur seule inquiétude concernait le territoire à traverser. Personne ne le connaissait.

— Aurons-nous assez d'eau? s'inquiéta Aleel. Nous n'avons pas vraiment fait de réserves en nous lançant à la poursuite des voleurs.

— Il y a une oasis à la sortie orientale de notre territoire, annonça Ymmur. Vous pourrez renouveler vos réserves.

— Sans compter que je pourrais me désaltérer par les racines avant le départ, fit observer Elbare.

— Dans ce cas, il n'y a pas à hésiter, lança Twilop. Je vote pour la traversée du désert.

Toute l'équipe approuva ce changement au plan initial. Aussitôt, un poids que chacun devait ressentir depuis l'arrivée dans la pyramide sembla se retirer de leurs épaules. Sénid remarqua même le sourire d'Aleel, dont le visage avait l'air plus serein. Non seulement ils pouvaient repartir pour la Versevie, mais ils voyageraient en sécurité pendant quelques jours. Il fallait apprécier ces instants qui ne se présenteraient sûrement pas souvent dans la suite du voyage.

— Nous sommes prêts à partir, annonça Nolate. De quel côté devons-nous aller?

Ymmur sourit.

— Je serai votre guide, fit-il.

❂ ❂ ❂

— Il nous faudra cinq jours pour atteindre la limite de notre territoire.

Ils prirent leurs paquetages et suivirent Ymmur. Twilop supposa qu'ils voyageraient de jour et appréhendait déjà la chaleur du désert. Bien sûr, ils prendraient des pauses au frais dans d'autres bâtiments djinns, ce que la traversée du désert ne leur aurait pas permis. Ils verraient aussi les habitants et en rencontreraient peut-être même quelques-uns. Malgré cette perspective, l'hermaphroïde comptait s'imprégner de la fraîcheur des pyramides autant que faire se pouvait.

Leur guide les précéda dans un corridor qui descendait en pente douce. Elle chercha à apercevoir le cercle de lumière qui signalerait la fin du couloir. Elle ne voyait que la lueur verte des murs qui semblait se perdre à l'infini. Le boyau se prolongeait si loin qu'ils auraient dû être hors de la pyramide, à présent. Les pierres taillées de la paroi firent place à un conduit tout aussi circulaire, à la paroi dure, faite d'une sorte de terre séchée. En y regardant de près, Twilop remarqua les innombrables stries qui couvraient les parois. Leurs fonctions restaient un mystère.

— Nous ne passons pas par la surface? s'étonna-t-elle.

— En plein jour? rétorqua le guide. Surtout pas. La chaleur deviendrait vite insupportable pour des créatures animales et même pour notre cousin versev. Même nous, enfants de ce désert, ne sortons que le matin et en fin d'après-midi, pour nous alimenter à la lumière du soleil. Ces tunnels sont bien plus pratiques.

— Irons-nous jusqu'aux limites de votre pays ainsi, sous terre ? questionna Elbare.

— La claustrophobie t'affecterait-elle ? sourit Ymmur. N'aie crainte, ami végétal. Nous sortirons toi et moi quelques minutes chaque jour pour profiter du soleil. Tes amis, j'en suis sûr, apprécieront la fraîcheur de ces souterrains.

Sur ce point, Twilop l'approuvait sans réserve. Même si elle regrettait de ne pouvoir découvrir les villes et villages qui parsemaient sûrement le territoire djinn, elle aimait le climat tempéré de ces boyaux sans fin. Quant à la claustrophobie, les dimensions des tunnels alliées à l'éclairage luminescent de leurs murs permettaient de voir assez loin dans chaque direction, bien plus que ne l'auraient permis des torches, qui n'auraient fait qu'enfumer l'air et n'auraient éclairé qu'un cercle réduit autour d'eux.

Cette lueur lui rappelait les cavernes expérimentales de Lama-Thiva.

Elle soupçonnait toutefois qu'il y avait une autre raison à ce voyage souterrain. Les djinns vivaient à l'écart des affaires du Monde connu depuis près d'un millénaire. Leur méfiance envers les étrangers ne pouvait s'être estompée au point de laisser leurs invités découvrir leur milieu de vie. Même s'ils approuvaient la mission des cinq compagnons, ils restaient prudents. Loin de s'en offusquer, elle acceptait la situation. Elle aurait sûrement agi de la même manière envers des inconnus.

— Vous avez été bien avisés de construire ces tunnels, commenta Nolate. J'imagine un peu le travail de terrassement…, À moins que ce ne soit l'œuvre de votre magie.

— Nous n'avons pas construit ces tunnels. Ce sont nos chiens-épics qui les ont faits.

— Des chiens-épics? demanda Twilop. Vous parlez de bêtes domestiques?

Ymmur se mordit une lèvre, comme s'il réalisait qu'il avait trop parlé. Il marcha en silence, pressant le pas comme s'il voulait fuir ces conduits. Twilop avait néanmoins cru percevoir une soudaine tristesse sur le visage du djinn. Sachant qu'elle ne connaissait rien de cette espèce, elle interprétait peut-être mal les sentiments de leur guide. Son intuition lui disait pourtant qu'il n'en était rien.

Elle ne fut qu'à demi surprise lorsqu'il se décida à fournir d'autres informations.

— Il s'agit de bien plus que cela, reprit-il enfin. Les chiens-épics faisaient partie intégrante de notre magie, car nos âmes sont liées à eux. Sans eux, nous sommes incomplets.

— Que sont-ils devenus? intervint Aleel.

Ymmur se tourna vers la cyclope.

— Vous parlez d'eux au passé, expliqua-t-elle.

— Leur espèce s'est éteinte il y a presque un millénaire, soupira le djinn. Un étranger s'est introduit dans leur tanière et leur a sans doute transmis une maladie. Par la suite, ils ont commencé à mourir. Même notre magie n'a pu les sauver.

— C'est pour cela que vous ne pouvez plus quitter le désert? demanda Twilop.

Ymmur ne répondit pas tout de suite.

— Tu es fort intuitive, commenta-t-il. Tu as bien deviné.

Le djinn soupira et reprit:

— Certains parmi nous croient que leurs âmes s'en sont allées quelque part et qu'elles attendent un signal, quelque chose qui les libérerait. Alors, elles reviendront parmi nous et les chiens-épics renaîtront peut-être sous une autre forme.

— À quoi ressemblaient-ils ? demanda Elbare. Nous avons vu beaucoup de choses dans notre voyage, peut-être les connaissons-nous sous une forme différente.

— Ce serait formidable, en effet. Les chiens-épics ressemblaient à des chiens, mais ils étaient dotés du don de la parole. Ils ont des piquants comme les porcs-épics, d'où leur nom.

Elbare hocha la tête avec une expression de regret. Le djinn cacha du mieux qu'il put sa déception, mais il avait eu une lueur éphémère d'espoir, c'était évident. Quant à Twilop, elle regardait la luminescence des murs et fut prise d'un affreux soupçon. Elle se décida à confier ses doutes, même si elle savait qu'Ymmur en serait affecté.

— Je crois connaître l'identité de l'intrus, annonça-t-elle.

— Vraiment ? s'étonna Ymmur qui s'arrêta brusquement dans le corridor. Je serais curieux d'entendre ce nom et le raisonnement qui vous inspire cette déduction.

Avant de répondre, l'hermaphroïde passa une main sur la paroi luminescente.

— Les cinq magiciens du Conseil ont parcouru le monde à la recherche de pouvoirs à insérer dans le Pentacle. Ils ont fait plus que de trouver le moyen de bloquer leur vieillissement.

Twilop voulait ménager leur guide, sachant combien son hypothèse le perturberait. Pourtant, elle avait la conviction de ne pas se tromper. Ne voyant aucune manière d'adoucir sa révélation, elle expliqua doucement comment Lama utilisait le même type de luminescence pour éclairer ses cavernes d'expérimentations, au palais du Pentacle.

Il fallut quelques secondes à Ymmur pour saisir pleinement les implications de ce que cette créature lui révélait.

— Aucune autre magie ne peut créer cette luminescence, commença le djinn d'un ton qui passa du chagrin à la colère. C'était elle. C'est elle qui nous a volé nos compagnons d'âmes. Elle les a dépouillés de leurs pouvoirs et les a ensuite laissés mourir!

Sa colère se mua en fureur.

— Il faut prévenir l'umet-djinn, fulmina-t-il.

Il fit quelques pas dans la direction d'où ils venaient, mais sembla se rappeler sa fonction de guide.

— Je vais d'abord vous conduire à destination, fit-il, un peu plus calmement. Ensuite, je révélerai ce que vous m'avez appris. Nous te serons sans doute bien plus redevables que nous le pensions, Twilop, enfant du Pentacle.

Il lui demanda de lui dire tout ce qu'elle savait de Lama-Thiva. Elle raconta plusieurs anecdotes de sa vie auprès de la déesse et répondit de son mieux aux questions d'Ymmur. Au fur et à mesure qu'elle parlait, elle réalisait que de nombreux talents qu'elle avait toujours considérés comme allant de soi chez sa créatrice venaient peut-être des djinns ou d'autres peuples à qui ces dons auraient été volés. Elle n'éprouvait ni affection ni admiration pour la déesse, et d'apprendre comment elle avait obtenu tous ces pouvoirs n'allait sûrement pas redorer son image à ses yeux. Lama lui fournissait même un motif supplémentaire d'aider à sa destruction.

— Cette femme, qui se fait appeler déesse, est diabolique! commenta Ymmur.

✪ ✪ ✪

Après cinq jours de marche dans les tunnels, Aleel se réjouit de leur retour à la surface. L'expérience inédite s'était avérée rapidement lassante à force d'être monotone. Aucune aspérité ne marquait les boyaux, ce qui rendait impossible toute mesure de la distance parcourue. Les cinq compagnons s'étaient contentés de suivre leur guide. Seul Ymmur, qui connaissait à fond le territoire de son peuple – à moins qu'il ne s'agît d'une sorte de don –, semblait connaître leur position exacte à chaque instant.

Les tunnels ne lui manqueraient pas pour une autre raison, pourtant avantageuse pour leur déplacement : la lueur verdâtre des murs. Cette lumière omniprésente nuisait considérablement au sommeil ; contrairement à celle d'un feu de camp, il était impossible de lui tourner le dos ; elle émanait de toutes les directions.

En revanche, Aleel regrettait déjà la fraîcheur des conduits. D'après la position du soleil, ils étaient sortis en fin de journée et la chaleur du désert frappait avec toute sa force. Un souffle chaud les accueillit dans les derniers mètres du couloir. Pourtant, dans les tunnels, la température demeurait constante et d'une fraîcheur agréable. La cyclope anticipait la première nuit qu'ils passeraient au-dehors. Dans un désert, l'air semblait incapable de garder la chaleur de la journée et le froid saisissait les dormeurs jusqu'au fond de leur couche.

— Vous voilà à la limite de notre territoire, annonça Ymmur. L'oasis se trouve à une heure de marche à l'est. On l'aperçoit au loin, si on observe bien.

Aleel concentra son regard, ce qui lui permit de distinguer la tache verte à quelques kilomètres d'eux. Un examen rapide du terrain à parcourir lui fit estimer qu'ils ne rencontreraient aucune difficulté particulière. Ymmur les accompagna sur quelques centaines de mètres, jusqu'à deux monolithes qui marquaient l'entrée du territoire djinn, semblables à ceux qu'ils avaient vus à leur arrivée.

Cette fois, le temps des adieux ne pouvait plus être différé.

— Je vous remercie pour tout, insista Nolate.

— C'est à moi de vous remercier, répondit Ymmur avec chaleur. Grâce à vous, nous savons ce qui est arrivé à nos chiens-épics. J'ignore ce que nous pouvons faire de cette découverte, mais je suis certain que notre umet vous en sera éternellement reconnaissant.

Aleel se remémorait les nombreuses conversations qu'ils avaient eues avec leur guide, ces derniers jours, pendant la marche dans les tunnels. L'attachement des djinns pour leurs compagnons dépassait le simple rapport maître-animal de compagnie. Il s'agissait en fait d'une symbiose. Une partie de leur magie les reliait aux chiens-épics et, sans eux, ils avaient perdu presque tous leurs pouvoirs. Désormais, il ne leur restait que des facultés mentales, comme celle qui leur permettait de lire dans les esprits et de créer des illusions.

La cyclope se retourna et eut un exemple frappant de ce deuxième don. Plutôt que la pyramide dont ils venaient de sortir, elle ne voyait que le désert qui se confondait avec le ciel à l'horizon. Pourtant, quelques instants avant de passer entre les monolithes, elle avait bel et bien vu cette pyramide avec netteté, à moins d'un kilomètre derrière eux.

Ymmur se tourna vers elle.

— Elles sont invisibles pour ceux qui se trouvent en dehors de notre territoire, expliqua-t-il. Une illusion permanente les dissimule.

— La création d'illusions doit exiger beaucoup d'énergie, commenta Sénid.

— Pas tant que ça, objecta Ymmur. Nous la maintenons en place depuis si longtemps que nous n'y pensons même plus consciemment.

— Ne craignez-vous pas pour votre sécurité en nous révélant votre vulnérabilité? s'étonna Aleel. Nous vous avons donné notre parole de ne rien révéler, mais nous pourrions subir la torture.

Ymmur sourit.

— Il n'y a rien à craindre, répondit-il. Ceux qui échouent l'épreuve restent prisonniers à jamais dans notre pyramide. Quant à vous, la légère hypnose que nous vous avons imposée vous empêche de parler de nous, volontairement ou non.

Le guide se tourna vers Twilop.

— Même votre amie ne réussira pas à surmonter le conditionnement. Cette partie de notre magie échappe à l'influence du Pentacle.

Le djinn renouvela ses adieux et regagna le territoire de son peuple. Aleel le regarda disparaître, comme absorbé dans une nappe de brouillard, alors qu'un soleil éclatant brillait sur toute la région. Le camouflage qui cachait les constructions djinns avait aussi avalé leur nouvel ami. Ils se retrouvaient donc de nouveau entre eux, prêts à poursuivre leur mission. La cyclope regarda l'oasis au loin, et au-delà vers le désert. Quelque part au bout de ce champ de dunes, la Versevie les attendait.

Nolate en tête, le groupe se mit en route vers l'oasis. Le sable qu'ils foulaient semblait plutôt mou. Il ne ressemblait en rien à celui qui couvrait la région qu'ils avaient traversée en poursuivant les voleurs. Néanmoins, ils marchèrent rapidement vers l'oasis, Nolate souhaitant y arriver avant la nuit. Ensuite, il leur faudrait quatre ou cinq jours pour traverser le désert.

Aleel jeta un regard au centaure. Elle le connaissait assez à présent pour deviner à son air songeur qu'il réfléchissait intensément, comme s'il s'apprêtait à prendre une décision cruciale. Le regard perplexe de Sénid apprit à la cyclope que le Viking avait également perçu l'état d'esprit de son mentor.

— Craignez-vous un nouvel imprévu, maître? questionna l'homme du Nord.

— Pas d'ici à ce que nous soyons parvenus aux montagnes. Je songe seulement qu'une fois de l'autre côté de la Longue Chaîne nous devrons de nouveau avancer en évitant les patrouilles du Pentacle. Nous allons y perdre une partie du temps que les djinns nous ont permis de gagner.

— J'ai l'impression que vous avez déjà une solution à ce problème, commenta Twilop.

Nolate continua à marcher en silence avant de reprendre:

— Pendant notre marche dans les tunnels, j'ai réfléchi à ce problème. Il m'est apparu que nous pourrions poursuivre vers l'est plutôt que de remonter au nord. Nous arriverions à la Longue Chaîne au sud de l'Intra, ce qui nous amènerait directement en Versevie.

— En traversant le désert? s'écria Elbare.

— Nous devrons rester dans le désert un jour ou deux de plus qu'en marchant vers le nord, concéda le centaure. En nous rationnant, nous pouvons y arriver. Si nous entrons en Versevie par le sud, nous réduisons au minimum le risque de croiser des géants ou des patrouilles du Pentacle.

— Ni l'un ni l'autre ne s'attend à ce que nous arrivions par là, approuva Aleel.

Le silence s'abattit sur le groupe, qui continua à marcher vers l'oasis. La cyclope réfléchissait à la proposition de Nolate, comme chacun de ses compagnons. Certes, les soldats de la déesse devaient aussi les chercher en Versevie, inutile de se leurrer à ce sujet. Le centaure avait néanmoins raison en rappelant qu'ils éviteraient ainsi l'ennemi pendant quelques jours de plus. En fait, ils ne pouvaient faire fi d'un pareil avantage.

Quelques instants plus tard, chacun appuyait la suggestion du centaure.

✪✪✪

Elbare ne supportait pas la chaleur mieux que ses compagnons de mission. Pourtant, il profitait pleinement des privilèges de son espèce, reliés à la nature végétale de son être. Dans l'oasis, le versev avait plongé ses orteils racines dans le sol tout près de la mare qu'ils y avaient trouvée. Il s'était gorgé d'eau au maximum de ses capacités. Depuis, il était le seul à ne pas avoir touché au contenu de sa gourde, en dépit de l'aridité du milieu. Mieux encore, le soleil brillait constamment et il se nourrissait à ses puissants rayons.

Depuis quelques heures, il pouvait même s'alimenter par ses orteils racines sans même avoir besoin de les planter dans le sol. Le prodige le stupéfiait encore. Après les pénibles collines de sable qu'ils avaient eu à traverser les premiers jours, un terrain parsemé de cailloux leur avait permis une progression accélérée. Nolate avait néanmoins éprouvé quelques problèmes de sabots et Elbare s'était ressenti des aspérités de ce champ de pierres. Jusqu'à ce matin, il avait regretté son refus des bottes que lui proposait Twilop. Il se serait sans doute ravisé si un nouveau changement ne s'était manifesté dans la nature du sol.

Pendant quelques centaines de mètres, ils avaient aperçu des plaques blanches qui faisaient contraste avec le désert. Elles étaient devenues prédominantes dans le paysage, jusqu'à constituer l'ensemble su sol lui même. Twilop avait cru qu'ils retrouvaient une surface sablonneuse, malgré la couleur surprenante de ce nouvel environnement. Elbare, lui, avait tout de suite découvert l'identité de cette substance blanche.

— Du sel ! s'était-il étonné. Le sol est composé entièrement de sel !

Ses amis avaient accueilli l'information avec scepticisme. Elbare souriait encore au souvenir de Twilop, accroupie, en train de grimacer après avoir goûté un peu de ce sel. Les autres avaient accepté cette preuve et la marche avait repris. À présent, ils avançaient dans une plaine d'un blanc éclatant, sur un sol dur dépourvu de toute aspérité. Pour les amis du versev, cela ne semblait pas faire de différence. Elbare, lui, sentait le goût de ce sel qui filtrait par ses orteils racines et il plaignait ses compagnons, incapables d'en profiter.

Nul vin, nul nectar ne pouvait rivaliser avec le goût de ce sel. Elbare savourait chaque instant de cette marche et devait constamment résister à la tentation de se planter dans le sol afin de se gaver jusqu'à risquer l'indigestion. Il aurait volontiers cédé à cette tentation pendant quelques heures s'il n'avait pas dû, pour cela, arrêter toute l'équipe.

Il s'efforçait donc de se contenter du goût fugace qu'il percevait à travers ses pieds racines. Dans cette chaleur, requérir une pause aurait été un acte de cruauté envers ses amis, Elbare connaissant trop bien les limites des espèces animales. Lui-même trouvait la chaleur pénible, à un point tel qu'il se résigna à boire quelques gorgées à sa gourde, pour la première fois depuis leur départ de l'oasis.

— Elbare !

Le versev ne se sentit pas vraiment rassasié et prit une seconde gorgée avant de refermer la gourde. Il était étonné de ressentir autant de fatigue, alors qu'il restait deux heures au moins avant le crépuscule et la prochaine halte pour la nuit. Les jours précédents, les conditions pénibles que leur imposait le désert l'avaient affecté comme chacun de ses compagnons, sans toutefois qu'il atteigne un pareil niveau d'inconfort. La soif le titillait encore et il se résolut à lamper une troisième gorgée, qu'il garda longtemps dans la bouche avant de l'avaler.

— Elbare !

Il se tourna vers Sénid, qui lui faisait signe.

— Ton tour est venu de prendre ton poste à l'arrière, rappela le Viking.

Pour partager équitablement les tâches, ils changeaient régulièrement de position dans la file. Le Viking venait de rappeler à Elbare qu'il devait à présent servir d'arrière-garde et fermer la marche. Plongé dans ses réflexions, le versev n'avait pas perçu l'écoulement du temps. La chaleur accrue de ce milieu d'après-midi lui faisait réaliser à quel point la journée était avancée. Il avait l'impression que la température avait encore grimpé, ce qu'il n'aurait pas cru possible.

Il s'arrêta pour laisser passer Sénid. Immobile, il goûta avec encore plus d'intensité le sel que ses orteils racines absorbaient goulûment. Il s'attarda quelques secondes, une fois le Viking devant lui, avant de se remettre à marcher. Il avait difficilement résisté à la tentation de se transformer en arbre pour déguster sans retenue ce délice entre les délices.

Aussi loin que son regard portait, la blancheur immaculée du sel couvrait entièrement le sol, à perte de vue dans toutes les directions. De toute évidence, il leur faudrait une deuxième journée au bas mot pour sortir de cette mer asséchée. Le versev appréciait plus que jamais l'idée de Nolate de passer dans cette région. Non seulement ils se retrouveraient bientôt plus près de la Versevie, mais pour lui cela signifiait une journée entière encore à savourer ce délicieux sel. Tout aurait été parfait, sans cette horrible chaleur. Et aussi la douleur qu'il commençait à ressentir sous la plante des pieds.

Il s'efforça d'abord de faire abstraction de cette sensation, qui se superposait à celle, bien plus agréable, du goût du sel. La chaleur, en revanche, devenait de plus en plus difficile à ignorer. Une nouvelle fois, il se résigna à boire quelques gorgées. Il pressa le pas, réalisant que pendant sa pause ses amis avaient pris plusieurs mètres d'avance. Leur empressement se comprenait : ils avaient hâte eux aussi d'arriver en Versevie.

Comme Elbare se languissait de sa contrée natale ! Il l'avait quittée depuis un an déjà, pour un voyage à Capitalia qui aurait normalement constitué sa seule occasion de sortir de son pays. En suivant Nolate et son équipe, il avait vu bien plus de choses qu'aucun de ses compatriotes. Pourtant, rien n'égalait ces collines et ces vallons, aux creux desquels coulaient de paisibles ruisseaux. Le versev anticipait le moment où il plongerait ses orteils racines dans l'humus originel.

Un élancement de douleur traversa son pied droit avec une telle intensité qu'il ne put plus l'ignorer. La souffrance atteignait même ses mollets, à présent. Il baissa les yeux… et se mit à frémir d'horreur en réalisant d'un coup le piège dans lequel il était tombé en absorbant le sel sans retenue. Ses jambes avaient doublé de volume, le sel qu'il avait absorbé y retenant l'eau. Cela expliquait sa soif permanente. Il se rappela sa conversation avec Twilop, quand ils étaient tombés à la mer. Elbare lui avait raconté comment les géants ajoutaient du sel à l'eau pour torturer les versevs. Il avait cru que le mélange provoquait l'absorption. Il découvrait que le sel seul suffisait à lui occasionner des maux. Horrifié, il anticipait les horribles souffrances qui l'attendaient.

Au bord de la panique, il s'arrêta, cherchant à évaluer la progression du mal. Il toucha son écorce, tendue comme si elle allait éclater d'un moment à l'autre. Le versev n'avait fait qu'effleurer sa jambe et pourtant il eut l'impression d'avoir reçu un coup de hache tant la douleur se fit intense. En poussant un cri, il tomba, sachant qu'il ne pourrait jamais se relever. Ses amis s'arrêtèrent et coururent vers lui. Le versev s'étendit sur le dos et pleura, certain qu'ils ne pourraient rien pour lui.

Il ne reverrait jamais la Versevie.

CHAPITRE SEIZE

Les soldats du Pentacle avaient érigé une estrade longue et étroite sur la place principale, face au Palais. Ils y avaient disposé des instruments de torture variés qui attendaient les suppliciés. Cela allait des classiques chevalets d'écartèlement et des poteaux pour les séances de fouet aux inventions plus sophistiquées permettant de mettre à mal un centaure, par exemple, ou la loupe géante qui allait servir à concentrer le soleil sur l'écorce du versev. Les envoyés de Pakir-Skal souffriraient mille tourments devant un public nombreux et avoueraient leur trahison avant de mourir un à un.

Bien entendu, aucune question posée sur l'estrade ne concernerait le Pentacle et aucune allusion aux hermaphroïdes ne percerait au grand jour. Lama s'en assurerait personnellement en bloquant par magie les tentatives qu'un supplicié pourrait faire pour alerter la population. De toute façon, les cris de douleur des coupables sauraient calmer toute intention de rébellion.

En fait, l'interrogatoire que subiraient les prisonniers ne constituerait qu'une mise en scène pour le public. Bien avant cela, Lama aurait interrogé chaque membre de l'équipe de Pakir dans une de ses salles de travail,

271

à l'abri des regards indiscrets. Elle n'aurait à user d'aucune violence pour obtenir toutes les informations souhaitées. Une simple prise mentale et elle pourrait lire directement dans leur esprit, sans rencontrer de résistance. Elle saurait ainsi où se trouvait le seul morceau du Pentacle qui lui manquerait encore.

En envoyant une équipe parcourir les cinq régions à la recherche des morceaux dispersés, Pakir avait pris un énorme risque, qui se soldait à présent par un bénéfice inespéré pour Lama. Quand elle serait en possession des cinq pièces, elle reconstituerait enfin le Pentacle comme prévu huit siècles plus tôt quand elle l'avait brisé. Elle serait alors de nouveau capable d'étendre ses pouvoirs sur l'ensemble du Monde connu et il lui suffirait d'une seule incantation pour changer en bloc tous les êtres pensants en hermaphroïdes déjà adultes. Elle pourrait renoncer au procédé par étapes qu'elle comptait utiliser à l'origine, pour adopter une méthode bien plus efficace.

Lama frémissait de fébrilité en anticipant son monde parfait.

Satisfaite de son inspection, elle se détourna de l'estrade et avança d'un pas majestueux vers le Palais. Il lui sembla que le rythme des coups de marteau diminuait d'intensité et que les cris des sergents qui lançaient les ordres se calmaient. Les militaires travaillaient toujours avec un zèle exemplaire lorsqu'elle les surveillait en personne. La crainte d'une punition arbitraire constituait une motivation puissante à redoubler d'efforts. Ils redoutaient la moindre saute d'humeur de leur souveraine. Et avec raison.

Lama ne put se retenir et se retourna pour jeter un dernier coup d'œil à l'estrade. Elle s'amusa du zèle soudain que mirent les travailleurs dans l'exécution de leurs tâches respectives, après quoi elle rentra au Palais.

Elle attendait le rapport d'un de ses espions partis vers le Sud pour y obtenir des renseignements sur le seul point d'ombre qui assombrissait sa journée.

Peut-être connaîtrait-elle enfin les raisons de l'absence de toute information en provenance de Saleur. Les nouvelles du Sud tardaient en effet à lui parvenir, ce qui commençait à sérieusement l'irriter. Le plus récent message avait confirmé l'arrivée des géants dans la ville. Depuis, rien. La magicienne savait pourtant qu'aucun animal ne pourrait arrêter ses petits chéris. L'absence de nouveaux messages devenait donc une source d'interrogations.

Il n'y avait pourtant aucune raison de s'inquiéter. Les complices de Pakir ne pouvaient tout de même pas échapper à ses troupes, d'autant moins qu'elles pouvaient désormais compter sur l'appui des géants. Ces forces réunies n'auraient aucun mal à repérer cinq individus d'espèces différentes, une combinaison qui ne passait pas facilement inaperçue.

Rassérénée par ce raisonnement, elle décida de rendre d'abord visite au vieux centaure.

— Mes salutations les plus cordiales, Pakir, lança-t-elle en s'introduisant dans les appartements où était détenu son ancien collègue magicien. Tu sembles en grande forme, aujourd'hui.

Elle se moquait de lui, évidemment, car Pakir paraissait au contraire plutôt mal en point. Ce constat ajouta à sa bonne humeur. Cette fois, son vieil adversaire souffrait dans sa chair et bientôt ce serait son âme qui pâtirait. Le rapport de l'espion ne pourrait que confirmer la capture de son équipe. La magicienne imaginait déjà la déconvenue de Pakir, lorsqu'elle le convoquerait de nouveau, pour détruire son dernier espoir.

Elle décida qu'il n'y avait aucune raison de différer le moment de se réjouir.

— Savais-tu qu'un de mes agents est rentré du Sud? commença-t-elle sur un ton suave. Pourquoi ne viendrais-tu pas entendre son rapport avec moi? Ce sera une occasion pour toi de partager mon triomphe.

Pakir posa sur elle le regard triste de ses yeux fatigués. Résigné, il la suivit dans les couloirs du Palais en direction de la petite salle d'audience. Lama déplora sa lenteur, mais contint son impatience en songeant à la peine qu'endurerait son vieil adversaire. Elle le fit attendre près d'une colonne, d'où il pourrait tout voir et entendre. Elle ordonna au héraut de faire entrer l'agent.

L'homme, un lieutenant de son armée, marcha jusqu'au pied du petit trône et s'agenouilla.

— Relève-toi! ordonna Lama. Annonce-moi une bonne nouvelle.

Le lieutenant parut soudain nerveux; il jetait des regards à gauche et à droite, comme pris d'une forte crainte.

— Et bien! s'impatienta Lama. Allez! Je t'écoute.

— Ô déesse, lança le lieutenant d'une voix tremblante, pardonnez-moi, car j'exécute un pénible devoir. Il me faut vous transmettre de fort mauvaises nouvelles.

Le lieutenant se lança alors dans un résumé des événements survenus dans le Sud. Lama écouta, profondément contrariée, le récit d'un soulèvement général des centaures de Saleur, qui avaient vaincu les troupes unifiées des soldats et des géants. Ils avaient réussi ce tour de force grâce au support de la marine royale cyclopéenne. Une flotte entière avait traversé la mer pour assurer leur victoire. Lama apprit ces nouvelles avec consternation, même si en fait une seule pensée tournait dans son esprit: les envoyés de Pakir lui échappaient toujours.

Elle avait lu ce projet d'alliance dans l'esprit de ce Viking, Waram, mais elle croyait que le soulèvement surviendrait plus tard. Devant elle, le lieutenant attendait, tenant à peine sur ses jambes tant il tremblait. Elle invoqua sa puissance pour atteindre le porteur de la mauvaise nouvelle. Il fallait qu'elle passe sa colère sur quelqu'un. Ce fut alors qu'elle se souvint de la présence de Pakir, qui observait la scène d'un peu plus loin. L'étincelle d'espoir qui brillait dans son regard fut plus qu'elle ne put en supporter. Elle ne pouvait le frapper sans en ressentir le contrecoup, mais sa colère lui faisait perdre la tête.

Elle déclencha sa magie, une poussée invisible qui jeta le centaure au sol et le fit glisser sur plusieurs mètres de carrelage. Comme si une main invisible l'avait attrapée, elle se retrouva jetée en bas du petit trône et heurta violemment le mur du fond de la salle. Étourdie, elle eut à peine conscience que le lieutenant venait l'aider à se relever. Elle le repoussa d'un geste sec, sans user de magie, cette fois. À l'autre bout de la pièce, le centaure restait étendu, immobile.

Il était peut-être blessé, mais cela ne suffisait pas à calmer la colère de la magicienne.

★★★

L'aube n'apporta aucun espoir à Nolate. Après cette pénible nuit dans une obscurité presque totale, la venue du jour ne signalait pas le moment du départ pour l'équipe. Twilop avait veillé Elbare toute la nuit à la lueur de la seule torche qu'ils avaient allumée. Avec la venue du jour, ils pouvaient tous voir que les jambes du versev avaient désenflé. Il ne se portait pas réellement mieux pour autant.

Le centaure était convaincu à présent que le sel de cette vaste plaine avait provoqué une rétention d'eau dans les jambes de leur ami végétal, en grimpant dans son corps via ses orteils racines. Contrairement à ses amis bipèdes, et à lui-même qui possédait d'épais sabots cornus, le versev ne portait aucune chaussure. Pour quelle raison ne s'était-il pas plaint ? Pourquoi n'avait-il pas demandé des bottes ? Nolate l'ignorait. Il ne pouvait concevoir qu'il se fût tu par orgueil. Il n'avait jamais laissé croire qu'il pouvait faire étalage d'une fierté déplacée.

— Il ne pourra pas marcher avant une semaine au bas mot, commenta Sénid, debout près de son mentor.

— Je sais. Nous devons pourtant repartir. Il est hors de question de nous attarder dans ce désert. As-tu vérifié nos provisions ?

Le Viking hésita.

— Nous avons de l'eau pour deux jours au plus, annonça-t-il enfin.

Comme en réaction à la mention du précieux liquide, Elbare gémit et réclama à boire. Twilop humecta ses doigts au goulot de sa gourde et frotta sa bouche. Il se lécha goulûment les lèvres. Ce n'était pas par souci d'économie qu'elle utilisait une quantité aussi infime d'eau. Elle suivait les conseils de Nolate, qui connaissait les effets du sel. Puisque ce dernier retenait les liquides, il fallait que leur ami végétal l'évacue avant de se remettre à boire. Elle se contentait de s'assurer que la bouche d'Elbare restait humide. Il lui était déjà suffisamment désagréable de souffrir de la soif sans qu'elle lui impose cet autre désagrément.

— Il faudra le porter, commenta Aleel.

— Mon bâton de combat pourrait servir à fabriquer un brancard, proposa Twilop. Une couverture en constituera le fond.

— Néanmoins, cela nous ralentira et nous nous fatiguerons très vite, dit Sénid. Il faudra nous relayer pour éviter l'épuisement.

— Je le porterai.

Les trois bipèdes se tournèrent vers Nolate. Le centaure se mordit une lèvre, l'air embarrassé, étonné lui-même d'avoir trouvé le cran de lancer cette proposition. Ses amis savaient combien l'idée de transporter une personne ou un bagage, telle une bête de somme, révoltait les centaures. Pourtant, il s'agissait de la seule option envisageable. Lui seul pouvait porter Elbare sans que leur progression en fût ralentie et il était évidemment hors de question de l'abandonner à son sort.

Sénid jeta un regard de doute à son mentor.

— Vous êtes sûr, maître ?

— Préparez les paquetages, mettez Elbare sur mon dos et allons-y, ordonna Nolate. Nous devons sortir de ce désert au plus tôt.

Face aux restes d'hésitations des bipèdes, il ajouta :

— Vite, avant que je change d'idée !

Aleel, Sénid et Twilop démontèrent rapidement le campement. Le Viking prit ensuite Elbare dans ses bras. Il le porta jusqu'à Nolate et le posa sur le dos de son mentor. Le centaure frémit à ce contact et dut réfréner son envie de désarçonner le versev de quelques cabrioles bien senties. Au contraire, il aida Elbare à mieux s'agripper. N'ayant pratiquement plus de force, leur ami végétal risquait de tomber au moindre faux pas de son porteur.

Sénid choisit de marcher auprès de son mentor, pour aider le versev à garder son équilibre. Cette présence accrut le malaise de Nolate, qui ne pouvait cependant qu'approuver la prudence de son élève. Elbare parvenait à peine à garder la position assise. Les soubresauts de la marche pouvaient le faire tomber à n'importe quel moment.

Par pudeur, Twilop et Aleel prirent la tête de l'expédition. Cela leur évitait de devoir détourner la tête pour ne pas voir le centaure. Ils marchèrent d'abord d'un pas assez lent, puis Nolate leur enjoignit d'adopter une allure normale. Le centaure parvenait à suivre sans que la présence du versev sur son dos ne le ralentisse. Elbare était vraiment léger et, déjà, Nolate en était presque venu à l'oublier. Pas tout à fait, cependant. Le versev resserrait en effet sa poigne sur son crin.

La marche se poursuivit ainsi, toujours vers l'est. Elbare réclamait à boire régulièrement et chaque fois Twilop venait l'examiner avant de lui humecter les lèvres et de l'autoriser à prendre une gorgée. Parce qu'il se laissait porter, le versev épargnait ses forces, ce qui réduisait l'intensité de sa soif. Néanmoins, Nolate redoutait le pire s'ils devaient continuer encore longtemps dans le désert. Le versev avait vidé sa propre gourde, alors que, n'eût été le mal qui l'avait frappé, il aurait été le dernier à entamer sa provision du précieux liquide.

Au loin, le soleil se reflétait sur la surface salée, créant l'illusion qu'ils avançaient vers une étendue d'eau. Ils avaient vu ce phénomène appelé mirage tous les jours depuis leur entrée dans le désert. Cette fois, le reflet semblait plus intense, presque comme une provocation placée en travers de leur route.

— Ça alors ! s'exclama Aleel, qui marchait en tête.

La cyclope accéléra le pas, suivie bientôt de l'hermaphroïde. Nolate garda la même allure un moment, jusqu'à ce qu'il réalise que l'étendue liquide se trouvait tout près. Cette fois, ce n'était pas un mirage. Il pressa le pas à son tour et arriva à la suite des autres près du minuscule étang. Un mince filet d'eau coulant depuis l'est aboutissait à cette flaque.

Aleel, toutefois, ne trouvait pas là motif à sourire.

— Cette eau est imbuvable, annonça-t-elle. Trop salée.

— C'est un bon signe, objecta Elbare. C'est l'Intra qui s'achève ici.

Le versev leur rappelait que le fleuve qui séparait son pays du territoire des géants se perdait dans le désert. S'ils en avaient vraiment trouvé l'extrémité, il ne restait qu'à suivre le ruisseau pour gagner la Versevie. Pour peu qu'ils découvrent un passage dans les montagnes de la Longue Chaîne, ils seraient tirés d'affaire dans un jour, deux au plus.

Le constat remonta le moral de toute l'équipe. Ils se remirent aussitôt en marche vers l'est, à quelques mètres à la droite du ruisseau. Comme en réponse à leurs souhaits, les montagnes séparant le désert de la Versevie furent enfin visibles à l'horizon. À leur gauche, le ruisselet devenait de plus en plus large au fur et à mesure qu'ils s'éloignaient de son extrémité. En outre, l'intervention d'Elbare prouvait qu'il prenait du mieux. Rien que de bonnes nouvelles, en somme.

★❋❂

Selon Nolate, ils devraient passer une nuit supplémentaire dans le désert. Aleel aurait bien voulu qu'ils tentent l'escalade des montagnes sans attendre. Après tout, ils se retrouvaient enfin au pied de la Longue Chaîne et il restait encore la moitié de la journée avant que le soleil ne se couche. Cependant, il fallait d'abord trouver un chemin permettant de franchir ces sommets. Ils ne gagneraient rien à aboutir à une impasse et à devoir revenir sur leurs pas. Sans compter qu'ils pouvaient se faire surprendre par l'obscurité en pleine escalade.

— Je vais me rendre aussi loin que possible, annonça Sénid. Il faut espérer que ce passage traverse les montagnes.

Le Viking entreprit de grimper la pente rocailleuse. Il avait repéré ce qui avait tout d'une piste animale et il comptait découvrir si elle menait de l'autre côté des montagnes. Aleel s'étonnait de la présence d'un pareil sentier, sceptique à l'idée qu'un animal puisse choisir de s'éloigner de la Versevie pour s'aventurer dans un désert aussi hostile. Une chose lui paraissait évidente, pourtant : les animaux qui avaient tracé cette piste à force de passages répétés ne pouvaient être que carnivores. Qu'aurait fait un herbivore dans une contrée dépourvue de végétation ?

En attendant le retour de l'explorateur, ils installèrent le campement pour la nuit. Les gestes depuis long-temps routiniers leur permirent de monter la tente de fortune en quelques minutes seulement. Twilop posa une couverture à même le sol et Nolate y étendit Elbare. Aleel s'empressa d'examiner le convalescent avec minutie. Elle ne savait plus quoi penser de son état de santé.

Elbare paraissait sur la voie de la guérison la veille, mais depuis la fièvre l'assaillait. La cyclope redoutait qu'après ces signes d'amélioration son état décline à nouveau. Ses jambes, en particulier, étaient toujours mal en point. Leur œdème avait presque disparu, mais un liquide poisseux suintait à travers leur écorce. Cette fois, Aleel y découvrit en plus une substance blanchâtre qui rappelait le sel. Surmontant sa répugnance, elle en humecta le bout de son index et le porta à sa bouche. Il s'agissait bien de sel.

Elle voulut y voir le signe d'une amélioration. Puis-que le problème du malade venait du surplus de sel absorbé, elle osait croire que le corps de son ami rejetait l'excès de concentration saline qui lui posait problème. Elle connaissait trop peu le métabolisme versev pour se bercer d'espoir à la seule vue de ces dépôts. Sur l'île Majeure, il existait cependant des plantes en bordure de mer qui utilisaient cette méthode pour se débarrasser du sel qu'elles absorbaient avec l'eau. Comme Elbare était un être végétal, il pratiquait peut-être le même procédé pour se guérir.

Il n'y avait cependant aucun moyen d'en être sûr.

— J'ai soif!

La requête du versev l'arracha à ses pénibles réflexions. Aleel prit sa gourde, la soupesa et accorda une gorgée à son ami. Si vraiment Elbare agonisait, inutile de le laisser mourir en lui infligeant en plus l'inconfort de la soif. Si au contraire il devait survivre, cette gorgée pourrait accélérer sa guérison. Leurs réserves étaient presque épuisées, mais ils atteindraient sans doute la Versevie avant la fin de la prochaine journée.

— Elle est belle, n'est-ce pas?

— Comment?

Le regard du versev se tournait vers le nord et Aleel devina.

— La chute de la Fin, confirma Elbare. Je crois que personne de mon peuple ne l'a jamais vue sous cet angle.

Au moins, il était lucide, ce qui la rassurait. Un moment elle se rappela leur arrivée au pied des montagnes de la Longue Chaîne, une heure plus tôt environ. Puisqu'ils suivaient le cours de l'Intra, Aleel avait compris qu'ils verraient l'endroit d'où le fleuve se jetait du haut des montagnes avant de se perdre dans le désert. Les versevs appelaient cette cataracte la chute de la Fin et, d'une certaine façon, elle marquait bien une finalité, celle des régions habitables du Monde connu. En aval de la chute, rien ne vivait, ils l'avaient eux-mêmes constaté au cours de leur pénible progression.

Le ruisselet qui constituait l'extrémité de l'Intra était devenu une large rivière qui atteignait une centaine de mètres par endroits. La plaine de sel n'offrait aucun relief, ce qui leur avait permis d'apercevoir la chute plusieurs heures avant de rejoindre la Longue Chaîne. Mais ce n'était que de l'endroit où ils se trouvaient que la cyclope avait pris conscience de sa majesté incomparable. Elle estimait la hauteur de la chute à 500 mètres au moins, le tout d'un seul tenant, sans cascade intermédiaire.

— Il s'agit d'un spectacle magnifique, répondit-elle. Repose-toi, à présent. Demain, nous serons en Versevie.

Rassuré par cette promesse, Elbare posa sa tête sur la couverture. Aleel épongea de nouveau les jambes de son patient et le laissa se reposer. Il avait fermé les yeux et aurait pu passer pour mort. Mais Aleel ne s'en faisait pas. Les versevs n'avaient pas de poumons et aucun mouvement de leur poitrine ne signalait leur respiration. Elle rejoignit Twilop et Nolate, qui vérifiaient les gourdes.

— Il nous en reste pour combien de temps? demanda Aleel.

— Une journée au maximum, affirma Nolate. Si Sénid ne trouve pas un passage dès maintenant, il faudra retourner au pied de la chute et s'abreuver dans l'eau salée du fleuve.

Aleel grimaça à cette idée.

— Espérons que nous n'aurons pas à recourir à cette solution, commenta-t-elle. J'ai déjà goûté à de l'eau salée et ça a vraiment mauvais goût.

— Souhaitons dans ce cas que Sénid aura trouvé un chemin, fit l'hermaphroïde. La journée avance et il doit avoir pris le chemin du retour.

Aleel mit sa main en visière et usa de sa puissante vision pour chercher le Viking sur la pente. Elle le repéra rapidement, bien plus près qu'elle ne l'avait cru. Il rejoignait déjà la base des montagnes et s'engageait dans la plaine aride. Il marchait d'un bon pas et il atteignit bientôt leur campement.

— Alors? questionna Nolate en laissant à peine le temps à son élève de reprendre son souffle.

— Un éboulis a envahi le sentier à mi-hauteur, expliqua Sénid. Je n'ai donc pu aller plus loin.

Aleel cacha sa déception.

— Il y a peut-être un passage vers le sud, suggéra-t-elle.

— Je n'ai pas dit que le passage était bloqué, objecta le Viking. Il sera délicat de passer l'amas de débris, mais je pense que nous devrions tenter le coup. Nous risquons de trouver pire ailleurs.

La tension du groupe s'évanouit d'un coup et fit place à l'espoir.

— Nous nous mettrons en route demain à l'aube, conclut Nolate.

✪✪✪

L'aube se levait sur ce qui constituerait leur dernier jour dans ce désert. Sénid l'avait promis à ses compagnons la veille et il comptait tenir parole. Le Viking se sentait exceptionnellement bien reposé. Pendant qu'il inspectait le sentier, ses amis avaient établi le campement au pied de la pente et, à environ un kilomètre au sud de la chute de la Fin, le bruissement de cette eau qui tombait sans interruption avait bercé leur sommeil. Il n'avait pas aussi bien dormi depuis plusieurs semaines.

Ils avaient fini d'empaqueter leurs affaires et attendaient qu'il les guide sur le sentier.

— Allons-y, fit le Viking.

Frissonnant dans l'air frais du matin, Sénid précéda ses compagnons sur la piste animale. La chaleur torride du désert ne les affecterait pas avant le milieu de la journée, lorsque le soleil serait passé au sud et éclairerait enfin le flanc des montagnes. Il était même probable qu'ils ne s'en ressentiraient aucunement car, à ce moment-là, ils auraient gagné en altitude et se trouveraient loin de la plaine de sel. Les températures restaient toujours plus froides en hauteur.

Sénid se concentra sur la piste au sol durci par le passage répété d'animaux dont il ne savait rien. Il n'avait toutefois repéré aucune trace fraîche qui aurait indiqué que le sentier avait servi récemment. Ce constat apaisait un de ses motifs d'inquiétude. Pour l'autre, l'examen de l'éboulis rocheux qui bloquait le passage l'incitait à croire la pente stabilisée. Le roc paraissait peu érodé par les éléments.

Le sentier grimpait en travers d'une pente fortement inclinée, heureusement dépourvue de falaises. Sénid refusait toutefois de baisser sa garde. Le malheureux qui serait tombé dans semblable précipice aurait roulé sur cette déclivité pour se heurter aux nombreux rochers aigus qui pointaient ici et là. Il aurait encouru de graves blessures, potentiellement mortelles. Sénid comprenait la hâte de ses amis de quitter le désert et partageait leur impatience ; mais il s'efforçait de ralentir leur progression pour conserver une marge de sécurité. S'ils allaient trop vite, une fausse manœuvre pouvait entraîner un accident.

Ils arrivèrent à l'éboulis.

— Voilà donc ce qui t'a stoppé hier, commenta Aleel. Cet amas de gravier ne me semble pas très menaçant.

— Nous devrions passer facilement, approuva Sénid. Hier, si j'ai fait demi-tour, c'était pour ne pas me laisser surprendre par l'obscurité. Je devais retourner dans le désert, ce qui n'est pas notre cas.

La section de pente qui s'était désagrégée remplissait en partie le sentier d'un gravier instable. Sénid franchit aisément le passage, ainsi qu'Aleel et Twilop. Nolate fit preuve d'une extrême prudence et accepta la main tendue du Viking pour éviter une chute fatale. Elbare, toujours sur son dos, resta aussi immobile que possible, pour simplifier la tâche de son porteur.

— Il serait préférable que je marche, dit-il, une fois le centaure de nouveau sur un sol dur.

— Tu es encore fragile, objecta Nolate. Ce sentier exige un pied sûr. Lorsque nous serons au sommet, tu pourras faire quelques pas.

Elbare parut déçu.

— Je ne fais que vous gêner, avoua-t-il. J'ai l'impression de ne servir à rien, dans ce voyage.

— Je t'interdis de dire ça! rétorqua Twilop. N'oublie pas que tu m'as sauvé la vie lors de l'attaque des lanços. Sans toi, la mission n'aurait même pas rejoint l'île Majeure.

Elle se tut un instant et ajouta:

— Et n'oublie pas qu'en haut de ces montagnes c'est la Versevie qui nous attend.

Ce rappel rasséréna le Versev. Elbare n'insista pas et raffermit sa prise dans le crin de Nolate. Le centaure frémit, sans faire de commentaire. Il avait aussi hâte que le versev de gagner le sommet. Sénid examina la suite du sentier et ils se remirent à grimper. Il réalisa que chacun de ses compagnons avait conscience d'avancer en territoire inconnu. En tout cas, personne ne lui collait plus aux talons, et ce, en dépit de sa progression beaucoup plus lente que précédemment.

La proximité du sommet attirait pourtant Sénid autant que ses compagnons. Le sentier s'engageait entre deux rochers faisant environ sa taille, ce qui bloquait partiellement la vue aussi bien vers le désert que vers le sommet. Ainsi, la crainte instinctive du vide commune à toutes les espèces les épargnerait un moment. Moins conscients des risques de chute, les compagnons de mission accélérèrent le pas. Sénid redoutait un nouvel obstacle, lorsqu'il réalisa que le sentier était maintenant plat. Il leva les yeux et découvrit l'autre versant des montagnes de la Longue Chaîne.

Quel contraste saisissant! En regardant en arrière, Sénid apercevait une portion du désert entre les rochers.

La blancheur immaculée du sel brillant au soleil contrastait avec ce qu'il voyait devant lui. La piste se prolongeait sur quelques mètres avant de disparaître, enfouie non pas sous le gravier ou le sable, mais sous une herbe d'un vert reposant pour le regard. Il y avait un lac si vaste que son autre rive était à peine visible à l'horizon. Du bleu, du vert… Un paradis !

— La Versevie ! s'exclama Elbare.

TABLE DES MATIÈRES

Prologue 11

Chapitre un 15

Chapitre deux 31

Chapitre trois 49

Chapitre quatre 65

Chapitre cinq 85

Chapitre six· 99

Chapitre sept 117

Chapitre huit 137

Chapitre neuf 153

Chapitre dix 167

Chapitre onze 185

Chapitre douze 201

Chapitre treize 217

Chapitre quatorze 239

Chapitre quinze 253

Chapitre seize 271